獣の月隠り
TSUGOMORI
誰に教えられたわけでもないけれども、本能が知っている。
好きな相手に自分で捕った食べ物をプレゼントするのは、求愛の行為だ。

獣の月隠り

沙野風結子

ILLUSTRATION
実相寺　紫子

CONTENTS

獣の月隠り

獣の月隠り（つごもり）

プロローグ

空から広がり落ちる、夏の終わりの陽射し。それがあたりの木々の葉に打ち返されて、音をたてそうなほどキラキラと輝き、睦月の目をくらませる。

細い首をいっぱいに伸ばして、眩しい空へと幼い顔を向ける。閉じた瞼で葉陰がやわらかく踊る。

「はぁ…」

——きもちいーぃ。

この半年間、保育塔の小さな窓からずっと、「ソトノセカイ」を眺めてきた。同じ月齢の仲間と比べても小柄な睦月は、椅子のうえに乗って窓枠に前脚をかけ、湿った鼻先を窓ガラスにぐいぐいと押しつけていたものだ。

「おソト、だぁ」

どこまでも広くて、匂いがいっぱいある。

風の動きは力強くて気まぐれだ。

光だって、塔のなかのやたら明るいわりに薄っぺらい人工灯とは全然違う。じかに浴びる陽光は、ぶ厚い強化ガラス越しに浴びてきたものとも別物だった。こうしていると、光を浴びているところがとても温かくて、綺麗になっていく気がする。

今日、生まれて初めて、保育塔の正面にある大きな鉄の扉から外に出た。

その瞬間、身体が内側から浮き浮きとして、いてもたってもいられなくなった。

すっかり興奮してしまって、ほかの十一人の仲間とともに白衣を着た男に引率されていたはずが、気がついたらひとりはぐれて森のなかをふらふらしていた。

木々の合間からは四角くて白い保育塔の建物が見えているし、自分の匂いを辿って戻れば研究所には簡単に帰れる。

「…………」

睦月は自分の足元へと、視線を落とした。青いハーフパンツから伸びた棒切れみたいな二本の脚。二本足になるのはまだあまり慣れていないし、四本足でいるときより地面が遠いから、頼りなくて変な感じだ。

睦月も、睦月の仲間たちも、二本足になったり四本足になったりする。

白衣を着た「ブリーダー」たちは、ずっと二本足のままだ。彼らは睦月たちのことを「猟獣」と呼ぶ。ブリーダーは猟獣を造り、管理し、廃棄する。

睦月と同じく半年前に造られた猟獣は、初めのころは十二人よりもっとたくさんいた。けれども、ひとり、またひとりといなくなった。ブリーダーからいらないと判断されると、保育塔からいなくなるのだ。

これまでも仲間と闘わされたり、身体に太い針を刺されたり、頭や身体がビリビリする変な機械をつけられたりと、嫌なことだらけだったのに、これからはもっと大変になるらしい。

睦月は大きな焦げ茶色の眸を保育塔からそむけると、またふらふらと歩きだす。

しゃがみ込んで、白い小さな花を指先でつつく。

「ねー、どうしよ？」

小首を傾げて尋ねるが、花は答えてくれない。しつこく尋ねてつついていたら、花びらが一枚取れてしまった。慌てて拾って花にくっつけるけれども、元に戻らない。

「うう…」

いつも窓ガラス越しに見ているだけで花に触るのは初めてだったから、こんな簡単に壊れてしまうとは知らなかったのだ。

半ベソをかいていると、ふいに前方の低木のうえを銀色の煌めきが勢いよく流れた。

「うあっ」

びっくりした睦月は、ころんと後ろに転がって尻餅をつく。そうして、花びらを指に挟んだまま、目を見開いた。金色の眸が見返してくる。

白銀色に燃える四本足の——それは狼だった。

しなやかな締まりのある体軀はつややかなコートに覆われていて、ゆるやかに揺らされている尻尾は長くて立派だ。

睦月の胸の底で、なにか熱い塊が震えた。

睦月も睦月の仲間たちも狼になる。けれども、こんなに美しい狼を見たのは生まれて初めてだった。

息をするのも忘れて見入っていると、優美な足取りで狼が近づいてくる。

みるみるうちに金色の眸が視界に広がる。

睦月の小さな鼻の頭に、湿った鼻が軽くぶつかる。

ごく自然にわかった。

——ボクと、おんなじ。

猟獣だった。

目の前の金色の眸が甘く細められる。そうして、睦月の耳の下へと鼻先をもぐり込ませてきた。ひんやりと濡れた感触に肌をこすられ、睦月は首筋を晒すかたちで伸ばした。

丁寧に匂いを嗅がれていく。

くすぐったくて恥ずかしかったけれども、睦月はおとなしくしていた。これが猟獣の情報の集め方だからだ。自分より上位の相手から求められたら、応じなくてはならない。本能に刷り込まれた決まりごとだった。

銀色の狼は納得した様子で、四本の足を綺麗に動かして半歩下がった。

そうして、睦月の右手へと顔を寄せ、口を開いた。

濡れた感触が指に起こり、ぬるりと舐め上げられる。

「あっ…、だめ」

摘んでいた白い花びらが、大きな赤い舌のうえに鮮やかなコントラストで載っていた。

「か、かえして」

今度は前に転ぶかたち、睦月は狼の舌へと手を伸ばす。

けれども、花びらは舌に連れ去られて、口のなかへと消えてしまう。

　その口を両手で開こうとすると、短く唸（うな）られた。唸りに乗せられたメッセージに、睦月はうな垂れる。

「――――わかってるもん」

　研究所に戻りたくないと思っているのを見透かされ、帰るようにと叱（しか）られたのだ。

　帰りたくない。

　睦月は半年前に造られてから、ずっと保育塔で過ごしてきた。これからは飼育塔と呼ばれる場所に移されるのだが、場所が変わって飼育塔周辺など活動できる範囲が広がるだけで、生存権をかけた仲間との争いはさらに激しくなると聞いている。

　定期的に心身の厳しいチェックを受けて、仲間に牙（きば）を剥（む）いて口を血まみれにする日々。

　睦月はぷっくりした唇をキュッと噛（か）み、小さな拳（こぶし）を握る。つぶらな目を上げて、銀色の狼をじっと見つめた。

　やっぱり、すごく綺麗だ。スカスカだった胸のなかが、熱い感動でいっぱいに埋められていく。

　見入ったまま、尋ねる。

「シイクトウにすんでるの？」

　狼が鼻先をわずかに下げた。

「また、あえる？」

　今度はほっぺたを優しく舐められた。

　くすぐったくて、なんだか無性に嬉（うれ）しくなって、睦月は丸い頬（ほお）でにっこりする。

「いっしょにかえってくれる？」

　もう一度、ほっぺたを舐められた。狼がやわらかく鼻を鳴らす。背中に乗せて連れて帰ってくれるというのだ。

　睦月はとても手触りのいい獣の背中に跨（また）がった。幼い睦月の重さなどまったく感じていないかのように、狼は軽やかな足取りで森を走りだす。

　空から降りてきたふかふかの雲に乗っかっているみたいで。

銀色の眩しい項へと、睦月は顔を深く埋めた。

飼育塔に移されてから一週間のあいだ、睦月は調教部屋に監禁された。保育塔から飼育塔に移動するとき勝手に単独行動したことへの罰だった。

部屋のコンクリート床の中央には鎖が埋め込まれていて、二メートルほどの長さの鎖の端には鉄の首輪がついていた。調教部屋にいるときは、その首輪をずっと嵌められていた。

しかし一日の大半は、同じ地下の奥まったところにある研究室で過ごさせられた。そこにはたくさんの医療機器が詰め込まれていて、睦月は被験体として扱われた。

何度も注射を打たれては、二本足から四本足へ、四本足から二本足へと変容させられた。身体が造り変えられるときには、骨まで熱湯に浸けられているかのような激痛に襲われる。それを日に何度も、ひどいときには十分置きにおこなわれて、脳波や脳内分泌物質を測定された。

「もう、ヤだよ……やめて、やめて」

泣いて頼むのに、ブリーダーは注射を打つ。

骨が歪んでいく痛みに、睦月は手足の指を鉤状に折り曲げて宙を必死に掻く。唇を動かして痛みを訴えたが、すでにそれは獣の唸り声でしかない。

獣のものへと化した耳に、ブリーダーの冷ややかな声が届いた。

「いらなくなって廃棄になったら、殺されるか、こうして実験されつづけるかの、どちらかだ。身体でよく覚えておくといい」

「――――」

激痛と絶望とで、目の前がどっと黒くなる。

……これまで睦月は、ブリーダーにいらないと判定されて消えていった仲間たちのことを、深く考えたことがなかった。もしかすると怖くて、無意識のうちに考えないようにしていたのかもしれない。

いなくなった仲間の顔が次から次へと思い浮かぶ。睦月と闘って負けた翌日に保育塔から消えた仲間の顔もあった。その意味が、いまになって一気に押し寄せてくる。

「あ、あ、ア、ア」

仲間たちの顔がいつしか白い小さな花びらへとすり替わり、睦月の手指にまつわりつく。剝がしても剝がしても、また新たにへばりつく。手が花びらで、びっしりと覆いつくされる。

その白が、じわぁっと赤く染まっていく。

まるで、手が血にまみれたかのようになる――。

「アアアーッッ」

悲鳴とともに目を見開く。

いつ研究室から調教部屋に戻されたのか、記憶になかった。

裸のまま首輪を嵌められていて、一日に一度だけ与えられる食べ物と水が入った器が、床に置かれていた。

「ヤだ」

ガタガタの声で呟く。

「こんなの、ヤだよぉ」

自分の内側に逃げ込むみたいに、精一杯、身体を小さく丸める。

打ちのめされているのに、腹部からキューキューと空腹の音がたちはじめる。しばらくののち、グズグズと鼻を鳴らしながら睦月は起き上がった。

食べ物の器に手を伸ばす。

どうしてだろう？

四本足のときはなんでもないのに、二本足のときに裸でいさせられたり、ドッグフードと呼ばれる乾いた硬い粒状のものを食べたりすると、とても惨めで悲しくなる。自分が傷つけられていると感じる。

四本足と二本足とでは、身体だけでなく、心のかたちまで変わってしまうのかもしれない。

「…………ボクって……なに？」

ぽつりと尋ねて、飢えも渇きも癒やさないまま、ぐったりと身体を床に崩す。

被毛のない薄い肌に、コンクリートのざらつきが冷たく刻み込まれていく。

1

「あー、また怪我してるー」

大きな声が降ってきて、睦月は子供用のどんぶりに伏せていた顔を上げた。餌場に置かれた長テーブルの向こう側に、よく似た顔をした少年がふたり立っていた。

猟獣には珍しい、双子の壱朗と次朗だ。睦月より二年早く造られた、月齢三十三ヶ月。二本足——人間の外見年齢では十二歳ぐらいだ。

まだ月齢九ヶ月の睦月は、彼らの半分ぐらいの年齢の人間外見をしている。

人間と狼の遺伝子を混ぜて造られる猟獣は、ほかの獣がそうであるように、初めの一年で急速に成長する。また生後六ヶ月までいる保育塔ではほぼ狼の形態で過ごすため、成長速度も狼に準じる。

次朗がガッタンと音をたてて、睦月の向かいの席に座った。その横のパイプ椅子に壱朗も静かに座る。このふたりは、なにかと睦月のことを気にかけて、声をかけてくれるのだ。

壱朗が自身の唇の横を指差す。

「ご飯粒ついてるよ——そっちじゃなくて、反対。そうそう、取れた」

「てか、ムーミン、犬食いしてただろー」

次朗は初めて会ったときから、睦月のことをムーミンと呼んだ。ムーミンは次朗が大好きな絵本のキャラクターで、変なかたちをした遠い国の妖精（ようせい）もどきだ。丸いほっぺたがそっくりだと次朗は言うけれども、睦月はあんまり嬉しくない。

「犬食いって、まぁ僕たちは半分犬みたいなものだけどね。ミトコンドリアDNAの解析によれば、犬は十三万五千年前に分岐した狼の子孫らしい」

壱朗が冷静なツッコミを双子の弟に入れる。

「えっ、あんな愛玩（あいがん）ドーブツと一緒にすんなよー」

「愛玩されるほど可愛（かわい）くはないね。特に次朗は一重で目つき悪いし、鼻はあんまり高くないし」

「って、おんなじ顔だろーが」

「同じ顔を可愛いって言うほうが問題だよ。より生存能力の高い子孫を残すために、遺伝子は自分から遠いものをよしとするのがノーマルだから」

「……頭パンクする」

ふたりのやり取りが楽しくて、睦月は尻尾の代わりに、床につかない脚をブンブンとテーブルの下で振りまわす。それを壱朗が気づいて注意する。

「貧乏揺すりはダメだよ。それと、そろそろ和食のときはお箸（はし）を使うようにしないと」

「そーそー。ムーミンは戦闘能力まずいんだから、人間偽装能力とか、ほかで点数稼がないと廃棄されちゃうぞ」

「……、うん」

頷（うなず）きながら、飼育塔に移された初めの一週間のことを思い出して睦月は蒼褪（あおざ）める。

廃棄になったら、殺処分か、あるいは被験体にされてしまうのだ。

――でもボクにまけたら、その子が……。

負けるわけにはいかない。でも、自分が勝てば相手が一歩、廃棄に近づく。

仲間と闘わされるとき、睦月はいつも強い躊躇いを覚える。追い詰められれば死に物狂いで牙を剝くが、それまでに怪我を負わされることが多かった。

今日も午前中の闘いで、首筋を牙で抉られてしまった。なんとか勝てたものの首は包帯でぐるぐる巻きだ。いまも脈拍に合わせて傷口が痛んでいる。

スプーンで親子丼を掬って口に運びながら、睦月は双子を上目遣いに見る。

猟獣のトーナメント式の戦闘力テスト――ラウンドと呼ばれる――は同期内のみでおこなわれる。その結果を含めたトータル能力でAからDまでランク付けをされ、ランク外は廃棄処分となる。

双子は揃ってランクAを維持していた。

いつもポンポンと楽しそうに会話しているふたりだが、彼らもまた、仲間を傷つけ蹴落として、ここにいるのだ。

餌場をぐるりと見まわす。ここにいる何十人の猟獣は例外なく、仲間の血で汚れている。そう思うと、明るい蛍光灯に照らされている空間が、薄暗く濁って見えた。

と、その薄暗い空間の片隅に、キラキラとした煌めきが生まれた。睦月の目は自然とそちらへ、餌場の入り口へと吸い寄せられる……胸の奥のほうが反射的に熱くなった。

入ってきたのは、金髪と黒髪のふたりの少年だった。実年齢は三歳九ヶ月、人間外見では十代なかばぐらいだが、ふたりともすらりと背が高い。タイプは違うけれどもそれぞれに華のある顔立ちで、Tシャツの重ね着にカーゴパンツという周りと同じような服装なのに、すごく格好がいい。

双子も入り口のほうを振り返る。

「あー、ランクSじゃん」

通常はAからDまでのランク付けなのだが、特に優秀な場合はランクSがつけられるのだ。新たに餌場に入ってきたふたりは、ランクS認定をされていた。現在、飼育エリアにいる猟獣でランクSは三人だけだ。

餌場全体が静かになり、憧憬の視線がふたりへと集中する。

睦月もまた……いや、睦月が見つめているのは、ひとりだけだった。

——ツキタカ。

胸のなかで名前を呼んだだけで、睦月の頬は熱くなる。

金色の髪に緑青色の目をした彫りの深い顔立ちの少年こそ、あの日の白銀色の狼だった。月貴は狼のときも美しかったが、人間のかたちのときも華やかで品がよく、睦月はいつも見惚れてしまう。

月貴を見ていると、心の迷いも、身体の痛みも溶けていく。いまも、首の痛みがすっかり消し飛んでしまっていた。

「そういえば、飛月って、睦月みたいだったんだって」

壱朗の言葉に、睦月は目をしばたく。

飛月とは、黒髪のほうの少年のことだ。月貴と同期で、いつも一緒に行動している。野生的な顔立ちと雰囲気で、睦月は彼のことがちょっと怖い。実際、ラウンドのとき、彼は情け容赦なく仲間の肉を食いちぎるらしい。

「ボクみたい…?」

飛月と自分のどこにも共通点を見いだせなくて、睦月は首を傾げる。

「ラウンドが苦手で、ずいぶん弱かったって話だよ」

「えー、うそだぁ」

からかわれているのかと思ったが、壱朗はいたって真面目な顔をしている。

「本当に。それで廃棄処分に回されかけたこともあったらしい」

「そーそー。廃棄を撤回してもらうのに、かなーり危ない実験に協力したり、無茶したんだってさ」

「飛月はいまもよくブリーダーの実験に付き合ってて、それも加点されて、ランクSを維持してるらしいよ」

「……」

　睦月は離れたテーブルで食事をしている飛月を見る。生まれつき精神も肉体も強いように見える彼の裏話は、ものすごく意外だった。

　飛月を見ていたはずなのに、しかし睦月の視線は気がつくと、その横に座って綺麗な手つきでナイフとフォークを操っている月貴へと吸いつけられていた。

　次朗が親子丼を頬張（ほおば）りながら、もごもごと文句を言う。

「ランクSのランチはステーキなのな。あーあー、俺（おれ）も思いっきり肉食いてー」

＊　＊　＊

　月貴は血の滴りそうなレアステーキをナイフで切りながら、遅れてテーブルに着いた飛月の皿を見て、くすりと笑った。

「ウェルダンすぎ」

「赤い肉は気持ち悪い」

「仲間の肉は平気で食いちぎるくせに？」

　軽くいじめてやると、飛月が大きな唇をきゅっと横一文字に引く。

　不機嫌顔で焼けすぎた肉と粉吹き芋をもそもそと食べていた飛月が、ぼそりと言った。

「春月（しゅんげつ）、廃棄になったんだってな」

「ああ、うん」

「昨日はお前とのラウンドだったよな」

　咎（とが）める響きが、飛月の声には混ざっていた。

「俺は必要なことをしただけだよ」

月貴は無表情にステーキを口に運ぶ。

「でも、春月とは――」

飛月の言いたいことはわかる。

春月は同じ時期に造られた猟獣で、ずっと一緒に育ってきた。しかも、月貴は彼と肉体関係を持っていた。雄しかいない猟獣のあいだでは、性欲の処理を仲間内でおこなうことが黙認されている。とはいっても、肛門性交は禁じられていて、定期健診でその点も詳細にチェックされる。もし問題行為があったと発覚すれば、厳罰に処せられる。

月貴はその肉体関係のある相手を、昨日ラウンドで殺したのだ。今回が初めてではない。三人目だった。

三人の体温も喘ぎ声も血の味も、月貴はありありと思い出すことができる。

「俺だったら、エッチしたヤツを攻撃するなんて絶対にできない」

喉が詰まったみたいに食事の手を止めて、飛月が呟く。

「飛月は誰ともしないくせに」

「……俺は、ひとりしかいらないから」

「純粋だね」

だから、いじめたくなる。

「これで、同期で残ったのは、俺たちふたりだけになったね。ねぇ、飛月。もし、どちらかひとりしか、ここを出て現場に行けないって言われたら、どうする?」

「――」

見返してくる飛月の目が強張る。強張ったあと、しかし迷いのない答えが返ってくる。

「俺はなにをしてでも、アルファになる」

猟獣は五歳になると、現場に出される。現場で仕事をし、もっとも優秀な者にはアルファの称号が与えられる。狼の群れのトップをアルファ狼と呼ぶのになぞらえているらしい。

そのアルファになることができれば、特別待遇を受けられるのだ。

　思い詰めた顔をしている飛月の肩を、月貴は抱いた。

「冗談だよ。せっかくのランクSに潰し合いをさせるほど、ブリーダーたちもバカじゃない。ふたりとも現場に行けるよ」

　間近にある黒々とした眸が明るくなる。その目が、少し離れた場所へと向けられた。

　月貴もそちらに視線を向け……焦げ茶色のつぶらな眸と目が合う。

「あれ、睦月だっけ？　月貴が連れ戻した子だよな」

「そう。俺が拾ったお姫様。すごく可愛いだろ」

「……首、ラウンドでやられたのかな」

　細い首にぶ厚く巻かれた包帯が痛々しい。

「だろうね」

　月貴は微笑を浮かべて、顔の横で指先を軽く揺らした。すると、睦月のやわらかなラインの頬がみるみるうちに真っ赤になっていく。まるで食べごろのリンゴだ。その様子を目を細めて眺めながら、月貴は予言する。

「あの子は生き残れない」

「え？」

「九ヶ月のわりに身体が小さすぎる。ランクD常連だ。明日、廃棄になってもおかしくない」

「……そういうこと、あっさり言うな」

「ただの事実だよ」

　一緒にいる双子に顔の赤さを指摘されたのだろう。睦月は両手で自分の頬を隠して、怒ったような困ったような顔をしている。

　月貴はテーブルに頬杖をついて、クスクスと笑う。

「本当に、可愛いなぁ」

「――やめろよ」

　横で飛月が唸るように言う。

「やめろって、なにを？」

　とぼけると、飛月が本当に怒った声になる。

「春月がいなくなったからって、あんな小さい子はやめろ」

「俺に気に入られるのは縁起が悪いから？」

右手で頬杖をついたまま、月貴は左手のフォークで赤い肉を口に運ぶ。

「どうせ生き残らない子だよ。どうしたっていいいんじゃないかな」

＊＊＊

飼育塔の一画には、小さな図書室がある。睦月は少しでも空いた時間があると、そこで過ごす。まだ漢字はほとんど読めないから絵本やひらがなだらけのものを選ぶのだが、本を開いていると、紙のなかの世界がぐんと広がって、現実が紙みたいに薄っぺらくなる。

そうすると、次のラウンドへの不安や、人間なのか獣なのかわからない自分への気持ち悪さが薄らぐ。

本のなかに逃げ込む。それが睦月にとっての読書だった。

でも、ほかの猟獣たちはあまり読書を必要としていないらしい。ここで誰かと一緒になることは滅多になかった。

ただ、双子とはときどき鉢合わせる。次朗はたいていムーミンの絵本を読んでいて、壱朗は漢字が多い本を読んでいる。

初めて次朗に「あー、ムーミン！」と指差しで声をかけられたのも、ここでだった。

今日は双子の姿もなく、図書室はがらんとしていた。

睦月はいつものように書架の陰の奥まった場所に置かれたソファに座る。そうして、読みかけの本を開いた。図書室には長くても三十分ぐらいしかいられないのだ。

ひと文字ひと文字を指でなぞっていく。紙のなかの世界が広がり、現実が遠ざかる。聴覚も完全に、物語の世界へと向けられてしまっていた。

それで、近づいてくる足音に気づかなかったらしい。

「おもしろい？」

ふいに真横からやわらかい声に尋ねられて、睦月は現実に戻りきれないまま顔を上げた。

「…………」

緑青色に煌めく眸のうえを閃く、金色の長い睫。金色の髪、透けるように白い肌。甘くて品のある顔立ち。

おとぎ話の王子様がそのまま、横に座っていた。

睦月はぽかんと口を開けて、瞬きを繰り返す。

「むつき」

名前を呼ばれて、感電したみたいに身体がビクンッと跳ねた。ようやっと、本物の月貴がソファに並んで座っているのだと理解する。

「お、オウジサマかと、おもった」

理解はしたものの、びっくりしっぱなしで、そんなことを口走ってしまう。

この三ヶ月間、月貴が遠目に微笑んだり手を振ったりしてくれたことはあったが、こんな近くで言葉を交わす機会はなかったのだ。

月貴が楽しそうに笑う。

「俺が王子様なら、睦月はお姫様？」

睦月はブンブンと首を横に振る。本のなかの金髪の王子様はみんな月貴に置き換えていたけれども、自分をお姫様に置き換えたことはなかった。

「ムーミンにそっくりだって、ジロウが」

「ムーミントロール？」

月貴は笑ってから、小首を傾げて覗き込んできた。

「うーん。それよりも、赤ずきんちゃんかな」

「あかずきんちゃん？」

潤んでいるのか、緑青色の眸がチカリチカリと光を弾く。

「そう。悪いオオカミに食べられそうになる女の子」

月貴の眸に吸い込まれそうになりながらも、睦月は訂正する。

「ボクはオンナノコじゃないよ」

「でも、女の子みたいに可愛いよ？」

鼻先が軽くぶつかり合った。

「……、……」

息が詰まってしまって、睦月は自分の肩口に顔を埋めるみたいにした。すると、月貴が包帯を巻かれた首筋に顔を伏せてきた。耳の下に高い鼻先がこすりつけられる。初めて狼の月貴に会ったときのことが思い出された。

丁寧に、匂いを嗅がれる。

いつもは月貴を見ているだけで身体の痛みが吹き飛ぶのに、いまは逆に首筋の傷がすごく熱くなってズキズキしていた。

「ぁ」

包帯のうえから傷口を舐められる。

咄嗟に逃げようとすると、月貴の体重がかかってきた。支えきれなくて、睦月の身体はソファに横倒しになる。

月貴が覆い被さってくる。

首の包帯をほどかれていく。露わになった傷口を、やわらかい濡れた感触が這いまわる。痛くて熱くて怖くて、睦月はソファの角をぎゅうっと握った。

「う、ううウゥ」

半分、獣の唸り声になる。

「図書室では静かにね」

唸らせているのは月貴なのに、やんわりと注意される。そうして、口を掌で軽く押さえられた。

睦月も獣の姿のときには、怪我をした場所をよく舐める。月貴も早く良くなるようにと舐めてくれているのだろう。睦月はこそばゆさと恥ずかしさを必死で堪えた。

月貴からはなにか甘いような匂いがしていた。普通ならこれだけ近づいていれば匂いから多少の個人情報や感情は読み取れるはずなのに、匂いが複雑すぎてよくわからない。

睦月は少し不安になりながら、月貴の様子へと意識を向ける。

彼の呼吸が苦しそうになっているのに気づく。もしかすると、どこか怪我をしているのかもしれない。

「……も」

掌の下、掠れ声で伝える。

「ボクもなめる」

「え？」

首から舌が離れた。怖くなるぐらい近くから宝石みたいな眸が覗き込んでくる。

「いた——いたいとこ、なめる」

半泣きの顔で、真剣に言う。

「ツキタカがいたいのヤだから、どこでもなめるよ」

「…………」

笑いかけていた月貴の目が、ふと伏せられた。そのまま瞼が閉じられ、金色の眉が歪む。

睦月は心配になって、月貴の頬に手を伸ばした。白くてなめらかな肌を掌でさする。

「いたいの？」

月貴は首を縦にも横にも振らなかった。代わりに、ゆっくりと瞼を上げて、緑青色の眸をわずかに揺らした。

気だるげな仕草で上半身を起こした月貴は、睦月を抱き起こし、膝のうえに座らせた。そうして後ろから、首の包帯を巻きなおしてくれる。

「ありがと」

「ん…」と喉を鳴らす音とともに、睦月の頭頂部にやわらかい重みが生まれる。月貴が顎を載せているらしい。月貴の両手が重ねて置かれているお腹のところが、とても温かい。

月貴は静かにそうしていたいみたいだったから、睦月もじっとしてしゃべらないでいた……なんだか、本のなかの世界に、現実が丸ごと包み込まれてしまったような、ふわふわとした不思議な感じだった。

2

図書室での出来事を境に、月貴は睦月を見かけると声をかけてくれるようになった。

「おはよう」とか「おやすみ」とか、そんなひと言で嘘みたいに元気になれる。ちょっと時間があるときは、人間社会の話を聞かせてくれたりする。月貴はブリーダーたちとも普通に会話をするから、いろんな知識があるのだ。

月貴は優秀だから、五歳を迎えたら現場——人間たちが住むところに移って、仕事をすることになるだろう。猟獣の仕事は、人間社会に貢献するものらしい。

でも自分が現場に行く日は来ないのだろうと、睦月は諦めていた。

睦月は相変わらずのランクDで、負傷が絶えない。でも怪我をすると図書室のソファで月貴が患部を舐めてくれるから、それはとても嬉しかった。月貴は滅多に負傷しないけれども、掌の傷を舐めさせてもらったときは全身がドキドキした。

そんな関係が一ヶ月以上も続いていたが、月貴は誰にでも感じがよくて優しいから、自分だけ特別扱いだなどと勘違いしないように、睦月は頻繁に自分で自分を叱りつける。

その日も図書室の奥のソファで太腿の怪我を月貴にいっぱい舐めてもらった。月貴が去ったあと、睦月も服を直してから図書室をあとにしたのだが、

「ムーミーン」

急に声をかけられて、ぴょんと飛び上がった。

別に後ろめたいことはしていないのに、おろおろしてしまう。

「ジ、ジロウ」

「俺、見ちゃったー」

「なにを?」

次朗は思わせぶりな顔で質問を無視する。

「ムーミンて、まだ十ヶ月なのに、もー発情期なわけ？」

「はつじょう……ちがう、ちがうよっ」

睦月は真っ赤になる。

あまり詳しくは知らないけれども、猟獣は三歳近くになると、身体に異変が起こって、いやらしいことをしたくなるらしい。

次朗が睦月の周りをぐるぐる回りながら匂いを嗅ぐ。

「ん――――、微妙」

「そんな、かぐなってば！」

「月貴には嗅がせてるじゃん」

「ツキタカは――ツキタカはいいけど、ジロウはダメ！」

「えーっ」

「イチロウは？　いないの？」

いつもなら次朗を止めてくれる壱朗の姿がない。

尋ねると、次朗は顔を曇らせた。

「なんか具合悪いって寝てる。でも風邪じゃないみたいだし……俺にまで心閉じてんの。感じわるー」

壱朗と次朗は双子のせいか、心を開いていると、互いの痛みや考えていることが自然にわかるのだという。

「しんぱいだね」

壱朗と一緒にいないときの次朗は、いつもの半分ぐらいしか元気がないように見える。次朗が睦月の額を親指でぐりぐりと押してくる。

「それよか、自分の心配しろよ。夜、またラウンドなんだろ」

「うん…」

「でも急にラウンドが入るのって珍しーよな」

そうなのだ。昨日の晩、いつものトーナメント式にスケジュールを組まれているものとは別口のラウンドに参加するようにと、ブリーダーから言い渡されたのだ。こんなことは初めてだった。

「明日の晩飯はムーミンの大好きなクリームコロッ

ケだから、しっかり頑張れよー」

頷くものの、睦月の気持ちは大きく揺らいでいた。

明日、まだ廃棄されずに、ここにいられるのか。

一週間後は、一ヶ月後は……。

これから四年二ヶ月のあいだ判定をクリアしつづけることができれば、研究所の外で仕事を与えられ、簡単に廃棄されることはなくなるという。

でも睦月には、自分がそこまで辿り着けるとはとても思えなかった。

——もう、いいのかも…。

最近、ふと考えてしまうのだ。

どうせ五歳までもたないのなら、今日、終わりになってもいいのではないか。

被験体にされるのは絶対に嫌だから、殺処分がいい。

そうしたら、ここから、この獣だか人間だかわからない、グラグラする心と身体から自由になれる。夜、蜂の巣のように壁に刳り貫かれた寝床で丸まって、傷の痛みや不安に泣かなくてすむ。

ただ、廃棄になったらもう月貴とは会えなくなってしまうから、それはすごく寂しい。彼ともう少しだけでいいから一緒にいたい。

『ラウンドの相手が入る。準備はいいかい？』

天井のスピーカーからブリーダーの声が響く。

睦月は焦げ茶色の鼻先をわずかに下げてみせる。

短い四本の足で踏んでいるコンクリートの床には、いくら洗っても洗い流せない重ねられた血の染みが、大小の黒い斑模様となって広がっていた。

今夜これから、新たな染みが上塗りされるのだ。

それは果たして、睦月のものなのか、対戦相手のものなのか。

睦月は正面のゲートを、琥珀色の眸で凝視する。

尻尾をゆっくりと振って、張り詰める緊張感を散らそうとする。

ラウンド場の壁には一ヶ所にだけ嵌め殺しの窓がある。その横長のガラスの向こうには椅子が並べられており、いまは白衣のブリーダーが七人座っている。いつもよりずいぶん人数が多いものの、今日は外部の人間はいないらしい。

たまにスーツ姿の男たちがラウンドを見学することがあるのだが、彼らはどちらの猟獣が勝つのか賭けをしているようだった。闘いが終わったあとのボロボロになった睦月を指差して喜んだり怒ったりしながら、彼らは紙幣をやり取りするのだった。

猟獣の必死な闘いを娯楽に使う「役人」と呼ばれる彼らのことが、睦月は嫌いでたまらない。人間に歯向かってはいけないと言われていても、反射的に役人たちに牙を剝いてしまう。しかしその威嚇すら、彼らは手を叩いて愉しむ。

……見つめる先、ゲートの鉄扉がうえへとスライドしていく。

今夜の対戦相手は誰なのか。

五ヶ月前に保育塔から飼育塔へと一緒に移ったのは、睦月も入れて十二人だった。そのうち、すでに四人が脱落した。残りの仲間とはトレーニング中は行動をともにしているが、言葉を交わすことはほとんどない。互いに、ラウンドで牙を闘わせる同期が一番の敵だということが身に沁みているからだ。なまじ仲良くなってしまえばそれが足枷となって、本気で勝ちにいけなくなる。

鉄扉が上がりきり、ゲートから裸の子供が出てきた。人間の姿のままだ。

「あ、ムツキだ～」

久しぶりに友達に会ったのを素直に喜ぶ様子で、相手は満面の笑顔になる。

睦月の背中の毛が、ざわりと逆立つ。

――ト、モ……？

黒い左目と、金色の右目。後ろでひとつに結んだ髪は黒ベースで、グレイのメッシュが入っている。鋭い印象の顔立ちに浮かぶ、世界中を小バカにしているみたいな表情。

　この五ヶ月で、ずいぶんと背が伸びていたが、間違いない。睦月と同じ年に造られて廃棄されずに保育塔を出ることができた、十三人目。

　朋だった。

　猟獣の名前には「月」という字が入るのが慣例になっているが、朋はひと文字にして、ふたつの月を与えられている。彼は造られたときから特別だからだ。その特別さと気性の荒さのため、朋は保育塔でも半隔離状態にあり、現在は飼育エリアの外れにある建物に閉じ込められている。

　人間の目線の高さから見下ろしながら、朋がゆっくりと近づいてくる。睦月の四本の足は自然とあとずさる動きをする。尻尾が低い位置で硬くなる。

「なんで、にげんだよぉ」

　朋が口を尖らせる。

　——なんでって……。

　保育塔にいたころから、朋の異様な能力は知っている。

　しかも彼は月貴や飛月と同じランクS判定を受けていた。ランクD常連の睦月が決して勝てる相手ではない。

「あたま、なでてやろっか」

　うえから半嗤いの声とともに、指を広げた手が降ってくる。逃げようとしたのに、朋は素早い動きで、睦月の鼻を掴んだ。すごい力だ。頭を振って手を外そうとすると、朋の手に変化が起きた。

　硬い爪が短い被毛に覆われた鼻に喰い込んでくる。

「キャン…ッ」

　痛みに啼き声を上げて、睦月は飛び退いた。五本の爪痕を刻まれた顔の中心が熱い。

　朋から遠く距離を取りながら、睦月は見る。朋の右手の爪だけが変容を起こしていた。鋭くて厚みのある爪だ。

　朋が人間の姿のまま、四肢をつく。そしてふざけたように「オォン」と啼いた。人間の手足のままなのに、獣の脚さばきで近づいてくる。肩につく長さの斑色の髪が幾筋か、朋の顔にかかり、揺れる。その前髪が、フッ…フッ…と荒い吐息で吹き上げられる。

床を踏む四肢が、一瞬、被毛に覆われた獣のそれになったかと思うと、次の瞬間にはまた人のものに戻る。

変容による痛みや違和感を、朋はまったく覚えないのだ。

人の姿をしていながら、完全な獣。

猟獣の中途半端な揺らぎが、彼にはなかった。

——コワイ……キモチワルイ。

本能的な拒否感に、睦月は鼻の頭に皺を寄せた。牙を剥いて唸る。

朋が、高い跳躍で飛びかかってきた。

なにがなんだか、わからなくなる。身体のあちこちで、熱い痛みが弾け、焦げ茶色の毛が束になって飛び散っていく。逃げるのに、尻尾を摑まれて引き戻される。後ろ脚をがぶりと嚙まれた。

変幻自在に人と獣を行き来する朋に、睦月はもてあそぶように痛めつけられた。

——ころされる……？

今夜、殺処分になってもいいなどと考えていたはずなのに、いざ死を目の前に突きつけられれば、途方もない恐怖が身体の底から衝き上げてくる。自分のすべてが、死にたくないと悲鳴を上げる。

全力を振り絞って、睦月は相手の腕に牙をめり込ませた。骨まで嚙み砕こうと顎に力を入れていく。

「いってぇなぁ」

脇腹を蹴られ、首筋を摑まれてコンクリート床に叩きつけられた。

立ち上がれずにもがいていると、朋が圧しかかってきた。横倒しのまま、首を床に押さえつけられる。

朋が嗤いながら言う。

「にんげんのムツキがいたがるの、みたぁい」

「……」

光の鈍くなった目で見返すと、朋が駄々を捏(こ)ねるみたいに身悶(みもだ)えする。

「はやくぅ。のど、かみきっちゃうよ?」

本気なのだろう。

「ク……ゥ、ゥン」

まだコントロールが難しいけれども、変容の訓練はきちんと積んでいる。睦月は懸命に気持ちを緩めて、変容に必要な脳内分泌物質を出そうと努めた。

「どうしたんだよぉ」

「――」

「まだぁ?」

「――……………、……」

新たな恐怖に、睦月の身体は強張っていく。

――なんで?

「あれぇ?」

朋が嗤いに身を震わせた。

「もどれなくなっちゃった?」

頭から血の気が引き、目の前がどんどん暗くなっていく。

朋の言うとおりだった。どうしても戻れない。

朋が身体を起こすと、ブリーダーたちのいる窓に向かって詰まらなそうに報告する。

「カイー。こいつ、オチちゃったかも」

人間に戻れなくなった猟獣は、殺処分と決まっている。


ベッドのうえにぐったりと横になった睦月に、白衣の男が何度目かの注射を打った。獣から人間へと戻すための薬剤だ。常態なら起こるはずの変容が、いつまでたっても起こらない。

ひと晩中、二時間置きに注射を打たれた。

カーテンの狭間(はざま)から朝の陽射しが入り込んでくる。

「変容の予兆は確かに出ているんだが…」

ブリーダーがモニターを確かめ、難しい顔で判断を下す。

「これ以上の投薬は無意味だ」

打つ手はない。廃棄処分にする、ということなのだろうか。

睦月の身体につけられていた、さまざまな測定用の機具が外されていく。

自分が五年も勝ち残れるはずがない。いつか脱落するだろうとわかっていた。それでもいざ現実となると、おしまいは唐突で理不尽なものに感じられた。

獣の目から、涙が零れる。

冷たく整った顔に眼鏡をかけたブリーダーと目が合った。

「朋のラウンドの相手をしたときに受けたショックで、変容を促すセロトニンがブロックされているのかもしれない。ストレスを緩めれば、戻れる可能性はある」

淡々とした調子だ。

彼は甲斐という名で、ブリーダーのなかでも高度な研究職に携わっている人間だった。また、朋専任の管理者でもある。保育塔時代から、凶暴な朋も、甲斐の言うことにだけは従っていた。

睦月の身体に毛布をかけてから、甲斐は部屋を出て行った。

戻れる可能性はあると言われたが、とてもそうは思えなかった。きっと、このまま殺処分になるのだ。取り返しのつかない現実を受け入れられなくて、心が絶望一色に塗り潰される。

心身ともにボロボロに疲弊しきっているのに、身体は足先までガチガチに強張ったままだった。眠ってしまいたいのに眠れなくて、怖さばかりが膨らんでいく。

破裂しそうな感情を咆哮で逃がそうとしたとき、廊下を歩いてくる足音が聞こえてきた。

「……」

睦月は耳をピクリとさせる。

——……この、あしおと？

知っている足音がドアの前で止まる。開かれたドアから、煌めきがパァッと部屋のなかに広がった。

「睦月っ」

月貴が駆け寄ってくる。その後ろから、甲斐が入ってきた。

馴染みのある手が、傷ついた身体を撫でてくれる。心まで撫でられているみたいで、睦月は咆哮の代わりにピスピスと鼻を鳴らした。

――ツキタカ……ツキタカ…！

「甲斐さんが睦月のことを知らせに来てくれたんだ」

「睦月のデータに、月貴との親密な関係の記載があった。管理映像でも該当箇所を確認できたから、ブロック解除を手伝ってもらうことにした」

月貴が訝しむ顔を甲斐に向けた。

「ブロック解除？　管理映像って……」

「いつも君たちが図書室でしている行為で、変容に必要な脳内分泌が起こる可能性がある」

「――図書室の、盗み撮りしてたんですか」

「管理用の記録映像だ」

月貴との肌を舐め合う秘密めいた行為をブリーダーたちに監視されていたのだと知って、睦月は大切なものを汚された心地になる。

甲斐がドアへと歩きながら言う。

「私がいてはやりにくいだろう」

「ここにも監視カメラがあるんじゃないですか？」

月貴が苦笑混じりに問う。それには甲斐は答えなかった。ドアが閉められる。

ドアから睦月へと、月貴の視線がゆっくりと移される。

――……？

なにか、いつもと違う。光沢の消えた目を、月貴はしていた。けれどもそれは瞬きひとつで、いつもの優しい目に切り替わる。気のせいだったのかもしれない。

「それじゃあ、始めようか」

月貴が覆い被さってくる。

傷だらけの鼻先に、人間のままの月貴の唇が押しつけられる。朋が刻んだ五つの爪痕を、温かい舌でひとつひとつ舐められていく。

「――、…」

　睦月は思わず顔をそむけてしまった。酷い怪我は縫合されて包帯を巻かれているものの、あちこちの被毛は血で固まっている。こんなみっともない獣の姿で、白くて綺麗な人間の月貴に触れられるのは、間違っている。

　間違っているのに、月貴は両腕で睦月の身体を抱いた。そして、意外なほどの激しい舌使いで傷口を舐めだす。泣きたくなって、睦月はもがいた。「やめて」と獣の言葉で何度も伝える。けれども月貴は、やめてくれない。

　細やかに舐め溶かされて、少しずつ睦月の身体は弛緩していく。尻尾がやわらかく揺れだす。

「ウウ……ゥ」

　顎の下に手を入れられた。月貴の唇が喉笛に触れる。歯が薄い喉の皮膚に食い込んでくる感触に、睦月はゾクゾクした痺れを覚えた。その痺れが頭のなかを満たし、神経を伝って全身へと押し流されていく。

　指先まで、身体からいっさいの力が消えた。

　喉に食い込んでいた月貴の歯が、驚いたように力を緩めた。

「グ、ゥ、ウ、ウ」

　肉体が造り変えられていく激痛に、睦月は切羽詰まった呼吸を繰り返す。溶けるように獣毛が消え、あられもなく紅潮した肌が現れる。

　月貴の腕のなかで、睦月はビクンッビクンッと幾度も痙攣を繰り返した。その間隔が次第に空いていく。

「ウ……ぁ…ふ、あ」

　人の発声で甘苦しく喘ぐ。

　月貴の手が、睦月の臀部から腰、背中を辿り上げる。そのまま、月貴は裸の睦月を抱き込んだ。

「可哀想な、睦月」

人のかたちに戻れた安堵も束の間、その言葉で睦月は知る。

——また、くりかえすんだ…。

また日々下される判定に怯え、ラウンドをしなければならなくなったのだ。どうせ出口まで辿り着けないのに、走ることもやめられないで。

朋とラウンドしたときの恐怖が、身体の芯から噴き出してくる。身体が震えだす。月貴の背中に手を回して、しがみついた。

「わかんないよ」

涙がボロボロと溢れる。

「ボクは…どうすれば、いいの…」

月貴は睦月の震えをすべて吸収するみたいに、包み込んでいた。それから、シャツの袖で、涙と洟でぐしゃぐしゃになった睦月の顔を拭いてくれた。

月貴の肘がベッドにつき、仰向いている睦月の頭を両腕で抱え込む。

「ねぇ、睦月」

近すぎる距離で、緑青色が揺れる。尋ねられる。

「俺のことが、好き？」

考えるまでもない。すぐに素直に頷くと、月貴がやわらかく微笑する。

「そう。それなら、恋をして」

「……こい？」

「いまよりもっとずっと、俺を好きになって。ちゃんとした恋をするんだよ」

いまだって、すごく月貴のことが好きだと思う。でも月貴は、もっとずっと、と言う。しばらく考えたけれどもわからなくて、睦月は小声で問いかける。

「ちゃんとって、どうやって？」

月貴の顔がさらに近くなる。

「キス、しようか？」

睦月はパッと顔を明るくした。それなら本で読んだことがあるから、わかる。

「おとぎばなしの、だね」

お話のクライマックスにする、なんだか優しくてドキドキする、素敵なことだ。睦月はいつも恥ずかしくなって、そのシーンになるといったん本を閉じてしまうのだけれども。

月貴の目が笑う。

「おとぎ話のキスをしよう」

「うん!」

大きく頷く睦月の顎を、月貴の指がやんわりと摑んだ。……それだけで、心臓が大きく跳ねる。月貴の金色の睫が深く伏せられる。よくわからないけれども、睦月もまねをした。

月貴の唇が、唇に落ちてくる。

不思議な、とてもやわらかい感触に、睦月はピクンと身体を震わせる。ただ唇が重なっているだけなのに、頭の奥がくらくらする。

ほんの少し唇が離れて、睦月は弾む息をする。月貴が顔を反対側に傾けて、またキスをしてくる。今度は身体がふわふわと浮き上がる感じがして、睦月は月貴の肩にギュッと摑まる。

睦月が落っこちないように、月貴の手が裸の腰を苦しくなるぐらい抱き締めてくれた。

「ムーミンッッ!!」

医療塔から飼育塔に帰された睦月を待ち受けていたのは、次朗の怒鳴り声だった。

「ムーミンが堕(お)ちたらしいって聞いて、俺すげーへコんだんだぞっ! この大バカーッ」

拳を振りまわしている次朗は半泣き状態で鼻をズルズルさせている。

「もし、もしホントに堕ちたんなら、俺が、俺がちゃんと終わりにしてやろうって、ううう」

現場では、人型に戻れなくなった猟獣は仲間が責任を持って命を断つのだという。人間の勝手で始めさせられた命を、最期ぐらいは自主的に終わらせたい、という願いかららしい。

そんな嫌な役を引き受けてくれようとした次朗の気持ちに、睦月も鼻をぐじゅぐじゅさせる。

「ごめん、ごめんね、ジロウ」

「ゴメンネじゃねーよ」

次朗にむぎゅうっと抱き締められた。

「今日からムーミンのことビシビシ扱くからな。ラウンドの小技も伝授してやる。な、壱朗」

「うん。目指せ、ランクAだよ」

壱朗も、もう具合がよくなったらしい。睦月の頭をいっぱい撫でてくれた。撫でられながら、睦月は壱朗から覚えのある匂いを嗅ぎ取る。

「イチロウ…あまいにおい、してる」

そう言うと次朗が、睦月を抱いたまま、大袈裟に壱朗から遠ざかった。

「ムーミン、壱朗から離れてろよ。妊娠させられちゃうぞ」

「……にんしん？」

「壱朗のヤツ、やーらしいの。発情期だってさ。双子なのに俺より早く来たってことは、むっつりスケべ決定ーっ」

——ハツジョウキのにおい、だったんだ…。

キスをしているとき、月貴が似たような匂いを漂わせていたのだ。月貴はもうすぐ四歳なのだから、発情期でもなにもおかしくないのだが。

雄としての身体が整った猟獣は、狼の本能に従って、冬になると発情期を迎える。

まだ十ヶ月の睦月にはよくわからない感覚だけれども、真面目に思う。

——ツキタカがいやらしいことしたいなら、ボクにしてくれたら、いいな。

3

睦月はソファにうつ伏せになったまま、睫を震わせる。ぬるぬるになった脚のあいだをティッシュで拭かれて、それから尾骶骨のあたりに放たれたねっとりとした粘液を丁寧に取り除かれた。膝まで下げられていた下着とハーフパンツが引き上げられる。

赤い顔で肩越しに月貴を見上げると、頭を撫でられた。

「睦月は、可愛いね」

ここのところ、ぐっと大人っぽくなった月貴が、甘い男の表情でいつもの言葉を囁いてくる。

「女の子みたいに可愛い」

月貴とこういう関係になったのは、半年ほど前、初めてのキスをしてから一ヶ月がたったころだった。

飼育塔の近くの森で、舌を使ったキスをしたあと、月貴は睦月を仰向けに寝かせて、下半身を裸にした。

「腿を閉じてるだけでいいから」と、苦しそうな声で言うと、月貴は睦月に覆い被さったのだった。

発情期のことはぼんやりと知っていたけれども、当時の睦月はまだその行為が、言葉だけで知っている「いやらしいこと」だとわかっていなかった。でも、月貴の紅潮したせつなげな顔に、ものすごくドキドキさせられた。乞われるままに、肉の薄い腿をきつくきつく閉じた。

月貴の行為が、雄の欲求を満たすものだと知ったのは、双子の片割れの次朗としゃべっているときだった。壱朗より遅れて冬の終わりに初めての発情期を迎えた次朗は、やたらその手の話をしたがるようになって、どこからか仕入れた知識を睦月に披露しまくっていた。

その時になって、ようやっと月貴が自分を行為の相手にしているのだと知ったのだった。知らないうちにいやらしいことをさせられていたことが、恥ずかしくて、でも嬉しかった。

少しは月貴の特別になれている気がして。

それからは口や手を使った行為もするようになり——発情期を迎えていないはずなのに、睦月の未熟な部分は硬く尖った。そこを舐められると、身体全部が蕩けていくみたいになる。

ソファから起き上がった睦月は、ちょっと月貴のことを睨んだ。

「ここじゃ嫌だって、言ったのに」

目の前には、書架が並んでいる。図書室の奥のソファだった。

月貴が視線をぐるりとあたりに投げかける。

「隠しカメラは、どこにあるんだろうね」

「あるってわかってるのに、どうしてここでするのさ」

抱き締められてキスをされて、なし崩しになってしまった自分も悪いけれども、月貴に触られたら踏み止まることなどできるわけがない。それをよくわかったうえで手を出したのだから、やっぱり月貴のほうが悪いと思う。

睦月のこめかみの髪を指先で遊びながら、月貴が覗き込んでくる。

「自慢したくて」

「……自慢て、誰に」

「ブリーダーとか、誰にでも。こんなに可愛い子が、俺に夢中なんだって自慢したい」

ムッとした表情のまま、睦月の頬はどんどん赤くなっていく。

「変態。露出狂」

「また次朗から変な言葉を習ったね。半年前までは、あんなに純真だったのに」

「純真な僕に、スマタさせたくせに———ん」

唇に淡いキスをされた。叱られる。

「ダメだよ、子供がそんな言葉を口にしたら」

することをしておいて子供扱いするのだから、ずるい。

でも、月貴を前にしているとしょうがないかと思えてきてしまう。

この数ヶ月で、月貴の身体つきは急に大人っぽくなった。前から身長はあったけれども、肩幅が広がり、全体的に厚みが増した。顔も顎のラインがしっかりと張り、頼もしい落ち着きが加えられた。

猟獣は、人と狼の時間を生きる。基本的に、人間の姿のときは人間の加齢速度に、狼のときは狼の加齢速度になるらしい。狼の一年は、人間の四年に相当する。しかし、やはり人でいながら狼であり、狼でありながら人なのだ。時の流れと、それにともなう成長にもまた、揺らぎがある。

一歳半になる睦月もまた、最近変わったとよく言われる。

背が伸びたこともあって、このあいだの健診では人間外見だと十歳相応だと言われた。双子の「ムーミンランクA化計画」によって、効果的なトレーニング方法を教えられたせいで、幼獣っぽくふにゃふにゃだった身体は少年らしくなった。

双子がランクAを維持できているのは、ふたりでトレーニング方法や戦闘術を研究したことが大きかったらしい。それを実践した睦月は、ラウンドでも反射的に動けるようになっていった。

ラウンドで動けるようになったのには、もうひとつの理由もある。

月貴に、本物の恋をしたからだ。恋をすると決心して、ちゃんと恋をしている。

月貴と一緒にいるためのことなら、迷わなくなった。仲間を傷つけ廃棄に近づけるのはいまだに胸が痛む。それでも、譲れない。毎日を月貴に向かって走るみたいに、駆け抜けている。

いま、睦月はランクBだ。

頑張りつづければ、もしかすると廃棄されずに現場に出られるかもしれない、という希望の光が、ちらちらと射しはじめていた。

図書室から廊下に出ながら、月貴がのんびりとした口調で言う。

「来週末、一緒に湖に行こう」

「え？　湖って、屋上から見える？」

樹海に囲まれている飼育塔だが、屋上からは遠方まで見通しが利くのだ。

「そう。南東にある、あの湖だよ」

月貴や飛月はランクSとして、ほかの猟獣たちより行動可能範囲を広く設定されていて、湖まで何度か行ったことがあるそうだ。

睦月はまだ近くで湖を見たことがない。あの屋上から見えるキラキラした場所に行けたら、どんなにいいかと思うけれども。

「僕があそこまで行ったら、脱走扱いされちゃうよ。時間の管理も、月貴と違って厳しいし」

しょんぼりしながら言うと、月貴が腰を抱いてきた。自然でさりげない接触なのに、睦月はどきりとする。どんなにキスをしても、いやらしいことをしても、月貴から刺激を感じなくなることなんてないのだろう。

「それなら心配ないよ。もう許可は取ったから」

「——ブリーダーが許してくれたの？」

「ああ。お気に入りをひとりだけ連れて行っていいって、許可をもらったんだ」

睦月の顔はパァッと明るくなる。湖に行けることも嬉しかったが、それ以上に。

——僕はちゃんと、月貴のお気に入り、なんだ。

嚙み締める。

身体の関係はあるし、甘い言葉はたくさんくれるけれども、彼の口から特別扱いを伝えてもらえたのは、これが初めてだったのだ。


湖へ向けて、二匹の狼が連れ立って森を走り抜けていく。青臭い夏草の生い茂る地を蹴り、身体を思いきり伸縮させる。夏の木漏れ日が、小さな炎となって地を舐める。

白銀色の狼を、睦月は懸命に追う。

月貴は大きく睦月を引き離したかと思うと、ゆっくりと歩いて焦げ茶色の小柄な姿が追いつくのを待つ。

追いついた睦月は、すっかりはしゃいで二本の木を8の字にぐるぐる回って、月貴に身体をポンとぶつけた。

保育塔から飼育塔に移って一年、人間でいる時間が増えていくにしたがって、睦月は獣のときの自分に対する否定感が大きくなってきていた。獣は人間より下等で、本能に振りまわされる愚かな存在だという、人間の認識に傾くようになっていた。

しかし、こうして豊かな自然のなかで美しい白銀色の狼を眺め、無邪気に戯れていると、狼でいいや、と自然と思えてしまう。このままずっと月貴と森で暮らせたら、どんなにいいだろう。想像するだけで、睦月はうっとりと幸せな気持ちになる。

息を弾ませて走っていくと、前方の木々の合間から眩しい煌めきが生まれた。湖についたのだ。

湖の畔(ほとり)に立ち、睦月は目をしばたく。飼育塔にはプールがあって、それがこれまで睦月が見たことのある一番いっぱいの水だった。

湖の水の匂いをクンクンと嗅ぐ。プールの人工的な匂いはしない。いっぱいのいろんな匂いが溶け込んでいる。

水中の藻からぷくりと浮かんできた気泡が、鼻先で弾けた。

——水が生きてる！

感嘆に短く吼(ほ)えると、頭を撫でられた。

睦月が湖に夢中になっているあいだに、月貴はいつの間にか人間の姿になっていたのだ。激痛の名残が、緑青色の眸を濡らしている。

自分も人型になったほうがいいのだろうか。でも、変容のときの痛みが、睦月はとても嫌いだった。それになんでも、変容を繰り返すと心身が壊れていって、「堕ちる」時期が早まるらしい。一度、人間に戻れなくなったことのある睦月にとって、それはリアルな恐怖だった。

ただでさえ、飼育塔に移されたばかりのとき、調教部屋で強制変容を繰り返させられたのだ。自分の「堕ちる」までの猶予は、あとどれぐらいあるのだろうか。


睦月が戸惑っていると、月貴が白い裸体を湖に滑り込ませた。長い手足ですうっと水を掻く。砕き散らされた夏の光のなかで、月貴が笑い、手招きする。

「そのままでいいよ。おいで、睦月」

尻尾を大きく振りまわしてから、睦月は水へと勢いよく飛び込んだ。

月貴と一緒に、泳いでもぐって、夏草のうえで身体を乾かして、また水に飛び込んで。飼育塔まで走り帰るぶんのエネルギーを残しておくことも考えずに、くたくたになるまで遊んだ。

こんなふうに楽しくて仕方がない時間を過ごしたのは、間違いなく生まれて初めてだった。


畔の夏草に月貴と並んで寝転がりながら、睦月の尻尾はバサバサと揺れつづける。そうやって嬉しさを剥き出しにしている睦月を見つめて、月貴が甘く目を細め、手を伸ばしてきた。

項の毛を優しく掻きまわされる。その指先に特別なニュアンスが入りだす。性的なことを誘われていた。

——……でも、この姿じゃ……。

獣の姿で人間の姿の月貴とそういう行為をするのは、ひどく気後れのする、いけないことのように思われた。

焦れたように、月貴は睦月へと横倒しにした身体を寄せてきた。やんわりとした力で、顔を彼の下腹に導かれる。

赤く色づいて勃ち上がりかけた茎が鼻先にある。先端の切れ込みには、透明な蜜が光っていた。

人間の月貴を穢す行為のように感じながらも、睦月はそれを舐めたい強い衝動に駆られる。舌を大きく出したまま、息を激しく乱す。

「睦月」

葛藤は、ねだる色合いで名前を呼ばれた瞬間に崩れた。

獣の大きな舌で目の前の男性器を掬う。舌を蠢かして舐めると、茎がどんどん硬くなっていく。唾液がいっぱい出てしまうのを恥ずかしく思いながらも、睦月はぬるぬるの舌でそれを舐め叩いた。

根元から踊る器官が、透明な蜜を散らす。

月貴の味と感触に、睦月は恍惚となる。

——悦んでくれてる。獣の僕でも、ちゃんと悦んでくれてるんだ。

自分の存在全部を認めてもらえているみたいで、嬉しさに胸が震えた。もっと気持ちよくなってもらいたくて、先端部分を舌で包み、細かくこすっていく。

「ん……いいよ……すごく、いい」

上擦る声に、月貴が果てようとしているのを教えられる。

鋭い牙を立てないように気をつけながら、睦月はペニスを口内に含んでいく。

「あっ、あ…、睦月……君に食べられてる——ぁ、ああっ…ふ」

夏草に映える色白な肉体がビクビクと跳ねた。同時に睦月の口のなかに粘液が流れ込んでくる。一滴も残さずに飲み込んで、さらに性器を舐めて綺麗にした。

強張りが解けた月貴の手が、睦月の頭を撫でる。その手が胴体へと流れた。腹へと回って下っていき……獣の性器に触られた瞬間、睦月は思わず身体を大きく引いた。

「睦月？」

地へと腹を押しつける。

硬くなった器官が草に包まれて、どうしようもないぐらいに疼く。まだ通ったことのない体液が漏れてしまいそうで。

睦月の困惑を汲んでくれたらしく、月貴は無理強いしなかった。

彼は身体を仰向けにすると、両手を空へと伸ばした。

「最高の一日だったよ」

だったよ、という終わりを示す言葉に、睦月のなかに籠もった甘い熱は急速に失われていく。寂しくなる。

月貴の上げられた手を見上げれば、その輪郭が滲(にじ)んでいく空はほのかな赤みを帯びていた。

——まだ、終わりはヤだ…っ。

睦月はバッと起き上がると、湖へと走った。水飛沫(みずしぶき)を跳ね上げて、一気に水中へともぐる。探しているものはすぐに見つかったが、捕まえられなかった。水面に顔を出して息継ぎをし、またもぐる。何度も何度も繰り返したのち、ようやっと捕まえられた。

ピチピチ跳ねるものを咥(くわ)えたまま岸辺へと泳ぎ着いてみれば、地上は赤く染められていた。

なにごとかと上半身を起こして眺めている月貴の元へと、前足を高めに上げて歩いていく。

そして、咥えた魚を、月貴の裸の胸元にくっつけた。

「睦月…」

誰に教えられたわけでもないけれども、本能が知っている。

好きな相手に自分で捕った食べ物をプレゼントするのは、求愛の行為だ。

「…………」

月貴は黙り込んだまま、いつまでたっても魚を受け取ってくれない。

——…………。

睦月の尻尾は次第に高さを落としていった。もう一度、魚を赤く染まった胸に押しつける。涙が出そうになる。問いかけるように、キュウンと鼻を鳴らす。

「ごめん」

聞きたくなかった言葉に、睦月の口から力が抜ける。魚が草のうえで苦しげにのたうつ。

睦月の身体もまた、内側から苦しく震えていた。

「睦月」

月貴が身体を低くして、睦月の首をそっと抱いた。

「君は俺のことを知らないから」

月貴の声に、いつもの甘さはなかった。

「俺は君の前に、三人と擬似性交をした。三人とも同期の仲間だった」

その言葉に胸がズキリとする。

——わかってたけど……僕だけじゃないって、わかってたけど……。

誰だろうと考えて、はたと気づく。飛月以外の月貴の同期は、すでにみんな廃棄されていた。飛月はここではなくて人間社会にすごく好きな相手がいて、猟獣の誰とも身体の関係を持つつもりはないらしい。

だから彼は月貴の相手ではないはずだ。

——それなら、もう、いないんだ。いまはもう、僕としかしてないんだ。

睦月の尻尾は大きく揺れ——三人の廃棄を咄嗟に喜んだ自分に対して、睦月は愕然とする。そして怖くなる。

尻尾の動きで、首筋の匂いで、おぞましい感情の動きを月貴に知られてしまったのではないか。

月貴が耳腔に言葉を流し込んできた。

「ラウンドで俺はその三人の喉笛に牙を突き立てたんだよ。三人ともおとなしく受け入れて、俺に殺された」

耳から口が離れて、月貴の眸が目の前に現れる。

睦月の背中の毛は尾の付け根から首筋に向けて、ざわりと逆立ち、波打った。

光沢の失せた目。

この目を以前にも見たことがあった。

——……朋とラウンドして堕ちかけたときだ。

睦月を人間に戻すために月貴は傷を舐めてくれたが、その直前に一瞬、この目をしたのだ。そして助ける行為のはずなのに、睦月の喉笛に歯を突き立てた。

たぶん、三人を廃棄に追いやったときも、この目をしていたのだろう。

月貴の人間の唇が、睦月の獣の口に寄せられる。とても優しい感触のキスをして。

「君のことも、俺はいつか殺すのかな」

寒気がするほど綺麗な微笑が、西からの赤い光線に照らし出されていた。

4

「睦月ってさ、またランクCに落ちたのな」

人間偽装能力の授業のあと、教室の長テーブルで筆記練習をしていると、同期三人がつるんで声をかけてきた。生存権をかけた敵である同期とはつるまない傾向にあるから、珍しい。よほど、まとまって言いたいことがあるのだろう。

睦月は三人の顔を順繰りに見上げる。

慣れない二本足でよろつきながら保育塔を出た同期は、いまや十二人から五人に減っていた。

三人は左右と前の椅子に座って、睦月を三方から囲んだ。デスクに肘をついて、にやにやしている。このところ順調に評価を上げていた睦月のランクが落ちたのが、よほど嬉しいらしい。

でも、それは別に自然な感情だと睦月は思う。同期のうち、優秀な一、二名しか現場に出られないのだ。この三人はずっとランクAとランクBを行き来しているだけに、睦月が調子を上げてきて、危機感を募らせていたのだろう。

「お前さ、最近、月貴といちゃついてないよな？」

月貴の名前を出されて、睦月は眉を歪めた。同時に、鼻の奥が潰されたみたいに痛くなる。

「月貴に捨てられたら、ランクが下がったってことだよなぁ」

「要するに、それって、あれだよな」

嫌な視線を三人が交わし合う。

睦月はギュッとシャープペンシルを握り締めると、ストレートに返した。

「――なに？　言いたいことあるなら、ぐっちゃりしてないで、言えば？」

「っ、ぐっちゃりって、なんだよッ」

三人の顔が赤くなる。正面にいる同期の手が睦月のTシャツの胸倉を摑んだ。

「ランクSの月貴にエロいことさせてたから、ランクBだったんだろ⁉　月貴はブリーダーに顔が利くから裏で手ぇ回してもらってたんだろ」

「だよな。捨てられたらランクCって、丸わかりなんだよっ」

「お前さ、ちょっと可愛い顔してるからって、やり方が汚ねぇんだよ」

――……そんなふうに、思われてたんだ。

月貴に夢中になりすぎて、周りから疑惑を持たれていたことにまったく気づかなかった。

胸がむかつく。

「……月貴は、裏で手を回したりなんてしない」

確かに、湖には特別に連れて行ってくれたけれども、月貴は決して私情でランク付けに介入するような人でない。それだけはどうしてもわからせたかった。

「僕が……僕が勝手に月貴を好きだっただけ、だから。月貴は僕のことなんか、なんとも思ってない。だから裏工作なんてするわけない」

魚を受け取ってくれなかった。いつか睦月のことを殺すかもしれないと言った。

泣きたいのを懸命に堪えている睦月を、同期が後ろから羽交い締めにして立ち上がらせる。

「へえええ、じゃあ、なに。睦月のほうから月貴にエロいことしたんだ?」

トレーニング用のハーフパンツのウエストを摑まれて、睦月はギョッとした。

「なに? 触るなってばっ」

「一歳半で発情しちゃってるって、どんなチンコなのかなぁってさ」

変容の訓練のときや、シャワールームで、いくらでも仲間に裸を晒す機会はある。いまさら見られてもなんということはない——はずなのに、下着ごとハーフパンツを引きずり下ろされた瞬間、睦月は悲鳴を上げていた。

全力で暴れると、床に仰向けに押し倒されて、手足を摑まれた。

三人の視線が、下腹に絡みついてくる。

「ちっせー」

笑われる。指で茎を弾かれると、腰がビクンと跳ねた。

「うわ、ヤバい。敏感すぎ」

「やっぱエロで月貴に取り入ったんじゃん?」

「だよなぁ」

もうひとりの同期——ランクCの常連だ——が、逃げ出していく足音が聞こえた。

性器を引っ張ったり、包皮を摘まんだりされる。Tシャツを捲り上げられて、乳首を指先でぐりぐりと押された。でも、月貴に触られるときとは違って、性器が熱くなることも硬くなることもなかった。

「なんか、詰まんねぇの」

飽きてやめてくれるのかと期待したけれども、

「尻、見てやろうぜ。孔使ってないか、確かめてやるの」

身体をうつ伏せに返された。腰を摑まれて、無理やり臀部を上げさせられる。

　縁が腫れたりして健診で引っかかるといけないからと、月貴はそこをいじるのは控えてくれていた。肉の薄い尻を掴まれて、左右に開かれる。

「やっ」

「すげぇ、ピンク色。指も入んなそ」

　縁を指で押さえられ、孔を開くように力を加えられる。必死にそこに力を籠めて抗うと、尻をパンと叩かれた。

「これ、入れてみようぜ」

　睦月は首を捻じ曲げて、肩越しに背後を見返った。目を見開く。

　少年の手には、シャープペンシルが握られていた。さっきまで睦月が使っていた青いプラスチック製のものだ。その尖った先端が臀部へと寄せられていく。

「やだ！　やめろってばっっ」

　全身を跳ねさせて暴れる。硬く尖ったものに会陰部を突かれた。切っ先が蕾へと線を引くように移動する。

「ぁ……ッッ」

　異物が粘膜に入りかけたとき、部屋に走り込んでくる足音が響いた。

「なにしてるんだっ」

　叱責の声に、少年たちは睦月から飛び退く。

　下肢の服をずり上げながら見上げれば、壱朗が細面に怒りを滾らせていた。

「出ていけ」

　命じられて、少年たちは跳ね起きる。走り去りながら誰かが、「どうせ双子ともヤってんだろ」と捨て台詞を吐いた。

「大丈夫か？」

　壱朗に腕を支えられて、睦月は立ち上がる。

　いったん深く俯いてから、パッと笑い顔を壱朗に向けた。

「全然、平気。直腸検診で慣れてるもん」

　しかし、壱朗は笑ってくれなかった。気まずさにふたたび俯くと、頭を撫でられた。

「睦月の同期の子が、教えに来てくれたんだ」

「え…」

逃げたとばかり思っていたランクCの同期は、実は壱朗に助けを求めに行ってくれていたのだ。それを知って、なんだか気持ちが救われた。自然に顔を上げると、壱朗がにこりとする。

「ちょっと屋上でも行こうか」


屋上にぐるりと張り廻らされたフェンス。その網目に分断された景色を、睦月は息を詰めて見る。湖が、遠い木々に埋もれながら煌めいていた。

一ヶ月前のあの日のことが思い出されて、目の奥がチリチリする。

壱朗もまた湖へと視線を向けた。睦月が月貴とあそこに行ったことを、彼は知っている。

「ブリーダーから教えてもらったんだけど、睦月、ランクAまでもう一歩ってところまで上がってたらしいよ。それなのに、急に調子が崩れたって」

応援してくれている双子に応えたいとは思うものの、身体の芯を抜かれてしまったみたいに力が入らないのだ。ラウンドの結果はさんざんで、心身両面でポイントが急落していた。

「月貴のせいなんだろ？」

「……」

月貴と顔を合わせれば挨拶は交わすものの、湖から帰って以降、ふたりきりで会うことはなくなっていた。

傍から見ていれば露骨な変化だったろうに、恋愛ごとになど無頓着なように見える次朗ですら、その件には触れてこなかった。訊かないでほしいという張り詰めた空気を睦月が発していて、それを尊重してくれたのだろう。

しかしさすがに今日のありさまを目にして、壱朗は放っておけなくなったらしい。

「喧嘩した？　僕たちでできるなら、仲裁するよ」

「――喧嘩じゃ、ない」

「うん?」

「ふられた……んだと思うけど、僕から行ったら、また相手はしてくれる、かも」

あやふやにしか語れない。

「でも、わかんない。月貴がよくわかんなくて――怖い」

求愛を受け入れてくれなかったのに、いまでも目が合えば極上の甘い微笑をくれる。

月貴のそばにいたいと願ってきた。だからこそランクを上げようと頑張ってきた。しかし、月貴にとって自分は殺していい相手でしかないのだ。

自分がなにを目指して頑張ってきたのか、わからなくなってしまっていた。

それに、深い関係になった相手を端から殺していって、月貴はいったいなにを考えているのだろう。なにを望んでいるのだろう。つらかったり苦しかったりしないのだろうか。


「……。理解できなくて怖いけど、いまもすごく好きなんだね?」

「どうやったら嫌いになれるのか、全然わかんない」

月貴に微笑みかけられると、全力で走っていきたくなってしまう。

「嫌いになりたい?」

「……、……」

月貴を嫌いになったらと考えると、胸がひんやりと冷たくなる。鼓動が薄くなり、世界が闇に沈む。

「嫌いになったら、生きてる意味、なくなる」

壱朗がゆっくりと頷いた。

「わかるよ」

睦月は壱朗を見上げる。彼の横顔は静かで優しい。

「僕も、もし次朗がいなくなったら、生きてる意味がなくなるから」

壱朗と次朗を近くで見てきたのに、いまのいままで気がつかなかった。

――……壱朗は、次朗が好きなんだ。

双子なのだから、彼らは家族だ。

睦月には血の繋がった家族がいないから、その絆はわからない。でも、きっと初めから絶対的に特別なのだろう。

しかも壱朗はたぶん、睦月が月貴を想うように、次朗のことを想っている。

少し恥ずかしがるような笑みを浮かべてから、壱朗が空を見上げる。

「僕たちの命は、ブリーダーの判断ひとつで簡単に終わりにされる。一週間後、一ヶ月後、絶対に生きてる保証はない。だからこそ毎日を確かに生きるために、僕には次朗がどうしても必要なんだ」

睦月はふたたび、森のなかの煌めきへと視線を向けた。

フェンスに絡めた指先に、ギュッと力を籠める。


朝、餌場へと向かう廊下を歩いていると、月貴と飛月が長い脚で、睦月を追い抜かした。

月貴が軽く振り返りながら、いつもの蕩けそうな微笑で挨拶をしてくる。

「おはよう」

最近はずっと、ぎこちなく視線を逸らして小声で挨拶を返すだけだったけれども、今日の睦月は違った。小走りして追いつき、月貴の手首を握った。

予想外だったのだろう。月貴が立ち竦み、緑青色の眸をわずかに見開く。

睦月は思いっきりの笑顔を浮かべる。

「おはよう、月貴」

すると、自分から声をかけたのを忘れたように、月貴がもう一度、「――おはよう」と言った。睦月も思わずもう一度、今度は掠れ声で返してしまう。

「おはよ」

数歩先で立ち止まっていた飛月が「何回、おはようすんだよ」と呆れ顔で言うと、餌場に向けて歩きだす。

それだけだった。仲直りは、それだけで充分だった。

……月貴のことを怖いと思う気持ちが消えたわけではない。月貴は本気で、これまでの三人にしたことを睦月にするつもりなのかもしれない。でも不思議と、月貴を信頼できないとは感じないのだ。

自分は月貴を好きで、信頼していて、いつか殺されるのかもしれない。もし殺されても、裏切られたとは感じないのだろう。知ったうえで、そばにいることを、ちゃんと選択したのだから。

睦月は以前のように、いや、以前よりもっと確かな気持ちで月貴と過ごすようになった。

性的なことも自分から進んでするようになった。獣同士の姿でも、獣と人の異種の姿でも、いやらしいことをした。日を追うごと、加速度的に月貴を求めたのは、確実な別離が近づいていたからだった。

秋が過ぎ、冬が訪れ、その張り詰めた空気が春の気配に緩められるころ、五歳を目前にした月貴と飛月の現場行きが確定した。

研究所のある樹海を遠く離れて、人間のたくさんいる都会の施設に移り、仕事をするのだ。

月貴と離れるのは、どうしていいのかわからないぐらい寂しい。自分が現場に出られなかったら、これが永遠の別れになるのだ。睦月は毎晩、寝床で声を殺して泣いた。

けれども、飼育塔から無事に巣立てる個体が少ないことを思えば、月貴の現場行きは喜ぶべきことだった。

だからその日、屋上に通じる階段で唇が腫れるぐらい長いキスをしたあとで、睦月はなんとか言葉を綴った。

「現場行き、おめでと。……僕も月貴のそばに行けるように、ここで頑張るから」

月貴は唇をぬるりと光らせたまま、階段に背を傾けた。ゆるい微笑で睦月を見る。

「睦月は、猟獣の仕事がなにか、知ってるのかい?」

はっきりとは知らないから、なかば問いかける口調になる。

「人間のためになることをするんだよね?」

「人間のため——間違ってはいないか」

月貴がくすりと笑う。

「猟獣は、人間のために、人間を嚙み殺してあげるんだよ」

「え…?」

「ルールを守れない悪質なゴミが、人間のなかにはいっぱいいる。でも、人間は人間を殺したくない。同族殺しの罪を負いたくない。だから猟獣が代わりに、こっそりとゴミ掃除をしてあげるんだ。そうすることで、人間たちは自分の手を汚さずに、環境を整えることができる」

「———」

睦月が知っている人間は、ブリーダーと施設職員と役人ぐらいのものだった。彼らに腹を立てることはあっても、殺したいとまで思ったことはない。

「俺たちは幼いころから仲間との潰し合いを強いられて、まっとうな心を去勢される。本当にまともな——良心というものを持ち合わせている個体は、早いうちに心身ともにボロボロになって脱落していく。現場に出られるのは、仲間殺しで研磨された、人間殺しに適性のある猟獣だけだ。……俺と飛月も、頭がおかしいってことだね」

睦月は愕然とする。

自分がなんのために、存在しているのか。

なんのために試されてきたのか。選抜されてきたのか。

あがきつづけた先に待っているのが、どんな日々なのか。

その真相にざらざらと鳥肌が立つ。衝撃から身を守ろうと、無意識のうちに身体を小さく丸めていた。胸を縮めて、不安に波打つ心臓を押さえつける。

「ちが、う」

声が小刻みに震える。

「違うよ。ただ……強くなろうって、頑張ってきた、それだけで」

月貴も、飛月も――自分も。

月貴が上体を起こした。背中を綺麗に立てて、呟く。

「可哀想な、睦月」

ぎこちなく視線を横に向けると、無機物めいた目がこちらを見ていた。問われる。

「君は人間を殺しつづけるのかい？」

「……、……僕は……」

「俺のそばに来るっていうのは、そういうことなんだよ」

誤魔化しを許さない表情を、月貴は浮かべていた。

彼は視線を前方へとまっすぐ向けると、立ち上がり、階段を下りはじめる。

「ま、待ってよ」

月貴は止まってくれない。

慌てて立ち上がろうとするのに、脚の力の入れ方を忘れたみたいになって、睦月はどうしても立ち上がることができなかった。

――だって、人間を殺すのが、仕事って。

そんなことを選べるのか。選んでいいのか。

「……」

遠ざかっていく背中を、じっと見つめる。

揺らぎのない、一段一段を踏み締める足取り。睦月はそれで知る。

――月貴は、選んだんだ。ちゃんと選んだんだ。だから、あんなふうにまっすぐ立ってられるんだ。

現実を理解し、受け入れて、心を定めて進んでいかなければ、ここを出ることはできないのだろう。もし出られたところで、あっという間に壊れてしまう。

――僕が望むものは。

死にたくない。生きたい。

でもそれ以上に明確な答えを、睦月はすでに持っていた。

「月貴っ」

全身のバネを使って、立ち上がる。階段を駆け下りようとするが、萎えたままの膝は簡単にがっくりと折れた。視界に階段が広がる。剝がれかけた、縁の滑り止めのゴム。そんなものが一瞬、鮮明に見えた。

階段をゴロゴロと転がり落ちていく。

踊り場に身体を叩きつけられるかと思ったがしかし、最後の衝撃はやわらかく呑み込まれた。月貴に抱き止められていた。

「もう少し落ち着いて行動しないと――」

注意してくる月貴の膝に座ったまま、睦月は肩の骨が外れそうになるぐらい腕を伸ばした。その腕を月貴の背中に回して抱きつく。胸同士をきつく重ねる。

「いくら離れたって、僕は月貴のとこに走ってく」

月貴の心臓も意外なほど激しく打っていた。

「毎日毎日、全力で走って、絶対に追いつくよ。そのためなら、なんだってできる」

狼が狩りをして命を繋ぐように、猟獣の仕事が人間殺しだというのならその仕事をして生き伸びるまでだ。それを悪いことだと、誰が責められるのか。

悪いのは、猟獣を造った人間だ。

――僕のことも月貴のことも、壱朗や次朗のことも、飛月のことも、誰にも悪いなんて言わせない！

「だから、月貴。追いつけたら、僕をそばに置いて。……お願いだから」

月貴はなにも言わなかった。

ただ、強くて長い腕で睦月の身体を包み込み、痛いぐらい抱き返してくれた。

荒れるふたつの心臓を、重ねた胸で互いに固く封じ込めて。

それから七日後、月貴は飛月とともに、樹海にいだかれた塔をあとにした。

5

月貴と飛月が去ってから一年後の春、壱朗と次朗はふたり揃って現場に出られることになり、仕事用の施設がある関東(かんとう)へと去っていった。

親しくしていた者たちがいなくなって初めのうちはいくらか違和感を覚えたものの、睦月はほどなくひとりでいることに慣れた。寂しくはない。大体いつも月貴のことを考えていて、むしろ誰かから話しかけられるのが鬱陶(うっとう)しいぐらいだった。

相変わらず小柄なので——睦月が小柄なのは、使われている狼の遺伝子の影響なので仕方ないのだとブリーダーの甲斐が教えてくれた——、周囲から甘く見られないようにと、感覚を常に研ぎ澄ましている。

自分の身は自分で守るしかなく、自分の心は自分で励ますしかない。

まだ双子がいたころ、二歳の秋に、睦月は晴れてランクA入りを果たした。だが、同期に朋というランクSがいて、ランクAが三人という状態では、現場に行ける可能性は微妙だった。睦月の知る限り、同期内で現場に出られるのは、ひとりかふたりだ。

確実に現場に出るためには、どうしても加点が欲しかった。

そこで思い出したのが、飛月の取っていた方法だった。彼はブリーダーの実験に協力することでポイントをもらい、ランクSを維持していたという。

睦月はその件で甲斐に相談を持ちかけた。甲斐はほかのブリーダー以上に冷淡な印象だが、以前、睦月が獣化から戻れなくなったとき、簡単に見捨てることはせずに月貴を連れてきてくれた。そう考えると、無茶な実験で自分を壊す可能性は低いように思われた。

それに、彼はまだ三十前後だが、優れた研究能力によってブリーダー内でも一目置かれている。甲斐が口添えしてくれれば、現場に行ける確率はぐんと上がるはずだ。

睦月の被験体申し出に対して、甲斐は「朋との細かいデータ比較をできる個体が欲しいと思っていたところだ。ランクAの君なら、ちょうどいい」と応じてくれた。

以来、睦月は頻繁に飼育エリアの隅にある小さな塔へと通うようになった。そこの地下には甲斐専用のラボがあるのだ。

すでに一年半近く、睦月は被験体を続けている。さまざまな薬物のテストをさせられて、身体はかなりきつい。以前だったら耐えられなかったかもしれないが、いまは明確な目標があるから、なんとか堪えられていた。

「甲斐、甘すぎ〜」

睦月が横たわっている診察台の脚を、朋が繰り返し蹴っ飛ばす。

「こんなヤツのデータなんて、役に立たねぇよ」

「朋、蹴るな」

甲斐が採血した睦月の血を遠心分離機にかけながら命じると、朋は頬を膨らませつつも蹴るのをやめた。そしてもう一台の診察台に乱暴に腰を下ろして、さらに文句を言う。

「ちょっと実験に付き合ってるからって、なんで睦月が俺と同じランクSになるわけ？　全っ然、納得できねぇ」

「睦月のデータは、朋が現場に出るときの比較対象として必要なものだ。現場に出たいと駄々を捏ねたのは朋だろう」

「——そうだけどぉ」

朋が左右の頬を交互に膨らませて、黒と金の目で睦月を睨む。

「また堕としてやろっか？」

威嚇に剝き出しにされた朋の犬歯が鋭い狼の牙になった……かと思うと、睦月が瞬きをひとつするあいだに人間の歯に戻っていた。

相変わらず朋は、自在に人間と獣とを行き来する。離れの塔に通うようになってから知ったことだが、朋は新しい手法で造られた高位種なのだそうだ。彼の能力が特別に高いのは、そのためだった。

現在の猟獣は変容時に激痛に襲われ、それによって心身にダメージを受けてしまう。だから、頭数を多く製造して、ダメージに弱い個体を取り除く必要が出てくる。

その点、朋のような高位種が現場で運用可能となれば、元からクオリティが高いため頭数は少なくてすみ、かつストレス耐性が高いことから堕ちる可能性もぐっと低くなるという。

甲斐に言わせると、それは「人道的」なことらしい。

睦月からしてみれば、結局は猟獣の誰かが人間を殺しつづけなければならないのだから、もっとも肝心な部分はなにも変わらないと思うのだが。

「いまから注射を打つが、少し具合が悪くなるかもしれない」

甲斐が感情の匂いのしない声で前置きして、睦月の肘の内側の静脈に針を射し込む。すぐに強い吐き気に襲われて、睦月は身体を丸めた。

甲斐が睦月の周りをぐるぐると回りながら、脳や心臓、血液のデータを取っていく。

朋は隣の診察台にごろりと横になって、退屈そうにしている。

パソコンでデータ解析をしながら、甲斐は何度も満足げな呻(うめ)きを漏らした。そんな甲斐と、強烈な吐き気と闘っている睦月とを交互に眺めて、朋が牙を尖らせて唸る……朋がそうやって牙を剝く姿は、図書室の絵本で見た吸血鬼によく似ていた。

人間にしてみたら、猟獣も吸血鬼と大差ない魔物なのだろうなと、睦月は思う。くすりと笑ってしまうと、朋が長い脚をバタつかせた。

「おい、甲斐は俺のためにお前を仕方なくかまってるだけだからな！　いい気になんなよっ」

「朋、静かに」

いまにも飛びかかってきそうな勢いだったくせに、甲斐が命じると、朋は顔全体で不満を表明しながらも静かになる。

狼の遺伝子を持つ猟獣は、自分が上位と認めた者に対して服従する性質を持つ。要するに、朋にとってのボスは甲斐なのだろう。

次の薬剤が身体に投じられる。今度は内臓が焼けるような激痛が襲ってきて、睦月は冷たい汗を流しながら耐えた。……こうしていると月貴に一歩ずつ近づけている気がする。

――飛月も、そうだったのかもしれないな。

樹海の塔に縛りつけられている身でも、心は恋しい相手の元へと走る。苦しければ苦しいほど、近づくための代償を払っているのだと実感できる。

でも、この薬剤は少しきつすぎるようだった。

胸と背中が熱に潰されていく。頭の芯が白んで震えた。

「か…」

苦い唾液(だえき)に濡れそぼる唇で、哀(かな)しい咆哮のように呼ぶ。

「つきたかぁ…っ」

もう二年も、彼に会えていない。

一緒に過ごした日々より、一緒にいられない日々のほうが長くなってしまった。

一日も早く会いたい。もう一度、会えるのだろうか。本当にこのまま進んでいったら会えるのだろうか。

辿り着けないまま、燃え尽きてしまうのではないか――怖さと哀しさが膨れ上がる。

閉じたままの目の狭間から、涙が噴き出した。

意識を失っていたらしい。目を覚ますと、壁にかけられた時計は、五時間も短針を飛ばしていた。

「うぅ…」

まだ身体が熱っぽくてだるい。上体を起こして、ラボを見まわす。

甲斐がパソコンのキーボードを小刻みに叩く音が連なっていく。横の診察台では、朋がぐんなりと伸びて眠っていた。

「睦月」

モニターのほうを向いたまま、甲斐が平坦な抑揚でぼそぼそと言った。

「現場の猟獣が不足しているらしい。この春の新規が足りない。行く気があるなら、一年繰り上げで君を推薦する」

「――――」

なにを言われているのか、睦月はすぐには理解できなかった。

無言になっていると、甲斐がキーボードを打ちつづけながら言葉を重ねる。

「行く気がないなら、ランクAを行かせるが」

その言葉に、睦月はビクンッと身体を跳ねさせた。

ふいに心臓がフル回転しだす。乾いた唇を慌ただしく舐める。首筋がビリビリする。

都合のいい夢を見ているのかもしれないと思いながらも、睦月は診察台から転げ落ちそうなほど身を乗り出す。

「行く」

声はひどく掠れた。

「現場に、行きます！」

「それなら、そういう方向で話を進めておこう」

甲斐は詳細を説明する気はないらしく、キーボードを叩く速度を速めた。睦月が歓喜に震える声で「ありがとうございます」と言っても、なにも返事は返ってこなかった。

飼育塔に帰ろうと診察台から立ち上がると、いつの間に目を覚ましたのか、朋もまた診察台から飛び下りた。階段を上っていくと、なぜか朋もついてくる。

離れの塔から出て、喉を反らして深呼吸する。星の瞬く濃紺の空には、ほんのかすかに朝の気配が混ざり込んでいた。

「今度こそ、朝が来るんだ」

自分に言い聞かせるように呟くと、横で朋が言う。

「朝は毎日来てんじゃん」

「……その朝じゃないよ」

「なにそれ。意味わっかんねぇ」

「わかんなくていいよ」

朋が小さく唸る。

「睦月って、俺より断然弱っちぃくせに、なんで上位の俺に可愛げないわけ。あ、俺より先に現場に出るからっていい気になってんじゃねぇだろうなぁ。俺だって、甲斐の研究がひと段落したら、現場に行くんだからな」

「いい気になんて、なってない」

「じゃあ、なんでだよ」

「——僕には絶対の一番がいるから。ほかの順位なんて関係ないんだ」

本当に長い夜だった。


「絶対の一番？」

「そう。朋の甲斐さんみたいな、一番」

朋は黒と金の眸で大きく瞬きをした。それから、ジャージのポケットに両手を突っ込んで、照れるように身体を左右に揺らす。結ばれている髪が、尻尾みたいに揺れた。

ちょっと笑い含みの横目が、睦月へと向けられる。

「俺と甲斐は、世界で一番、特別なの。勝手に一緒にすんなよな」


夜の樹海を、ワゴン車が走っていく。睦月は後部座席からずっとウィンドウの外を見ていた。次第に木が疎らになっていく。

ソトの、さらにソトの世界が、次から次へと開けていく。

映像や写真でしか見たことのなかった、人間たちの世界。

三日月の弱い光だけでも、睦月の目は細やかに情報を拾い上げる。見慣れていないせいなのかもしれないが、物が多いわりに、研究所の周りの自然と比べると奥行きがないように感じられた。

遠近感がわからなくなって、写真みたいに薄っぺらく見えてしまう。

しかし、高速道路はすごいと感じた。

どっしりした大きな造りも立派だったし、なによりも中空の道は車をなめらかに前へ前へと流してくれるのだ。

――この道が、月貴のところに連れていってくれるんだ。

心だけでなく、ついに現実の肉体も、月貴へと近づいていっている。

仕事をする猟獣をまとめて管理している施設は神奈川県というエリアにあり、山の麓の樹海からそこに着くまでは長い時間がかかったが、睦月の気持ちは昂りつづけ、一睡もすることはなかった。

ついに、高い塀に囲まれた施設の敷地へとワゴン車が滑り込む。もうとてもじっとしていられなくて、睦月は車が止まりきらないうちに飛び降りた。

「ぁ…」

未明の薄闇に聳える、四角い建物。

その二階の窓に、キラキラした光が宿っていた。

睦月が大きく瞬きをするうちに、その窓から人影が飛び出した。

影は途中で壁を一回蹴って、膝の深い屈伸で着地の衝撃をやわらげる。

睦月は嗚咽を漏らすと、立ち上がった長身の青年へと、全力で駆けだす。

身体が激しくぶつかり合う衝撃。そのまま、強くて長い腕に抱き込まれる。睦月も、懸命に抱き返す。

とても眩しい朝が来た。

6

また、月貴と「おはよう」「おやすみ」と言い合える日々が戻ってきた。あまりに普通すぎて、でも気が狂いそうなほど嬉しい。

猟獣運営施設に移ってから三日になるが、朝から晩まで検査だの、仕事のマニュアルを叩き込まれたりだのと拘束されつづけていて、月貴と顔を合わせられるのは餌場でぐらいのものだった。

この二年で月貴は完全に成熟していた。人型時の外見年齢は二十歳ぐらいで、身長は百九十センチ近くになり、彫りの深い顔立ちもすっかり大人っぽくなっていた。落ち着いた気品があり、まるで王子様が若い王様になったみたいだと睦月は惚れ惚れとする。

壱朗と次朗は沖縄でまとまった数の仕事をしている最中だそうで、彼らとはいまだ再会できていない。

飛月も月貴に劣らないほど身体が大きくなってワイルドさを増していたが、彼と顔を合わせたのは三日間で一度きりだった。なんでも彼は次期アルファを目指して、どの猟獣よりも多くの仕事をこなしているのだという。

猟獣のトップであるアルファになれば特別待遇になり、行動の自由が保証される。人間社会で力をもつ「金」もかなりの額を使えるようになるらしい。それに、交尾をする権利も与えられるのだ。

交尾相手に関しては、猟獣以外なら人間でも獣でも雄でも雌でもかまわない。犯罪行為をしなければ自力で相手を見つけてもいいし、好みのタイプを言えば施設側が用意をしてくれもする。ただ、どれだけ人間の女や雌狼、雌犬を相手に交尾しても、猟獣の種が着床することは決してないという。繁殖力のない、一代限りの生き物なのだ。

猟獣相手の完全な交尾が禁止されているのは、雄同士とはいえその行為によって唯一無比の「番」――

狼には決まった相手と連れ添う習性がある――となる可能性があるからだった。そういう絆から猟獣たちの結束が強まって反逆されたら厄介だ。猟獣の数を抑えているのも、反逆を懼(おそ)れてのことらしい。

　猟獣が実用化されて九年になるが、これまでさまざまなトラブルがあったという。実際、初期のころには堕ちた猟獣をすぐに処分しなかったために、ブリーダー三名が噛み殺されるという惨事も起こった。

「飛月って、人間社会にものすごく会いたい人がいるんだったよね。もう会えたの？」

　月貴と並んで座って朝食を取りながら、睦月は訊く。

「いや、まだだよ」

　自分が月貴と会えなかったのよりもっと長い期間、飛月は頑張りつづけているのだ。そう考えると胸が苦しくなる。

「そうなんだ……飛月の相手って、やっぱり人間？」

「ああ。廃棄処分になって運送されてるときに逃げ出して、その時に出会ったらしい」

「人間がまともに猟獣の相手をしてくれるとは思えないんだけど」

「こっちが人間のふりをしてたら、人間にはわからないものだよ。鼻が悪いからね」

　人間は猟獣のように相手の発する匂いで情報を読み取ることができないらしい。

「ふーん……でも、あれだけ飛月が夢中になるんだから、きっと素敵な人なんだろうなぁ」

「睦月ほど素敵じゃないだろうけどね」

　さらりと言われた言葉に、睦月はマグカップのミルクを噴き出してしまった。そのまま噎(む)せると、月貴が優しく背中を撫でてくれる。顎の下にそっと指先がもぐり込んできた。少しだけ顎を上げさせられる。

　首を軽く傾けながら月貴が顔を寄せてきた。

　顎へと垂れたミルクを、ちろちろと舐め取られていく。

下唇の膨らみも、繰り返し舐められる。

わずかに顔が離れた。緑青色の宝石を砕いたみたいな虹彩に、眸を覗き込まれる。

「睦月、綺麗になったね」

……朝の餌場には、十数人の猟獣だけでなく、白衣のブリーダーや施設職員たちもいた。近くの席の幾人かは、ふたりの甘い行為に気づいて食事の手を止めている。

しかし月貴はまったく気にするふうもない。

「人間だと高校に入りたてぐらいの外見かな。こんな可愛い男子高生は見たことないけど」

いまにもキスしそうな距離で甘く囁かれて、睦月は思わず顔を大きくそむけてしまう。耳も頬も舐められた場所も、燃えるように熱い。

それに――睦月はテーブルの下で膝をすり合わせる動きをした。

「どうしたの、睦月」

――どうしたの、じゃないよっ。

怒りたいのに、身体が芯から熟んでしまっていた。

「富士の研究所に比べて、ここのブリーダーたちは猟獣の扱いをなかなか心得てる」と月貴は言っていたが、確かに樹海の研究所とこことでは雰囲気が違っていた。

ここのブリーダーたちの仕事は、猟獣が問題なく仕事を遂行できるように心身の管理をすることで、簡単に猟獣を廃棄することはしないという。

また、十五人いる猟獣たちも、もう仲間同士で死闘を繰り広げる必要がないためだろう。殺伐とした空気は薄かった。

新規猟獣の研修を終えて、疲れ果てて部屋に戻る。

これまで新人三人でひとつの部屋を与えられていたが、帰り際にブリーダーから「今晩から部屋替えだ。それぞれ、カードに記されている番号の部屋に移るように」とカードキーを渡された。鍵つきの部屋かと驚いたが、あくまで猟獣同士のトラブル防止のためのもので、ブリーダーたちは全室共通で開けられるマスターキーを所持しているという。

　睦月は衣料品などが入った袋を持って、部屋を出た。保育塔から飼育塔に移ったときと同様、身ひとつで移ってきたから、袋の中身はここで支給されたものばかりだ。

　――支給品しか持ち物がないなんて、人間の囚人ていうのとおんなじだな。

　研修で叩き込まれたことを、睦月は反芻する。

　囚人とは、同族殺しをしたり、他人の所有物を盗んだり、強姦という合意のない交尾をしたりした、人間社会のルールを破って刑務所に収容されている犯罪者のことだ。

　そして現在の日本には、犯罪者が溢れ返っている。

　国営刑務所ばかりか、民間企業が運営する私営刑務所も、常に定数以上の囚人で満杯だ。しかもそこに新たな犯罪者が、次から次へと送り込まれてくる。

それを受け入れるために、本来の刑期よりもずいぶん早く、囚人を一般社会に戻すこととなる。

　元受刑者はどうせすぐに刑務所から出られるからと、ろくに反省することなく、ふたたび人間社会のルールを破る。そうしてさらに刑務所が足りなくなり、服役期間が短縮される……。

　十六年前まで日本には死刑という制度があり、凶悪犯罪者は殺処分になっていたという。

　当時は死刑人数はさほど多くなかったらしいが、死刑があること自体が犯罪の抑止力になっていたのではないか、という話だった。ただ、そのあたりは専門家のあいだでも意見が分かれているそうだ。

　現在では十五人の猟獣が、単独行動のアルファと、残りはふたりひと組の七組に分かれて活動している。その計八組がそれぞれ年に八、九十人ほどをターゲットとして処刑しているのだ。

　ターゲットの指定一覧は、ひと月ごとに法務省から送られてくる。

猟獣の活動範囲は日本全国におよぶが、やはり犯罪多発都市である東京の仕事がダントツに多い。殺人はもとより、頻発している集団強姦魔たちも最近はリストアップされるようになっていた。また、ターゲットリストには日本人のみならず、不法滞在者を含む外国人の名も連ねてある。

『君たちは日本の治安維持という重要な任務を担っている。心して励むように』

——日本の治安とか、僕にはどうだっていいことだけど。

猟獣として生を受け、その限られた条件のなかで生きる目標を見つけ、ひたすらに走りつづけてきた。これからも、ただ自分の願いを叶えるために行動するだけだ。

——月貴のそばにいるっていう願いが叶うなら、なんだってする。

カードキーに記されたナンバーが銀色のプレートに削り込まれている部屋の前に着く。ノックすると、まるで待ちかまえていたようにドアが開いた。

睦月は頭をぺこりと下げる。

「今日から同じ部屋になりました。睦月です。よろしくお願いします」

「こちらこそ、よろしく」

甘みのある、かすかな笑いを含んだ声に、睦月はパッと顔を上げた。

「え……、——んで、なんで」

カードキーの数字とプレートの数字を、慌ただしく見直す。間違えてはいない。

「聞いてない？　仕事のパートナーと同室になるって」

「聞いた、けど、でも」

「でも？」

「……だって、夢じゃ、ないんだから」

こんな、なにもかも都合よくいくはずがない。

それとも夢を見ているのだろうか。一年繰り上げで現場に出られるように推薦しようかと甲斐が言ったところから、長い夢を見ているのかもしれない。

そのほうが、嫌だし哀しいけれども、納得はできる。

「睦月をパートナーにしてほしいって、ブリーダーに交渉したんだよ」

「え、交渉って、でもなんで」

しどろもどろになっている睦月の腰を、月貴が両手でやんわりと摑む。

「忘れたの？　追いつけたら、そばに置いてって言ったのは睦月、君だよ」

「そう、そうだけどっ」

抱き寄せられる。

「睦月は、ちゃんと追いついたんだよ」


興奮状態が少し治まってきたころ、月貴がバスルームを使うようにと勧めてくれた。猟獣のランクによって部屋の仕様が少しずつ違い、基本はユニットバスらしい。しかし、月貴の部屋のバスルームはクリーム色のタイルを張られた、清潔で広さのあるものだった。

風呂(ふろ)から上がった睦月は、洗面所でパジャマを手に取った。昨日までの、支給された青いものとは違う、すべすべした手触りの白いパジャマだ。入浴前に月貴は五種類のパジャマをベッドのうえに並べて、睦月に好きなものを選ばせた。わざわざ買っておいてくれたらしい。アルファとはまったく桁(けた)が違うものの、ここでは働きに応じて自由にできるお金がもらえるのだそうだ。

睦月は袖を通す前に、パジャマをぎゅうっと抱き締めた。

月貴にそんなつもりはないのだろうが、睦月としては求愛のプレゼントをもらったような心地だったのだ。

――ここに来られて、本当に本当によかった。

洗面所の鏡に映る顔が笑い返してくる。

睦月と入れ違いに、月貴がバスルームを使う。「眠っていていいよ」と言われたけれども、月貴がそばにいるのに眠っていられるわけがなかった。

窓から外を見たり、両サイドの壁に沿うかたちで置かれたベッドに座ってみたりと、うろうろしながら待つ。バスルームのドアが開く音に、慌てて自分のベッドの縁に腰掛けた。

すぐに月貴が洗面所のドアから出てくる。

そちらに顔を向けた瞬間、睦月は目を丸くして、首まで真っ赤にした。

月貴は下着の一枚もつけていない、真っ裸だったのだ。剝き出しの肉体は、服で隠されているときよりも、さらに圧倒的な完成度だった。

人間の姿でありながら、北欧狼の影が裸体にはまとわりついていた。獣のなめらかな動きで、月貴がベッドに座る睦月へと近づいてくる。

マットレスが男の重みに沈むのを、睦月は反対側に顔を俯けながら感じる。

月貴の裸を見たことは、何度もあったはずなのに。

——……どうしよう……こんなに、恥ずかしかったっけ?

二年も会えなかったからいろんな感覚を忘れてしまったのか、それとも当時は初めての発情期も迎えていなくて本当の恥ずかしさがわかっていなかったのか。

つっかえながら尋ねる。

「ふ、服は?」

「部屋では裸が多いんだ」

「えっ、同室者いるのに?」

「同室は半年前から飛月だったからね。ふたりとも裸族だったんだよ」

「ラゾク?」

「裸で過ごすのが好きってこと。睦月も試してみるといいよ。気持ちいいから」

睦月は首を大きく横に振る。

人間の姿のときに裸でいるのは苦手だ。調教部屋で裸で過ごさせられたときの惨めさが甦(よみがえ)ってくるのだ。

月貴に頭を撫でられる。

「そうか。でも、そのほうがいいかな」

呟きとともに、下から覗き込むようにして、月貴が唇を重ねてきた。嘘みたいに温かくてやわらかい感触に、睦月は震える瞼をギュッと閉じる。

――月貴と、キスしてる。

ゆるやかに啄ばまれるたび、身体が強張る。軽いキスだけなのに、暴れる心臓が喉元まで迫り上がってきそうになる。

震える唇のなかに、舌が滑り込んできた。

「ん…ンっ……ん」

舌を舐められて、全身の産毛が逆立つ。本当に二年前とは全然感覚が違っていて、睦月は急に怖くなる。思わず月貴の胸を叩くと、唇が離れた。

「いや？」

悩ましい表情で月貴が訊いてくる。

嫌ではないけれども、これ以上キスをされたら、それだけで神経が焼き切れてしまいそうだった。身体が芯からドクンドクンと脈打っている。苦しさにうな垂れた睦月は、伏せた瞼で短く瞬きをする。

晒されている月貴の下腹のもの。その膨張した雄の器官が、睦月の見ている前で頭を高々と擡げていく。

それは完全に反り返ると、苦しげにしなった。

「すごい…」

かつて戯れていたころよりも遙かに大きな体積のものが、なまなましい力強さを漲らせて、そこにあった。

安堵をともなった嬉しさに、睦月は喉を震わせる。

――よかった……ちゃんと僕に反応してくれてる。

考えないようにしていたけれども、本当はずっと怖かった。

月貴はとても魅力的だから、離れているあいだに特別な相手ができてもおかしくない。いざ再会しても、もう以前のようには身体を求めてもらえないかもしれない。そう懼れていたのだ。

睦月は焦げ茶色の目を涙ぐませて月貴を見上げた。ねだるように問う。

「ても、いい？」

「うん？」

「触っても、い？」

月貴がかすかに息を乱して、目を細める。

睦月はぎこちなく左手を伸ばした。熱く強張ったそれに触れたとたん睦月は下腹に痛いほどの疼きを覚えて、咄嗟に右手で自分の茎を押さえた。そこは硬くなっているばかりか、すでに濡れてしまっていた。

恥ずかしさに頭のなかが沸騰したようになりながらも、左手の親指で月貴のペニスに複雑に浮き上がっている筋をなぞる。長い長い幹を丁寧に上り詰めて、括れのくっきりした段差を何度も確かめる。口内の粘膜に似た綺麗な色をした先端に触れると、縦の切れ込みから透明な蜜が溢れた。指がとろりと濡れる。

「……ッ」

たまらない欲に突き動かされて、睦月は上体を深く伏せた。

付け根が引き攣れそうなほど大きく出した舌で、張り詰めた性器の表面を叩くように舐めていく。先走りが舌のうえでぬめる。

二年ぶりの行為で、思うようにできないのがもどかしい。

息を詰める小声で月貴がねだる。

「してるところ、よく見せて」

促されて、睦月は床に下り、長い脚のあいだに膝をついた。

改めて月貴のものを付け根の膨らみごと両手で持ち、腫れた唇のなかへと先端を入れていく。

「ん…ふ、――ン、んー」

「小さい唇が伸びきってるね」

性器を含んでいる輪を指先で辿られる。こそばゆさと恥ずかしさに、睦月は腰を震わせた。また大量の先走りを下着のなかに零してしまっていた。もうきっとパジャマにまで染みてしまっている。せっかく月貴が買っておいてくれたのにと、申しわけなくなる。

睦月はうまく定まらない視線を月貴の顔へと向けた。

月貴が潤んだ唇を緩めて首筋を伸ばす。傾いた顔に金色の髪がかかる。髪より少し色の深い眉がせつなげに寄せられる。品のいい輪郭の唇が内側から噛まれて、薄くなる。数秒の堪える静止ののちに。

「睦月、もういい」

口から滾ったものをずるずると抜かれた。

月貴の手が脇の下に入ってきて、睦月をベッドへと引きずり上げる。

力が入らないまま仰向けに倒れ込むと、月貴が圧しかかってきた。パジャマの上衣の裾から手が滑り込み、ヒリヒリするほど熟んでいる素肌を大きく撫でまわす。

見つけ出された乳首の尖りを、親指と人差し指の先できゅっと締められた。

「ぅ、ん」

それだけで射精感が込み上げてきて、睦月は下腹に硬く力を籠める。

乳首を緩急をつけて締められるたびに、身体に寒気にも似たざわめきが拡がる。耳を舐められて、首筋の匂いを忙しなく嗅がれる。

「すごく、やらしい。オトナになったんだね……もう、こんなに濡れて」

胸から滑り降りた指が、今度はパジャマの下腹を這いまわる。

「うう…ごめんなさ、い——パジャマ、汚して」

半泣きの声で謝ると、

「いいよ。汚させるために買ったんだから」

先走りに濡れそぼったパジャマに、茎のかたちを浮き立たせられる。そのまま扱かれ、先端を撫でられると、さらにぐちゅぐちゅに濡れてしまう。

「ぁ、あ、……あ――んぅ」

月貴の手がパジャマのウエストにかかった。

「あ、待っ…」

制止する暇もなく、下着ごと引きずり下ろされた。勢いよく弾み出た茎が、ピッと先走りを宙に散らす。先端のぽってりと腫れた赤い実に、月貴の唇が寄せられる。

「……、……」

先端の切れ込みを押し開くように、舌先が縦の目をなぞる。

跳ね上がる腰をベッドに押さえつけられた。性器のかたちを舌で行きつ戻りつしながら丹念に辿られていく。ぬるつく粘膜でこすられるたびに、頭の芯まで沸騰するような刺激が押し寄せてくる。先端から透明な蜜がトクトクと溢れ、茎を伝い落ちていく。

――はずか、し……こんなのっ。

双玉を交互にしゃぶられて、なかの丸みを頬張られる。裏の芯をぬぬぬと舌の表面で重く舐め上げられた。

睦月は自分の手の甲に思いきり嚙みつく。しっとり汗ばんだ身体が泣いているみたいにわななく。括れの段差を繰り返し舐められ、睦月の腰がベッドから浮き上がる。

嚙んでいる手を月貴に捕らわれ、唇からやんわりと剝がされる。

「あっ…ふ、……ぁあ、んっ、ぁぁ」

自分でもびっくりするぐらい甘い善がり声が漏れた。止まらなくなる。腰を硬直させて、切れ切れに訴える。

「あ、ぁー……、溶け、ちゃう――僕の……、溶けちゃうよぉ、!!、……、ぁ」

身体の芯が熱く歪んでいく。

月貴が愛撫をやめて、間近で性器を見つめる。見つめられている、先端の小さな孔が引き攣れた。

「―――ああ、いっぱい出てきた」

「う……、や、ン……あっ、あっ」

　睦月の腹部に散らばっていく真っ白い粘液に、月貴が舌を伸ばす。

　肌になすりつけるように、ねっとりと舐め取られていく。射精の快楽と、肌を舐められるこそばゆさとで、薄い腹部に絶え間なく痙攣の漣が走る。

　睦月の性器に付着したものまで綺麗に舐めると、月貴はくったりしている睦月の片脚から衣類を抜いて、うつ伏せにした。腹部の下に枕を入れられて、脚が力なくハの字に開く。

　ゆるく開いた双丘を、さらに指で拡げられた。視線を受けて、そこに沈んでいる窄まりがヒクヒクしてしまう。止めようと力を入れるのに、よけいにヒクつきが酷くなる。

　そこに、くにゃりと舌が這った。

　この行為も初めてではないはずなのに、発情することを知ってしまった身体にはあまりにも刺激が強すぎた。

　それに、月貴のそこを嬲る行為は、以前より明らかに執拗だった。舌先で叩かれ、舐められ、つつかれて、唾液でふやけた襞がわずかに口を開いてしまう。そこに、ぬうっとやわらかい肉がわずかに侵入する。

　内壁を舐められて、睦月はすすり泣く。下半身ばかりか頭の芯まで濡れ痺れていた。垂れている下腹の茎が、根元から揺れながら、ふたたび腫れていく。脚のあいだから差し込まれた手に、下向きに茎を扱かれる。

　睦月は頬をシーツにきつくこすりつけながら、懸命に訴える。

「つき、たか、月貴ぁ、もう、ヘンになる……なっちゃう…」

　ようやっと月貴がそこから顔を上げてくれた。息を乱した彼が背中に乗ってくると、躾けられた条件反射で睦月は腿をきつく閉じた。腿の付け根のあたりに、太くてとても硬いものがずぬうっと差し込まれる。長い。

「睦月、……睦月、ん、…んっ」

差し込まれる角度がしきりに変えられて、会陰部を押し上げるようにこすられる。すると、潤まされた蕾が急にカァッと熱くなった。その奥の粘膜が深くまでダクダクと波打つ。

ベッドを這いずり上がろうとする睦月の腰は、強い手指に捕まり、据えられる。月貴が低く呻いた。尾骶骨のあたりに、ビュッ…ビュッ…と重い粘液が叩きつけられる。熱い感触が双丘の狭間へともったりと伝い流れる。

それは灼け爛れた蕾をも覆った。

自然に蕾が忙しなく開閉する。月貴が曖昧な発音で呟く。

「睦月、痛くないから、少しだけ…」

「え…?」

指が尾骶骨のあたりでのたくったかと思うと、ふいに蕾に明確な圧迫感が生じた。ぐちゅりと音がたつ。

「ぁ? ぁ、ぁっっ」

体内に濡れた指が侵入してくる。

「いた、ぃ」

痛いのとは少し違ったが、そう口走ってしまう。

「だいじょうぶ——小指だけだから……あぁ、狭くて、こんなに温かいんだね、睦月のなかは」

ただ指を静かに挿し込まれているだけなのに、粘膜は指をきゅうぅと締めつける。意識して力を抜こうとしても、またすぐに体内が収斂しだす。

わずかに指が動いて、内壁をこすった。月貴の精液を粘膜に塗りつけられているのだ。そう考えたら、本物の生殖行為をしているみたいに思えて。

「う、ン、ん」

いっそう狭まった粘膜に押し出されて、指が抜けた。

また新たな白濁が指に掬われて、睦月の体内へと運び込まれる。微細な指の動きに応えて、腰がゆらつく。

朦朧となっていると、カリッカリッと爪が内壁の一ヶ所を掻いた。

「あっ!?」

背骨が焼き切れるような体感。

「や、ぁあ——、っっ、————、……」

白みがかった蜜が性器から溢れて、シーツへと糸を縒りながら垂れていく。そのあいだも、なかの凝った場所をくじられる。

「も、ヤだっ、……ぁ…う…、やだぁっ」

睦月の必死の訴えを聞き入れて、ゆっくりと体内から指が引き抜かれていく。しかし、その感覚がまた耐えがたくて、睦月の性器は蜜の塊を吐いた。

「うく——はぁ、はぁ」

全身をヒクつかせながらベッドに沈むと、月貴がすべての体重をかけてくる。リアルな重みに、胸がマットレスに圧迫される。全力疾走して力尽きたみたいになっている心臓が喘ぐ。

苦しいけれども、苦しいのが、嬉しい。意識が崩れだす。

髪を撫でられる感触が、近づいては、遠のく。

「睦月、可愛いね」

月貴が、出会ったころから繰り返してきた言葉を耳元で囁く。

「女の子みたいに、すごく可愛い」

——オンナノコ…。

かすかにざらりとした感触が胸に拡がり、意識とともに散った。

7

睦月が現場に出てから一年後、朋もまた現場に移ってきた。猟獣はアルファ以外は基本的にふたりひと組で仕事に臨むが、朋は猟獣とは組まずに甲斐と行動をともにしている。高位種のプロトタイプが使い物になるかどうかのテスト運用的なものらしい。

ここの猟獣たちのあいだでは、トレーニングと遊びを兼ねて、パルクールというフランス発祥のスポーツが流行っていた。どこにでもある建物や壁、フェンスなどをもちいて、自由自在に移動するのだ。周りにあるものをうまく足場や緩衝材にすれば、建物の二階三階から飛び下りたり、逆に上ったりもできる。

瞬時に頭と身体を使うパルクールに、睦月も夢中になった。

猟獣運営施設に移ってからの生活は、それ以前と比べると雲泥の差だった。月貴はもちろんのこと、壱朗次朗に飛月と馴染んだ顔ぶれと過ごすことができて、また仕事にかこつけて多少は自由な時間を作ることもできる。行動をともにする月貴は人間社会での遊び方を心得ていた。

人間でいうと完全に白人の外見の彼だが、外国人の多い店ならあまり目立たずにすむ……とはいっても、やはり気品ある上等な容姿や雰囲気は、人の気を——特に女性の気を引かずにはいない。

いろんな肌の色の女性と、月貴は親しかった。たまにクラブに寄ることもあったが、まるで花に吸い寄せられる蝶のように、女たちは次から次へと月貴にまとわりつく。睦月はどの女に嫉妬をすればいいのかもわからないありさまで、先に外に出て、近くの自販機の横にしゃがんでドリンクを飲んでいるのが常だった。月貴は初めのうちは慌てて捜しに来てくれたが、次第に捜しに来るのが遅くなっていった。

睦月は何度も月貴に抗議しようとした。でも、「好きだよ、睦月」と先制されると、ふたりの関係を揺るがす口論をする勇気がなくなってしまう。

――月貴は……女の子が、いいんだ。

これまで月貴が繰り返し口にしてきた「女の子みたいに可愛い」の意味を、睦月はいまさらながらに思い知ったのだった。

猟獣には雄しかいないし、飼育塔にはブリーダーも含めて女性はいなかった。だから月貴は、雄だけれども女の子のような外見をした睦月を、女の子の代用品として可愛がっていたのだ。

いまパートナーとしてそばに置いて擬似性交をしてくれているのは、同情や惰性といったものなのかもしれない。

でも、そのことについては突き詰めて考えたくなかった。下手に月貴を追及して真実を突きつけられるのが怖い。

真実はどうあれ、普段の月貴は睦月にとても優しい。甘い言葉をくれる。擬似性交も頻繁にしている。絶対にその関係を失いたくない。失ったら、とてもではないが、こんな仕事をして正気ではいられない。

死刑執行業務。

人間の代わりに獣の姿で、日本全土の凶悪犯罪者を牙にかけている。

執行の際には狼の姿になる。もし現場を目撃した人間がいたとしても、野犬に襲われたとしか思わないからだ。そこで運悪く自警団に捕まれば、野犬として殺される。どんな場合でも、猟獣が犯罪者(ターゲット)以外の人間を攻撃することは許されない。毎年、それで命を落とす猟獣がいる。

仕事のために人型から狼に変容するときの激痛もさることながら、仕事を終えて狼から人型に変容するのはさらなる地獄だった。

肉体的な苦痛だけではない。

人間の血を歯にこびりつかせたまま、人間に戻るのだ。

獣のときは自然と人間を異種の生き物と割り切れるのだが、人型に戻れば人間に対して同族の意識が芽生える。同族であれば、その「死」の意味を我が身に置き換えて、リアルに想像できる。

　身体の半分を占める人間の部分は、人ひとり殺すごとに深く傷つけられていく。傷つき、膿み、腐り落ちていくのを感じる。そうやって人間の部分を削られて、いつか完全に獣に堕ちるのだろう。そうして人の記憶と心を徐々に失っていく。

　完全な獣になれれば、あるいは心は楽になるのかもしれない。

　だが、堕ちた獣はあまりに凶暴なため、例外なく命を絶たれる運命にあるのだった。

　視界にジーンズに包まれた長い脚が現れる。木陰に座り込んでいた睦月は、目を縦方向に動かした。

黒いTシャツも黒い髪も、汗で肌に張りついている。

「俺もちょっと休憩」

　そう言って睦月の横に腰を下ろす飛月の顔はいつもより険が薄らいで無邪気な印象だ。パルクールに没頭しているときの猟獣たちは、みんなそうだ。

　今日はオフの猟獣が多くて、すっかりパルクール祭り状態だった。ブリーダーや施設職員たちも、窓からその様子を眺めて、感嘆の声を上げたり、拍手をしたりしている。

　空は鮮やかな青色で、たまに雲がよぎって陽射しを緩めてくれる。

「のどかだよね〜」

　飛月にペットボトルを手渡しながら睦月は笑う。ライム味のスポーツドリンクをがぶ飲みした飛月が「ぬるい」とケチをつける。

　ふたりで同じ木の幹に背を預けて、仲間たちの自由自在で力強い遊戯を眺める。

　壱朗と次朗は、絶妙のタイミングで相手をサポートして、移動範囲を広げている。

月貴のプレイはしなやかで華麗だ。さりげなく宙で捻りを入れたりして、見物人を沸かせる。月貴の真似をして同じルートを行く者たちが次々に脱落していくことからして、楽々やっているように見せながら実はハードな技を駆使しているのだろう。

「パルクールって性格出るな」

「うん。飛月なんて、ガシガシ力技で普通じゃ行けないルート取ってさ、生き急いでるって感じ」

「俺、生き急いでるか？」

自覚がなかったらしい。

「仕事だってガンガン詰め込みまくりじゃん。休み、久しぶりじゃない？」

仕事はふたりひと組でおこなわなければならないため、飛月は本来のパートナー以外にも声をかけて、ほかの猟獣の三倍近い仕事量をこなしていた。変容を繰り返し、獣化している時間が長いせいだろう。月貴と同期なのに、人型時の外見は飛月のほうが五歳ほどうえだった。

「……飛月ってさ、まだ会いたい人に会えてないんだよね？」

「ん」

「なんで？　仕事のときにちょこっと時間作って、会いに行けばいいのに」

飛月が沈黙してから、ぼそりと答える。

「いま会ったら、折れる気がする」

「折れる？」

「いま会ったら、きっとメロメロになって仕事なんかできなくなる。ずっとあの子にへばりついてたくなる」

もしそんなことになったら、あっという間に施設の人間に捕獲されて、廃棄されるだろう。

「だから、俺はアルファになる。金も自由も交尾の権利も手に入れて、あの子にプロポーズするんだ」

ただ交尾をしたいだけなら、もちろん発覚したら罰せられるものの、厳密には可能だ。肛門性交を受け入れた場合は健診の際に形跡でバレてしまうらしいが、雄として挿入するぶんには性交判定が不可能だからだ。猟獣がふたりひと組で行動するのは、互いを監視させる目的もある。

熾烈(しれつ)な争いをくぐり抜けて現場にまで出られた猟獣たちは闘争心が強い。狼としての本能も強く、群のトップであるアルファになることを望む。

アルファになれば、仕事はもちろん続けなくてはならないが、施設から出て暮らすことも許される。限りなく人間に近い生活を送ることができるのだ。しかもブラックカードという一流の金持ちしか所持できないクレジットカードを使えるのだから、考えようによっては普通の人間以上の存在になれるともいえる。

要するに、我こそアルファに、という者たちの集団だから、ライバルは迷わずに蹴落とす。仕事のパートナーが人間の男女を抱いたら、これ幸いとブリーダーに密告する。

「……そっか。飛月がそうしたいなら、僕が仕事を一緒にしてアリバイ工作してあげようと思ったんだけど」

「ありがとう。でも、いい」

「うん」

「——睦月は、よくアリバイ工作してるんだろう」

「なんのこと？　僕は月貴としか仕事してないよ」

「だから、月貴の」

繰り広げられている猟獣たちの無軌道なプレイを見守る睦月の目が、瞬きを止める。瞬きは止めたまま、笑顔を作る。

「な～んだ、知ってたの。ブリーダーには内緒だよ」

「それでいいのか？」

「よくなくても、僕はなにより月貴の特別でいたいから——ね、それより、見てよ。朋すごすぎ」

さすが高位種というべきか。朋の動きはほかの猟獣たちとは段違いだった。

研究塔の壁と、すぐ横に立っている街灯の柱とを交互に蹴りながら、彼はどんどん高く上っていく。柱の天辺に立つと、そこから近くの木の枝に飛びつく。枝から枝へと猿みたいに飛び移ってさらに上昇したかと思うと、今度は枝のうえを走りだす。枝が折れると、両手を伸ばして上方の枝に摑まった。そして大きく身体を揺らして――窓ガラスが割れる音があたりに響く。

朋のスニーカーが、研究塔四階のガラスを蹴破ったのだ。

その割れた窓へと朋が飛び込む。

飛月が苦い声で言う。

「あれも性格か」

次期アルファを狙っている飛月にとって、まだ新人とはいえ、朋が一番のライバルに違いなかった。能力的には月貴も高いが、彼はそれほど仕事熱心ではない。

パルクールに戻ろうと立ち上がりながら、睦月は肩を竦める。

「朋はホント、凶悪」

シングルベッドは狭くて、睦月は月貴の身体のうえにうつ伏せで乗るかたちに落ち着く。まだふたりとも息が乱れていた。

月貴の首筋に顔を埋める。相変わらず月貴の匂いはとても複雑で、情報を掬えない。それに睦月のほうも月貴の匂いを詳細に嗅ぎ分けることは避けていた。

――月貴の特別でいられてるなら、それでいいんだ。

納得ではなく、自分に言い聞かせる言葉を胸で呟く。

「公式発表はまだだけど」

月貴が眠たげな声でゆるりと言った。

「新しいアルファが決まったそうだよ」

重大情報に、睦月は上体をきゅっと反らして月貴を見下ろした。

「うそっ、ホントに？　誰？」

先代のアルファが堕ちたと聞かされたのは、八月の終わりのことだった。睦月にとっては急な話だったけれども、定期健診の数値で兆候は明らかだったという。

月貴が親しいブリーダーから得た情報によると、アルファになった猟獣はほかの現場に出ている猟獣よりも早く堕ちる傾向にあるのが明らかになってきたらしい。なまじ人間と距離感が近くなるために、仕事が重篤なストレスになっていくのではないかと推察されている。

有能なアルファが早く堕ちるのでは本末転倒ではあったが、アルファ制度が狼の本能に沿ったシステムであるのも確かだった。アルファ制度があるからこそ、猟獣たちは仕事に励み、無軌道な行動を自制する。

アルファひとりを犠牲にしても、使える猟獣が育つのであれば、結果的にはそれでいいという意見のブリーダーも多いらしい。

実用開始から十年になる猟獣システムがそれなりに軌道に乗ってきているいま、抜本的なところを見直すことは避けたいのだろう。

「もったいぶらないで教えてってば。次のアルファは、飛月？　朋になったなんてことはないよね？　朋はまだ半年しか現場仕事してないし」

少し不安になって言葉を継ぐ。

「……月貴じゃ、ないよね？」

それは絶対に嫌だと思う。

もし月貴がアルファになったら、彼はアルファ専用の個室に移り、仕事で組むこともなくなってしまう。女の子とも自由に会えるようになって、睦月のアリバイ工作は必要なくなる。ついさっきまで耽っていた擬似性交をすることもなくなってしまうのかもしれない。

――月貴がこの部屋からいなくなるなんて……嫌だ。

考えただけで、涙が目に滲んでくる。

月貴が目を細めて、満足げに微笑する。

「飛月だよ」

「――――、飛月、なれたんだ」

涙が違う種類のものとなって、思わずぽつんと一滴、零れてしまう。その涙を月貴が優しく舐め取ってくれた。

月貴は睦月をベッドに残してバスルームへと消えた。手早くシャワーを浴びる音が聞こえる。彼はバスローブを纏って戻ってくると、温かい湯を含ませたタオルで睦月の身体を丁寧に拭(ぬぐ)ってくれた。

「おやすみ、睦月」

肩まで布団をかけられる。

自身のベッドを睦月に明け渡した月貴は、部屋の明かりを消して、睦月のベッドに横になる。

「…………」

――なんで？

訊きたいことが、いくつもある。

一年半前にここに移ってきたころは一緒のベッドに朝までいてくれたのに、なんでいまは別々のベッドで眠るのか。

裸族だなどと言っていたくせに、最近は寝るときも常にバスローブで身を包んでいるのはなぜなのか。

訊けないことの詰まった沈黙が、重く睦月の肌を締めつけていた。

8

「……なんで飛月は、あんな貧相なウサギみたいなのがいいわけ？」

カフェ二階のテラス席でベーグルを頬張りながら、睦月はさっきから不満を言いつづけていた。いや、正確には昨日から言いつづけている。昨日、睦月は月貴とともに、アルファになった飛月が現在、暮らしている民家を訪ねたのだった。

カフェテーブルの向こう側で、月貴がいくらか困ったように笑っている。

「尚季(なおき)くん、なかなか可愛かったじゃないか」

無言で睨むと、月貴が「睦月ほどじゃないけどね」とおどけた口調でつけ加える。

飛月の相手は、由原(ゆいはら)尚季という十七歳の少年だった。確かに少しだけ綺麗な顔をしていたけれども、頼りない感じの高校生だ。家族は父親だけで、その父親は海外赴任しているそうで、ひとり暮らしをしていた。飛月はちゃっかりそこに転がり込んで、同棲(どうせい)生活を送っているというわけだ。

「僕は納得いかない。飛月がバカみたいに夢中になってるから、どれだけ素敵な人なんだろうって思ってたのに、アレだよ？　その辺にいそうな、ふにゃふにゃのガキじゃん」

「見た目の年齢は睦月と似たようなものだったね」

「言いたいのはそこじゃないよ。ふにゃふにゃで甘えてるだけで、あいつじゃ絶対に飛月を支えられないってコト。もし飛月になんかあったら、受け止められないで、絶対に逃げ出すよ」

それなのに、飛月は由原尚季を溺愛(できあい)している。言動はもちろんのこと、尚季の横にいる飛月は、睦月が恥ずかしくなるような悦(よろこ)びの匂いを発していた。

飛月は以前、『いま会ったら、きっとメロメロになって仕事なんかできなくなる。ずっとあの子にへばりついていたくなる』と語っていたが、本当にその状態になってしまい、同棲しはじめた三週間前からはすっかり仕事を放棄してしまっていた。

人間との恋に溺れているいまの飛月にとって、人間殺しの仕事はどれほどのストレスになるのだろう。

しかし、飛月のぶんの仕事までこなすのは、周りの負担が大きすぎる。月貴も壱朗も次朗も睦月も、心身の疲労が嵩んでいた。だから昨日、由原家を訪ねて飛月に仕事復帰を承諾させたのはやむを得ないことだったのだ。猟獣管理部のほうからもアルファの仕事放棄について勧告が出ていた。

飛月の力になりたい反面、ろくなことをしてあげられない現実がある。

「あー、もやもやする!!」

テーブルの下で貧乏揺すりをしていると、ふいに足首に重さが生まれた。月貴の長い脚が絡んでいた。

「……」

月貴と見つめ合ったまま、睦月は不満顔で何度も脚に力を籠めて、拘束を外そうとする。

月貴がやんわりした微笑のまま抵抗を圧し伏せる。

「…………もー」

睦月が笑いかけてしまったとき、携帯の震える音がふたりのあいだに割り込んだ。

月貴が睫の上下で「ごめん」と伝えて、携帯に出る。短い会話が終わるころには、絡んだ脚が離れていた。

その時点で睦月にはわかってしまう。

月貴がコーヒーをひと口含んでから立ち上がり、机上の伝票を人差し指と中指のあいだに挟んだ。

「ちょっと用があるから、十三時に東京駅でね」

頭の後ろをザッと血が落ちていく体感。目の奥がぐらぐらする。

いまは午前十時三十分だ。このあたりから東京駅までは二十分もかからないから、二時間ほどが浮くことになる。

今日は東京駅から新幹線に乗って、地方都市で仕事をする予定だ。こういう遠距離移動のとき、管理部に提出してあるスケジュールから時間を捻出するのは容易い。だから月貴はよく仕事前に一、二時間、姿を消す。

睦月はそのあいだ人間の街をふらつく。昔は逃げたいことがあったら本を読んでいたのに文章の一行もまともに頭に入ってこないから本屋には行かなくなった。たいていは花屋の店先に並べられた鉢植えの前にしゃがみ込む。目を閉じて花や草や土の匂いを嗅いでいると、ほんの少しだけ心を慰められた。

そうして月貴と合流する。誰となにをしていたのか、睦月は問い質さない。でも、鋭敏な鼻は嫌でも女性の匂いを消すためのボディソープの香りを嗅ぎつけてしまう。その度に、心臓も肺もぺっしゃんこに押し潰されたみたいに痛くて苦しくなる。

今日もきっとその苦しさを味わうことになるのだろう。

――嫌だ！　行かないでよ…。

そう訴えてしまいそうだったから、言葉を喉に押し込んでおくためにベーグルに齧りつく。

そしていつものように、去っていく月貴に笑顔で手を振る。

月貴の姿が見えなくなってから、睦月は口のなかのものをナプキンに吐き出した。どうしても飲み込めなかったのだ。

「うぅ…」

弱い嗚咽を漏らしながら、テーブルの天板に額を押しつける。

本当に苦しくて哀しくて、どうしたらいいのかわからない。この気持ちに慣れることなんて、永遠にないのだと思う。

「オンナノコだったら…」

こんなことを考えるのは、とても惨めだと思うのだけれども。

「女の子だったら、俺のことだけ好きになってくれた？」

きつく閉じた睫のあいだから涙が滲み出る。

左右の目を繰り返し掌で拭っていると、頭をツンツンとつつかれた。

――月貴っ？

一瞬にして目の前が明るくなって、睦月は顔を上げる。しかし立っているのは知らない人だった。半ランク高めのカジュアルな服を着こなした、この界隈によくいるタイプの青年だ。近くに有名私立大学があるから、そこの学生なのかもしれない。

「さっきの白人サン、もう戻ってこないの？」

彼はどうやら月貴がいたときから、同じテラスにいたらしい……月貴しか見えていない睦月はまったく気づかなかったが。一応、頷きを返すと、青年は月貴が座っていた椅子を睦月の横へと引きずり、そこに腰掛けた。

間近でまじまじと顔を見られる。

「君、可愛いね」

どうやらナンパらしい。たまに間違えて声をかけてくる男がいるのだ。

「僕、女の子じゃないから」

「うん、男の子だろ」

「……男なのに、男に声かけるんだ？」

「だって、俺の好みすぎ。君だって男もいけるんだろ？　白人サンにふられて泣いてたじゃない。俺ね、男の子を慰めるのすごく上手なんだよ。とろとろにして、忘れさせてあげるよ」

慣れた手つきで、青年は睦月の腰に手を回してきた。

いやらしい匂いが鼻に触れて、忘れさせてあげるの意味が交尾であることを睦月は察する。最後まで身体を繋げる交尾だ。

睦月の焦点はゆるくブレる。自棄の気持ちが胸に膨らんでいく。

これから二時間、この青年に汚されて、その身で月貴の前に立つ。月貴はすぐに真相に気づくだろう。彼はどんな顔をするだろうか。怒ってくれるだろうか、口惜しがってくれるだろうか、哀しんでくれるだろうか……。

「俺のマンション、この近くなんだ。ちょっとだけ、さ」

腰を抱かれたまま、立ち上がらされる。

肛門性交をしたら、おそらく次の健診でブリーダーに見咎められるだろう。そうしたら厳罰に処せられる。下手をしたら、見せしめに廃棄処分にされるかもしれない。

――なんか…それでも、いいかも。

自棄の誘惑に流されかけていた睦月はしかし、月貴とのことでまだ解き忘れている大切な問題があるような気がして動けなくなる。

「ほら、行こうよ」

「……」

棒立ちになったまま歩こうとしない睦月に焦れて、青年が強い力で手首を引っ張った。

それでスイッチが入る。

睦月は咄嗟に青年の手を振りほどくと、テラスの柵へと走った。近くの椅子を右足で踏んで柵に飛び乗る。柵のうえを走ってエントランスの張り出しになっている屋根へと下り、その縁からさらに地面へと飛ぶ。着地時に横転を加えて衝撃を逃がした。地面から跳ね起きる。

びっくりしている人たちのあいだを抜けて、全速力で走りだす。

落ち葉に足を取られながら、ひたすら走る。

――大切な問題……忘れたらいけない。

スニーカーの靴底が地面に叩きつけられるたびに、問題の断片が胸の底から浮上する。それを捉えようとする。

「あっ」

なにもないところで、ふいに睦月は蹴躓き、勢いよくアスファルトに転んだ。擦り剝いた両の掌を地面に押し当てる。視界に落ち葉が広がっていた。

人の靴に踏み潰され、擂り潰され、ボロボロになって葉脈が剝き出しになっている。

こんなアスファルトのうえでは、土に還(かえ)ることもできない。

思わず問いかける。

「ここじゃ戻れないよ？　こんな終わり方でいいわけ？」

こんなふうに植物に話しかけたことが、前にもあった。

生まれて初めて花に触ったときだ。保育塔から初めて出た日、白い花をつつきながら話しかけて、花を壊してしまった。

その花びらは赤い大きな舌に載せられて、狼に食べられた。

改めて思い出して、白い花びらが羨(うらや)ましくなる。自分もあんなふうに月貴に終わらせてほしいのかもしれない。

月貴とのこと。人間殺し。人間だか狼だかわからない自分自身。堕ちる恐怖。それらを抱えつづけていくのは、あまりにも苦しいから。

『君のことも、俺はいつか殺すのかな』

樹海の湖の畔で。当時は怖いと感じた月貴の言葉が、甘い衝撃をともなって甦る。

しばしうっとりとしてから、ふと思う。

——月貴が僕を殺して、そしたら、誰が月貴を殺すんだろう？

考えたとたん、嫉妬で胸が熱くなった。

月貴の終わりを誰かに奪われるのは、絶対に嫌だった。

人間の女たちに一、二時間ずつ月貴を奪われていくよりも、自分でない誰かが月貴を殺して絶対的に特別な存在になるほうが耐えられない。

「そっか……それなら、僕がなれば、いいんだ」

納得がすとんと胸に落ちていた。解き忘れていた問題と答えは、これだったのだ。

睦月は安堵めいた溜(た)め息(いき)をひとつつく。

すっかり消え去っていた、自分の周りを歩く人間たちの群れが、意識に戻ってくる。その人間の脚がひと組止まった。クリーム色のローヒールには、品のいい茶色いリボンがついている。

「だいじょうぶ？」

見上げると、優しそうな女の人が中腰になって気にしてくれていた。

睦月は元気よく立ち上がって、その人に満面の笑顔を向けた。

「ありがとう」

＊　＊　＊

「僕、展望デッキに行ってるから」

睦月が笑顔で手を振って、羽田空港の出発ロビーを弾むように走っていく。

ベンチに座っている月貴は、微笑してその後ろ姿を見送った。ひとつあいだを空けた席では、飛月が缶コーヒーを飲んでいる。

「睦月、なんだか明るいな」

「最近あんな感じなんだよ。今日から沖縄四泊で浮かれてるのもあるだろうけど」

「性格きついとこあるけど、睦月はお前に一途で――尚季ほどじゃないけど、顔も可愛い」

「そうだね。最後の部分は異論があるけど」

軽い調子で答えたら、黒い眸に睨まれた。

「本気でそう思ってんなら、なんで女に会うためのアリバイ工作を睦月にさせる？」

月貴は肩を竦める。

「必要だから」

飛月の目がグッと険を増した。鼻の頭に皺が寄る。

「必要だから、じゃねぇだろ。なんでエッチしたヤツのこと、平気で傷つけるんだ？　俺は昔っから月貴のそういうとこ全っ然わかんねぇ。尚季と交尾できてから、よけいにわかんなくなった。あんなあったかくて幸せで気持ちいいこと一緒にするって、すごいことだろ？　――俺はエッチしたヤツのこと、力いっぱい大事にする！」

大声で宣言するから、通りがかった子連れの母親に眉をひそめられてしまう。月貴が謝罪の表情で軽く目を細めると、若い母親は頬をパッと赤らめた。

その無言のやり取りに気づいた飛月に、加減のない力で脚を蹴られる。

「俺はマジメな話してんだ」

「ごめん。でも、俺なりに睦月のことは大事にしてる」

「……本当に、本当に、大事にしてやってくれよな」

月貴はかすかに眉根を寄せた。今日会ったときから気になっていたのだが、やはり飛月の呂律はいまひとつうまく回っていないようだった。

沈黙が落ちる。

時間の流れが滞るような、奇妙な沈黙だった。不安感が増してきて、月貴は「飛月」と強い声で呼びかけた。

ぼんやりしていた飛月が大きく瞬きをして、口元で止めていた缶コーヒーをひと口飲んだ。

時間が普通に流れだす。胸騒ぎを残したまま、月貴は親友と呼べる唯一の相手に尋ねる。

「飛月はこれから大阪で一件だったたね。一泊？　二泊？」

「日帰り」という即答に、月貴は短く唸る。

「大丈夫なのか？　一回一回腰を据えて取り組まないと、取り返しのつかないミスに繋がりかねない」

もし処刑現場を人間に見つかって逃げ損なえば、そのまま野犬扱いで殺されてしまう。自警団と称して野犬殺しを愉しむ人間が、全国的に急増していた。

「俺は毎日、尚季のとこに帰るんだ」

頑なな思い詰めた表情だ。

「一分一秒でも長く、尚季といたい」

「……飛月？」

また、時が澱んでいた。

その理由に月貴は気づく。

口元に缶コーヒーを運ぶ動作が、妙にのったりとしているのだ。

まるでゼンマイ仕掛けの玩具が止まりかけているときのように。

「飛月、どうしたんだ？」

肩を掴むと、飛月はビクッとして缶を取り落とした。ほとんど中身のなくなっていた缶が、茶色い液体をわずかに散らしながら転がっていく。

「っ」

飛月が激しく頭を横に振った。黒髪を乱暴に掻き上げる。腕の下から、張り詰めた眸が月貴を見る。

「俺が堕ちたら」

「……え？」

「俺が堕ちたら、きっと月貴が次のアルファになる。朋は高位種の試用だから、まだ無理だろ」

月貴の顔から完全に微笑が消える。

「縁起でもないことを言わないでくれ。アルファになって、まだ三ヶ月ぐらいのものだろう。そんなに早く堕ちたケースなんて、聞いたことがない」

それには飛月は答えなかった。大阪便搭乗のアナウンスが流れる。

「ちゃんと幸せになれよ」

ぼそりと言い残して、飛月は仕事用の鞄を手に去っていった。

もの思いに沈んでいると、軽やかな足取りで睦月が戻ってきた。

「あれ、飛月ってもう行っちゃったんだ？」

目の前に立ったままキョロキョロとあたりを見まわす睦月の腰を、月貴は両手で抱き寄せた。

焦げ茶色の目がぱちりと瞬きをして、見下ろしてくる。

「どうしたの？」

睦月が心配そうな顔になる。

月貴は少年の細い腰をさらにきつく抱いた。縋りつくみたいにして。

「睦月、君が好きだよ」

いつも口にしている言葉を告げると、いつものように睦月が泣きそうな顔をした。

9

国道沿いの歩道を、臙脂色のハーフコートのポケットに手を突っ込んで、睦月は歩いていく。かなり遅い時間だが、車の交通量は多い。正直、猟獣のよく利く鼻には毒ガスレベルの汚い空気が逆巻いていた。睦月は眉間にちょっと皺を寄せて、小ぶりな鼻で匂いを嗅ぎ分ける。

かすかな匂いの糸を辿ってふたたび歩きだす。水色の歩道橋の下に着く。首を伸ばして空中通路を見上げる。

「見ーつけた」

階段を上っていくと、案の定、そこに探している姿があった。

由原尚季は欄干に背中をくっつけてしゃがみ込んでいた。自分と同じぐらいの体格の少年の前に睦月もしゃがむ。

「なにやってんの、こんなとこでさ」

尚季の大きめな目は、赤くなっていた。茶色い眸はいまにも泣きだしそうに潤んでいる。

やっぱりウサギだと睦月は思う。ただでさえ貧相なウサギはやつれて、まるで毛を毟られたみたいなボロボロぶりだった。弱りきっているくせに、尚季は本物のウサギみたいに、睦月に飛びかかってきた。

今日、睦月が尚季を訪ねた理由は、この一週間ほど、また飛月が仕事をさぼっているせいだった。携帯に連絡しても無視を決め込むから、どうせ尚季のところに立て籠もっているのだろうと踏んで、連れ戻しに来たわけだ。月貴は出がけに施設長に捉まって、話がすみ次第、来ることになっている。

しかし、尚季に飛月を引き渡すように言う前に、すさまじい勢いで逆に尚季から飛月の居場所を問い詰められてしまった。話を聞いてみると、なんでももう六日も家に帰っていないのだという。尚季のひどい憔悴っぷりは、飛月の行方不明が原因らしかった。

——本気で、飛月のこと心配してるんだ？

自我の薄そうな高校生という印象しかなかったが、飛月に対する想いには譲れないものがあるように見えた。

歩道橋の通路に並んでしゃがんで尚季と話した睦月は、さらに驚かされた。

尚季は飛月が普通の人間でないことを知っていたのだ。飛月が狼——睦月は「犬」だと思い込んでいるようだったが——に変身できることも摑んでいた。

たぶんそれは猟獣の知識のない一般人にとってはすさまじく受け入れがたいことに違いなかったが、尚季はその上でいまだに飛月のことを恋人として想っていた。

ずっと命懸けで好きだった人間の少年がここまで受け入れてくれているのに、どうして飛月はいなくなったのか？

——……まさか、堕ちた？

そういえば、このあいだ羽田空港で飛月と顔を合わせたあと、月貴の様子がおかしかった。あれは飛月に堕ちる兆候を見たせいではなかったのか。

——飛月が堕ちた可能性は高いのかもしれない。

でも、それならなおさら……。

由原尚季は真実を知るべきだという強い思いが、忽然（こつぜん）と湧（わ）き上がってきた。

見知らぬ奇怪な能力のある男に求愛されて、尚季はきっと困惑したに違いない。けれども、それでも飛月は本当に本当に必死だったのだ。尚季に向かって、ひたすら走りつづけたのだ。

その必死さが痛いぐらいわかるから。

睦月は尚季に一般人には極秘事項だと前置きしてから、猟獣という存在について、そして飛月が尚季の元に行くためにどれほど大変な思いをしてきたかを、つっけんどんに語って聞かせた。そして猟獣は最後には「堕ちる」運命にあることと、飛月がすでに堕ちたかもしれないことをも伝えた。

猟獣が凶悪犯罪者を処刑するために造り出された合成獣(キメラ)だと教えても尚季が取り乱さなかったのは意外だった。ぽやぽやした頼りない高校生かと侮っていたけれども、尚季なりにいろいろと悩み、真剣に推察してきたのかもしれない。

尚季は最後にしっかりした声で言ったのだった。

「俺は、飛月の気持ちをちゃんと受け止める——なにをしても、受け止める」


尚季と別れてから、睦月は国道の路肩に見覚えのある車が停(と)まっているのを見つけて、その助手席に乗り込んだ。遅れてきた月貴は、歩道橋の空気を察して、そこで待っていたのだ。

睦月はシートに座るなり、身体を運転席へと傾けた。月貴の肩に痛いぐらいこめかみを押しつける。

「……飛月、堕ちたかも」

月貴がひとつ長く息をついた。睦月の肩に手が回される。肩の骨を強く握られた。


「飛月はずっと無理を重ねてきたからね。もう力尽きてもおかしくないのかもしれない」

睦月はその言葉を、自分のうえにも重ねる。月貴に追いつくために、睦月もまた無理な努力を重ねてきた。

闇のなかを光に向けて走っても、光のなかに留(とど)まれる時間はあまりに短い。

また闇へと弾き返されていく。

それを承知で走ってきたのだから、後悔はしないけれども。

「……猟獣って、僕たちって、なんなんだろう?」

猟獣について尚季に話して聞かせたくせに、一番核のところを自分でもわかっていないもどかしさを、睦月は覚えていた。

なんだか自分の中心が空洞になったみたいな怖さが込み上げてくる。

「月貴」

顎を上げて身体を捻じる。

唇が、不確かなほどやわらかい感触に沈む。

空洞を埋めてほしくて、睦月は長いキスを月貴にせがんだ。


飛月の捜索および回収、堕ちていて回収を拒否した場合の殺処分が、施設長によって月貴と睦月に命じられた。複雑な思いではあったが、仕事ではなく仲間としての務めとして睦月は心を厳しく持った。

すでに失踪して一週間がたっているため、匂いを辿るのは困難だ。情報から居場所を割り出すしかない。

とはいえ、飛月はアルファになって尚季の家に居つくまでは本当に仕事ばかりしていたため、出入りする特定の場所や、交流のある人間もなく、情報はほとんどゼロだった。

堕ちていた場合の対処として、各地の自警団などさまざまなルートから黒い大型犬の目撃情報が入るように手を回しておいた。

尚季にももう一度事情を聞こうとしたのだが、不在だった。尚季の匂いは玄関先からかすかながら辿ることができた。それは駅のホームで途切れていた。彼はここから、どこに向かったのか。

該当しそうな黒い大型犬の情報が入ったのは、捜索開始から数日後のことだった。奥多摩のほうで立てつづけに目撃されており、外見の特徴は飛月と一致していた。どうやら人や店を襲ったりしているらしい。

月貴の運転で奥多摩のキャンプ場近くまで行き、それからふたりは獣化して森へと入っていった。尚季の匂いがあった。続いて飛月の匂いも見つける。それを辿って夜の森を小走りする。

月明かりが刷かれた夜の森は、狼の目には眩しいぐらいだった。

まだ富士の樹海のなかの研究所にいたころ、月貴と湖に遠出したことがあった。あの時にも感じた、このまま一介の獣として自然と一体化してしまいたいという強い願望が、睦月を囚えていた。

　どうして、そういうあり方は選べないのか。選ばせてもらえないのか。本当に、選ぶことはできないのか。

　自由は、すぐ横に広がっているようにも感じられる。同時に、辿り着けないほど遠い場所にしまわれているようにも感じられる。

　しかし結局は、まるで一本道を進むように、辿り着く。

　美しい白銀色の狼が月光を帯びた崖のうえで、足踏みをして止まった。睦月も焦げ茶色の四本足を止める。見下ろす。

　前方には小川が流れていて、その向こうに尚季が倒れていた。脚を野犬に嚙まれたまま、這い進んでいく。彼が懸命に目指している先で、黒い狼が野犬たちと死闘を繰り広げていた。飛月だ。普段の彼なら蹴散らすことができただろうが、得ている情報によれば飛月は薬局に侵入した際に、人間によって脚を負傷させられたらしい。

　月貴が輝く鼻先を天へと向けた。

「ォォオオ…ン」

　狼の咆哮が森に染みわたる。

　睦月は月貴に続いて急な崖を駆け下りた。一気に加速して、小川を渡り、尚季の横を駆け抜けて飛月のところへと向かう。二匹が睦月と月貴だとわからない尚季が、悲痛な叫び声を上げた。

「少しのあいだだけ、俺と飛月とふたりきりにしてほしい」

　野犬を散らして人型となった睦月が飛月の回収を告げると、尚季はそう希った。睦月には歩道橋のうえで会ったときに、堕ちた猟獣が殺処分になることを教えてあった。回収されれば、永遠の別れとなると分かっているのだろう。

月貴と睦月はその願いを聞き入れて、彼らがこの数日を過ごしたという洞穴で待つことにした。人型のままの睦月の裸体を、月貴がくるみ込むようにして温めてくれる。

「尚季は否定してたけど、やっぱり飛月って、もう堕ちてるよね」

銀色の毛に素肌を埋められた睦月は身体を小さく丸めて、狼の項に頬を寄せる。肯定に、月貴の立派な尻尾がひとつ地面を打つ。

かつて睦月も同期とのラウンドによって堕ちかけたことがあったが、あの時といまの飛月では状況がまったく違う。当時の睦月はショック状態により変容に必要な脳内分泌物質がブロックされてしまっていただけだった。しかし飛月の場合は徴候が出ていたことからいっても、脳内分泌物質を出す部分が徐々に破壊され、ついに機能しなくなったのだろう。

月貴が低く唸るように啼いた。睦月は頷く。

「うん。堕ちてたら、月貴が終わりにさせるのが、一番だと思うよ」

その場面をちゃんと見守ろうと、睦月は思う。

「別に、すごく哀しいことじゃない……僕だって、月貴だって、壱朗だって次朗だって、そんなに遠くない未来に、迎えるんだ」

諦めを、自分に刷り込む。

睦月は目を閉じる。ここには温かな生活の匂いが籠もっている。巣穴に入った獣のような安堵感に包まれる。

――こんなふうに暮らせたら、いいのに。

最後の別れを惜しんでいるにしてもずいぶんと長い時間がたってから、尚季と飛月は洞穴へと戻ってきた。そのふたりを見て、睦月は目をしばたく。

飛月が、人間のかたちになっていたのだ。びっくりしたものの、ふたりの様子や匂いから、なにがあったかは察せられた。尚季は無茶な方法で、飛月を取り戻したのだろう。

飛月は完全に堕ちる前に、人型でこの洞穴に辿り着いたらしい。人のかたちの身体に洞穴に置かれていた服を着込む。久しぶりの人型であることは、そのいくらかぎこちない動きから知れた。

……飛月が人型に戻れたからといって、睦月は完全に浮かれた気持ちにはなれなかった。ボーダーのところでなんとか戻れただけなのだ。次はもう戻れないかもしれない。

醒めたぐらいの見方がちょうどいい。そうしないと、まともに傷ついてしまう。心の傷は、堕ちることに直結する。

そうして甘い期待を少し乱暴に突き放しておくのに、ワゴン車に乗った尚季は飛月に膝枕をしてやりながら、とんでもない申し出をしてきたのだった。

「このまま俺を施設に連れて行ってください。猟獣の責任者に会いたいんです」

飛月が仕事を辞めて一緒に暮らせるように、国家の闇を請け負っている機関と直接交渉するというのだ。やっぱり世間知らずの高校生だと、睦月は呆れ果て、腹を立てた。……でも、嬉しかった。

飛月は尚季のそばに行くために、睦月よりも長く苦労を重ねたのだ。彼の真似をして被験体になってポイントを稼いだ睦月には、その苦労がリアルにわかる。だからこそ、尚季が命を捨てる覚悟で飛月のために闘ってくれようとしているのが、本当に嬉しかった。

月貴が口添えをしたこともあり、施設長や法務省の役人たちとの話し合いの場が翌日、緊急で持たれることとなった。

負け戦を応援してしまっている自分に、睦月は苦笑するしかなかった。飛月が人型に戻れた以上の奇跡が起こるわけがない。起こるわけがなかったのに。

「ありがとうございます」

話し合いの場から戻った尚季は、飛月と手を繋いだまま、まるで結婚式を挙げたばかりの幼い新郎のような晴れやかな表情で、深々と頭を下げたのだった。

「どうしてもまだ信じられないんだけど」

尚季の家にふたりを送り届けたあとの車内で、睦月はいまだ現実感を得られずにいた。

「猟獣は国家の極秘事項なのに、それをあっさり手放すなんて、あり得ない」

「どうせ一ヶ月ももたずに、またすぐ堕ちるだろうっていう施設側の判断があったんだろう」

「それにしたって奇跡だよ」

ふと、運転席の月貴がいたずらっぽい笑みを浮かべた。

「奇跡には、ちょっとした裏話がつきものだよ」

「裏って……なに？　なにか知ってるの？」

「飛月がいったん堕ちて、奇跡的に人型に戻れたらしいという話を、朝一番で甲斐さんに報告しておいたんだ。情動と変容の関連性は、彼の研究テーマのひとつだからね。いいデータが取れるとなれば、あの人は動くだろうと踏んだ」

唖然(あぜん)とする。

「えっ、月貴が手を回してたわけ？　それ、なんで僕に教えてくれなかったんだよ」

「尚季くんが施設長たち相手にどれだけ頑張れるかがあってこその話だったし、甲斐さんが確実に動いてくれるかはわからなかったからね。ぬか喜びをさせたらいけないと思ったんだ」

「――――」

睦月はぽすんとシートへと背中を落とした。種明かしを聞いたら、すっかり力が抜けてしまった。

話し合いはずいぶん長時間におよんだから、実際、飛月の処分については微妙なラインの綱引きがおこなわれたのだろう。それならなおさら、甲斐の口添えが決定打になった可能性が高い。

「……ま、いっか。飛月も尚季も、幸せそうだったし」

「尚季くんのこと認める気になったんだ？」

「違うよ。別に認めたとかじゃない。あんな貧相ウサギ」

月貴が笑いながら、睦月の頭をぽんぽんと叩く。

「睦月は優しいね」

「だから、違うんだってば」

むくれた顔をしてみせて、睦月は横のウィンドウから外を見る。真冬なのに、春めいた陽射しが街を照らしている。

もう少しで施設に着くというころ、月貴が静かな声で言った。

「睦月に話しておかないといけないことがある」

「うん？」

「次のアルファには、俺がなることになったよ」

ウィンドウの外の景色が、急にすうっと暗くなった。目がおかしくなったのかと、睦月はしきりに瞬きを繰り返す。

「睦月……大丈夫かい？」

「うん」

その可能性が高いのは、前からわかっていた。

薄暗いままの世界を、睦月は瞼で包み隠した。

10

赤ワインを跳ねさせながら、グラスがぐんっと前に突き出される。レストラン三階奥の個室に、次朗の声が明るく響く。

「んじゃ、一ヶ月もたっちゃったけど、月貴のアルファ就任と、飛月の引退を祝してー」

乾杯の直後、次朗は一気飲みでグラスを空にすると、さっそくおかわりしようとワインボトルへと手を伸ばす。

その弟の手をぐぐッと押さえ込んで、壱朗が月貴と飛月に「おめでとうございます」と落ち着いた笑顔を向ける。

睦月はカルーアミルクを舌先で軽く舐めていた。行儀が悪いのはわかっているのだけれども、ミルク系のものはやっぱりこの飲み方をするのが美味しい。

「アルコールは二十歳からなのに…」

六人で囲んだ丸テーブルの正面席から、尚季が非難とちょっと羨ましさの混じった視線を睦月に投げてくる。

「僕は人間ルール関係ないもん。尚季ちゃん、オレンジジュースはおいちいでちゅか？」

「っ——飛月、飛月のワイン、ひと口飲ませてよ」

「え、酒と煙草は嫌いなんじゃ…尚季が具合悪くなるの、俺は嫌だ」

咄嗟にグラスを引っ込める飛月に、次朗がニヤニヤしながら言う。

「具合悪くなるんじゃなくて、エロくなるかもよー」

「……。尚季、ち、ちょっと飲んでみるか？」

「……。やっぱり、やめとく」

くだらない会話が飛び交うなか、壱朗が南プロヴァンス風家庭料理を人数分にちゃっちゃとサービングしていく。

次朗がさっそくチーズの練り込まれたキッシュを食べて、「うっまー」と机を小刻みに叩き、満足げな溜め息をつく。

「ちょーっと時間を誤魔化せば、こんなふうに施設には内緒でパーティだってできるんだもんなぁ。仕事ついでに観光もできるし現地のうまいもんも食えるし、猟獣生活も悪いばっかじゃないよなー」

「能天気な次朗の面倒見てる壱朗はストレスフルなんじゃないの」

　睦月が突っ込むと、壱朗があながち外れでもないらしく苦笑する。

　その横で次朗があっけらかんと言う。

「壱朗にストレスかけるのも癒すのも、俺だからいーの。けど、飛月もさ。アルファに拘んないで、時間作って尚季を口説いてけばよかったんじゃね？」

　月貴が軽く肩を竦める。

「俺も何度もそう飛月に言ったんだけどね。そんな半端なのじゃ嫌だって、頑なでね」

「当たり前だ。ときどき会うだけなんて、我慢できない。俺は尚季とちゃんと番になりたかったんだ。朝も夜も尚季といたい。いまだって尚季が学校に行くのを邪魔したいのを、毎朝我慢してるんだ……でも、たまに我慢できなくて朝から」

「飛月飛月飛月飛月」

　尚季が真っ赤な顔になって、飛月の耳をぐいぐいと引っ張る。飛月が「ＮＧ？」と小声で尋ねると、「ＮＧ」と尚季がきっぱり答える。飛月を躾けるのは、なかなか大変らしい。

「でも、なんかわかります」

　壱朗が言うのに、次朗が「我慢できないのが？」と訊いてクールに流される。

「半端なところで納得しないで頑なに求めつづけたから、飛月は本来ならあり得ない状況を手に入れられたんですよね」

　月貴が賛同する。

「そういうことだろうね。飛月はすごいよ」

　飛月は……飛月と尚季は、袋小路のはずの猟獣の運命に風穴を開けたのだ。本気で望めば抗うことができる。抗えば、新たな可能性が拓けることもある。

その事実は、ほかの四人にも健やかな熱っぽさを与えてくれた。

楽しい会合が一時間をすぎるころ、壱朗が酔っ払った次朗を引きずるようにして退室した。彼らはこれから都内で仕事があるのだ。

睦月はアルファである月貴の権限の下での外出だったから、時間を気にせずにゆっくりすることができた。

本来、アルファはひとりで任務をこなす。だから睦月は当然、新アルファである月貴とのパートナーシップが解除されるものだと覚悟していたのだが、しかしそうはならなかった。月貴は施設長に掛け合って、この先も睦月とともに仕事をすることを選んだのだった。しかも部屋のほうもアルファ用の豪華な居室には移らずに、これまでどおり睦月との同室を望んだ。

以前とほとんど変わらない生活が続いていた——少なくとも、周りの目につく範囲では。

二時間半ほど飲み食いしながらまったりと過ごして、お開きになる。飛月たちはバスで帰るからと国道のほうへと去っていった。

「ここから施設まで、歩いたらどのぐらいかなぁ?」

睦月は月貴に尋ねる。

カルーアミルクばかり何杯も飲んで、スニーカーの裏と地面に同極の磁力でも働いているみたいな浮遊感があった。

「三駅ぶんだから、ゆっくり歩いても一時間半かな」

「んーっ、じゃあ、歩こ!」

月貴は目をしばたいたものの、夜の散歩に乗ってくれた。気ままに道を選びながら、ゆるゆる進んでいく。商店街、住宅街、歩道橋、地下道、小さな児童公園、また商店街——そこに軒を並べていたレトロな店で飛月は睦月にパジャマを買ってくれた。温かそうな、やわらかい生地のパジャマだ。

今日のも合わせると、この二年弱のあいだに、睦月は月貴から六十一着のパジャマをプレゼントされたことになる。……なかには、牛だとか犬だとかカエルだとかの着ぐるみ状のつなぎもあって、それを着ているところをほかの猟獣やブリーダーたちに見られて、噴き出されたこともあった。

　どんなパジャマでも、プレゼントされるたびに睦月の胸は喜びに震えた。

　大きな紙袋を両手で抱えて弾む足取りで歩いていく。気がつくと、睦月のほうが前を歩きがちになっていた。どうやら、月貴のペースが徐々に遅くなっているようだった。次の角を曲がれば施設の裏門というところまで来て、ついに月貴が完全に立ち止まってしまう。

　睦月は数歩戻って、月貴の前に立った。心配顔で見上げる。

「どうかした？　具合でも悪い？」

　月貴は眉根をきつく寄せて、つらそうな顔をしている。

　腕が腰に巻きついてきて、月貴に抱き寄せられる。ぶつかるように唇を奪われた。驚きに開いた睦月の唇に、叩き込む勢いで舌が挿れられる。

「んーっ……ん、んっん！」

　舌使いが強すぎる。口のなかの粘膜を剝がそうとしているみたいだ。荒くくねる肉に、舌をすさまじい速さで嬲られる。

　こんな乱暴なキスをされたのは初めてだった。怖くなる。でも怖いと感じる前に、もう身体が熱くなっていた。腕から力が抜けて、パジャマの入った紙袋を地面に落としてしまう。腰を背中を、強い腕できつく抱かれる。

　まるで月貴のなかに連れ去られるみたいに激しく包み込まれて、喉奥まで熱くてやわらかい肉で犯された。自分の体重をほとんど支えていない脚が、制御できずにビクビク跳ねる。臍の奥が収斂を起こす。

「んんっ！」

　もしかすると、射精してしまったのかもしれない。

甘い衝撃が突き抜けて、睦月は身体のどこにも力を入れられなくなる。月貴のなすがままに、すべてを投げ出すしかなくなる。

唾液まみれになったふたつの唇が濡れ音をたてて離れた。

ぐらぐらする視界、月貴の品のいい作りの顔のなか、全力疾走したあとの狼みたいに舌が露わになっている。卑猥な赤がくねる。

――したい…っ。

交尾の強烈な欲求が身体の底から衝き上げてきて、いっさいの理性を押し流そうとする。自分の獣としての性本能の激しさに、睦月は圧倒される。

嫉妬心がいっそう、煽り立てているのだと思う。

月貴は一ヶ月前にアルファになってからというもの、外泊こそしないものの、よくひとりでふらりと消えるようになった。複数の女と会っているのだ。

そして、睦月を求める回数は減っていった。

気持ちがまったくなくなったわけではないのは感じている。『君が好きだよ』と蕩ける微笑で言ってくれる。だからこそよけいに、苦しくなる。つらくなる。

――女の子に生まれてたら、もっと僕を好きになってくれた？

感情が走る。嗚咽に身体を震わせると、月貴が睦月の頬に互い違いに頬を重ねてきた。長距離を歩いたあととはいえ、火傷しそうなほど熱い。発情の熱だ。

囁き声で訊かれる。

「そんなにつらいなら、俺に殺される四人目になるかい？」

――四人目…。

月貴はたくさんの罪深い人間の命を断じてきた。でも仕事としておこなったそれらは、月貴にとっては「殺す」という重大な行為にはカウントされていないのだ。

月貴にとって「殺す」を意味するのは、猟獣という同胞に対する行為だけなのだろう。そして彼はこれまで、ラウンド時に三人を殺している。肉体関係のあった三人だ。

――それは特別ってことなんだ。

「殺されたら、僕も月貴の特別に、なれる？」

「そうだね。俺にとって死ぬまで忘れられない相手になる」

苦しみから逃れられて、月貴の特別になれるのだ。

甘い誘惑に揺れる眸を、深く覗き込まれる。

抑揚の薄い、静かな声で告げられた。

「……君の前の三人は自分から死を望んだ」

初めて聞かされる話だった。

「猟獣として生きつづけるのはつらいから、終わりにしてほしいってね。だから、俺はそれを叶えた」

三人が好きな人の牙で最期を迎えたときに浸ったのだろう恍惚感を、睦月は思い描くことができた。

睦月もまた夢見たことがあった。白い花びらのように月貴に消してもらえたら、どんなに安らかか。

でも、踏みとどまる。

自分がもっとも望むのは月貴に殺されることではなく、月貴を殺すことなのだ。

月貴の最後の、そして唯一無比の特別になる。

それが、夢と希望だ。

「僕は月貴のそばにいる。最後まで、いるよ」

「……」

数拍の沈黙ののち、月貴が身を離した。支えてくれる腕が消える。睦月はなんとか自分の足で立ちつづける。

「おやすみ、睦月」

月貴がロングコートの裾を翻して、来た道へと身体の向きを変える。

また、女と会うのだ。

月貴の後ろ姿が見えなくなってから、睦月はその場にへたり込んだ。ぎこちない動きで落ちている紙袋を引き寄せる。ごわつく袋ごと、なかのパジャマをぐしゃぐしゃになるまで抱き締める。

ちゃんと自分なりの答えを考えて、心の置きどころを決めてきた。それでも、どうしても激情をやり過ごせない。呼吸するごと、心の肉を切り刻まれていく。

『半端なところで納得しないで頑なに求めつづけたから、飛月は本来ならあり得ない状況を手に入れられたんですよね』

壱朗の言葉が思い出されていた。

「こんな半端、僕だって納得なんて、してないっ」

月貴の前ではもの分かりのいいふりをして、女のところに行くのを送り出してきた。抗って関係を崩すのが怖くて。アリバイ工作することで月貴に必要とされようと、さもしい計算をした。

しかし、そのアリバイ工作という自虐的な精神安定剤すら、いまはもう使うことができない。

涙がぽたぽたと紙袋のなかへと落ちていく。

最後の夢と希望は、確かに持っているけれども。

身体がどんどん硬直していく。

「でも、やっぱり痛いよぉ…」

＊　＊　＊

来た道を戻りながら、月貴は携帯電話を取り出す。グループ別リストを開き、キーを押して延々と表示される名前を辿っていく。名前が表示されても顔を思い出せない女もいた。最後の名前から最初の名前へと繋がり、ふたたびずらずらとリストが流れていく。……いつの間にか、月貴の視線はループするディスプレイから外れて地面を見ていた。

アスファルトに混入された、ガラスの粉が街灯の明かりにキラキラと応えている。無数の小さな煌めきは、富士の樹海の底から眺める夜空の星に似ていた。

この儚（はかな）い光のうえを歩いていく睦月の後ろ姿。それがありありと思い出されていた。

「…っ」

小説リンクスは毎奇数月の9日発売
小説
NOVEL LYNX
リンクス
2010.DEC.
12月号
定価760円
(本体価格724円)
2010年11月9日発売予定!!
Cover
香坂透
Pin up
周防佑未
Column
深月ハルカ
可南さらさ
特集
マーキング
刻み込みたい、所有の証
Comics
御園えりい
(原作／水壬楓子)
咲乃ユウヤ
長門えりか
Novels
水壬楓子×Cut 亜樹良のりかず
和泉桂×Cut 梨とりこ
かわい有美子×Cut 北上れん
剛しいら×Cut 水玉
神楽日夏×Cut 三尾じゅん太
綺月陣×Cut 緒田涼歌
真先ゆみ×Cut 中田アキラ
リンクスmini
全員プレゼント
実施中♥

リンクス ロマンス
Lynx Romance

Novels

LYNX ROMANCE

10月末日発売

新書判 定価:855円+税 ※定価:998円+税
◎一部のイラストと内容は関係ありません。

※終わりなき夜の果て ㊦

和泉桂 ill.円陣闇丸

清澗寺家の長男・国貴は、上海で素性を偽りながら逃亡生活を続けていた。つましいながらも幸せな日々を送っていた国貴だが、遼一郎の視力の衰えにきづき、不安を募らせる。そんな時、三男の道貴に見つかってしまい…。

獣の月隠り

沙野風結子 ill.実相寺紫子

人狼・睦月は、幼い頃出会った銀色の人狼・月貴との思い出を胸に辛い日々に耐えていた。その月貴と再び接触するようになり、喜ぶ睦月。だが、特殊能力を持つ猟獣・朋との闘いで傷つき、人に戻れなくなってしまい!?

憂惑をひとかけら

きたざわ尋子 ill.毬田ユズ

入院した父に代わり、喫茶店・カリーノを切り盛りしている大学生の智暁。再開発によって店の立ち退きを迫られていた矢先、7年ぶりに血の繋がらない弟・竜司が帰ってきた。困惑する智暁を竜司は熱心に口説いてきて…。

肌にひそむ熱のありか

神楽日夏 ill.高宮東

スランプに陥っていた日本画の美大生・倫生は、彫刻家の遼河から頭蓋骨に触らせてくれと頼まれる。才能ある遼河に骨格モデルを頼まれ、不快感より喜びを覚える倫生。だが、徐々に触れる場所がエスカレートしていき…。

手を伸ばして触れて

名倉和希 ill.高座朗

過去の放火事件で両親と視力を失った雪彦は、両親の保険金で静かに暮らしていた。ある日、歩道橋から落ちかけた雪彦は、桐山という男に助けられる。親切にされ、彼に心を寄せ始める幸彦。だが、実は桐山は…。

Comic Magazine
LYNX
コミックマガジンリンクス
VOL.34
隔月刊
偶数月9日発売
特別定価750円
(本体価格714円)
ドラマチックボーイズラブマガジン!
大好評発売中!!
表紙 九重シャム
秋のリンクスフェア2010年
コラボ書き下ろしBOOK
応募者全員サービス実施!!
ショート
琥狗ハヤテ
宮本佳野
凪まゆこ
小池マルミ
ラインナップ
香坂透
原作／篠崎一夜
斑目ヒロ
みろくことこ
九条AOI
九重シャム
鷹丘モトナリ
魚猫らび
桃井ジョン
陵クミコ
スナエハタ
Lee
上川きち
砂河深紅
鬼丸すぐる
仁茂田あい
パートカラー
北沢きょう
「Golden Eyes」
嘉一は阿南から別れ話を切り出され——!?
梅松町江
「ワンウェイの鍵」
「うたかたの声」ラブラブ後日談登場♪
田中ボール
「魔法使いのレストラン」
スイーツシリーズ♥スピンオフ連載開始!!
秋山こいと
「水棲サミット」
宮鼓と野良の関係に変化が——!?
ドラマCD発売記念インタビュー♪
ドラマCD「捨て猫のカルテ」収録レポート!!
コミックス発売記念インタビュー♪
「万有引力」小日向藍
「あの恋のつづき」山田史佳
「青春カタルシス」かつらぎ
「迷子の彼とクマのお願い」九重シャ

唇が破裂しそうに熱い。

もし同じ部屋に帰ったら、今夜こそ自制できずに犯してしまいそうだった。だから帰路の途中から外泊しようと決めたのだけれども、どうしてもキスしないではいられなかった。我を忘れたキスをしてしまった。

置き去りにしたときの睦月の姿が、網膜にこびりついている。

女のところへ向かう月貴を見送るとき、これまでの睦月はいつも軽く笑っていた。でもたぶん、その下にはさっきのような絶望の表情が隠されていたのだ。

自分はとてもずるいから、罪悪感を覚えるときは嗅覚（きゅうかく）を意識的に遮断する。そうして、睦月の痛みから目をそむけてきた。

それなのに。

『僕は月貴のそばにいる。最後まで、いるよ』

……頭がズキズキするほどの火照りに、眩暈（めまい）がする。

逃げ込むように、もう一度ディスプレイのリストに目をやる。特定の会いたい顔など、ひとつたりとも存在しないリスト。ハートのエースだろうが、スペードの六だろうが、同じ価値しかないのだ。いつものように目を瞑（つむ）って引けばいい。

「……」

携帯を閉じて、コートのポケットのなかへと捨てる。

今夜は、このいまにも爆発しそうなほど熟みきった劣情を捨てたくなかった。どれだけ重くても苦しくても、引きずっていたい。

自然と足が、ついさっき睦月と歩いてきた道を遡（さかのぼ）るかたちで右折する。右折する瞬間、臙脂色のハーフコートを着た少年とすれ違う。ハッとして肩越しに振り返ると、少年の後ろ姿は闇に溶けるように消えた。

月貴は今度はきちんと前方に視線を据えて、歩きだす。

道の向こう側から、睦月が歩いてくる。二十分ほど前の月貴自身も一緒だ。半分透けた少年は、さっきから微妙に距離を置こうとしている男をちらちらと振り返る。

――こんな顔をさせてしまっていたのか。

いや、本当は気づいていたのだ。睦月が陰で哀しい顔をしていることを、自分は知っていた。知っていたけれども、リアルに想像しようとしなかった。

すれ違う瞬間、残像の睦月が小さな溜め息をついた。白い吐息がほのかに煌めく。

それから数歩ののちに、半透明のいやらしい男とすれ違う。顔では余裕のありそうな微笑を浮かべているくせに、内心は処理できない情動で煮えくり返っているのだ。

何度も睦月とすれ違い、気がつくとレトロな佇(たたず)まいの店の前に立っていた。

すでに暗くなっている店のガラスの扉。そこがほんのりと光り、二重写しの映像のように、半透明の扉が開く。睦月が飛び出してくる。両腕でパジャマの入った紙袋をぎゅうっと抱き締めて、本当に嬉しそうに頬を輝かせている。

「……ああ」

月貴は低く呻く。

睦月がまっすぐ走ってきて、月貴の身体に正面からぶつかった。幻の衝撃によろけながら自分の頬に触れる。指が濡れた。

すれ違う人間たちが、びっくりした視線を投げてくる。無理もない。やけに目立つ外見の白人男が、顔も拭わずに涙を零しながら歩いているのだから。

睦月の匂いが夜風に混じって鼻先でふわりと消える。

人間にはわからない道標(みちしるべ)を辿って、月貴はスタート地点に着く。蔦(つた)を這わせたレンガ造りの洋館は、いまだ温かいプロヴァンス風家庭料理を人々に振舞っているらしい。フランス窓はやわらかい光に満ちている。

首を反らして、自分たちがいた三階の窓を見上げる。

『ちゃんと幸せになれよ』

飛月の言葉が耳に甦り、改めて思う。

「飛月は、ちゃんと幸せになったんだな」

バカみたいに諦めなかったから、飛月は幸せになれたのだ。

——俺は、諦めていたんだろうな。

幼いころから惹かれるのは、保護欲をそそられる弱い個体だった。でも彼らにとって猟獣としての生は苦しいばかりのもので、関係を結んだ三人とも楽になることを渇望した。

『月貴が殺してくれたら、嬉しい』

ラウンドで彼らの願いを叶えて——苦しかった。大切なものを自分で壊して、取り残されるのは、とてもつらいことだった。その残される側のつらさを、彼らは少しでも考えてくれたことがあったのだろうか？

どれだけ情を交わしても、彼らは決定的なやり方で、月貴を傷つけ、離れていったのだった。

だからもう、睦月のことは初めから諦めていた。

身体の小さい子だから、絶対に生き残らないだろうと思った。先に現場に出たときは、おそらくもう二度と会えないのだろうと思っていた。睦月が現場に来てからも、人間を殺す日々にすぐに耐えられなくなるだろうと踏んでいた。

そして、これまでの三人と同じことを望むようになるのだろうと。

——でも、違った。違ってたんだ。

『僕は月貴のそばにいる。最後まで、いるよ』

睦月はまともに闘い、まともに傷つき苦しみ、まともに自分を想いつづけてくれた。だから、いまもそばにいる。最後までそばにいようとしてくれている。

自分がすっかり諦めて望むのをやめてしまったも

のを、睦月は差し出してくれていたのだ。

心が、定まる。

「……俺も今日からは、まともに苦しもう」

月貴は携帯電話を取り出すと、ひとつのグループリストを丸ごと消去した。

そして今度は、いま戻ってきたばかりの道を全速力で走りだした。


息を切らしながら、部屋のドアを開ける。

ライトは消されているけれども、開かれたカーテンから覗く窓は、月の青みがかった光を通していた。獣の性能をもつ目には、その薄い光で充分だった。

向かって右側のベッドのうえで、少年は壁に背中をくっつけるかたち、膝を抱えて座っていた。今日プレゼントしたばかりのパジャマを着てくれている。やわらかい布地がしんなりと少年の身体に沿っている。


「睦月」

呼びかけるけれども、睦月は深く俯いたまま顔を上げようとしなかった。近づくと、ビクッと身体を竦めて、両手を顔の下半分で重ねた。伏せられたままの睫が、ちかりと光る。頬には涙の線があった。

苦しげに眇められた目が月貴を見上げる。

いつもなら平気なように取り繕う睦月が、今日はありのままの表情を晒していた。

「こ、こないでよっ」

一歩近づくと、掠れ声が拒絶する。

それを聞き入れずにさらに近づいていく。ベッドに膝で乗ると、睦月が必死に遠ざかろうとする。顔の下半分を押さえている両手が寒がるみたいに震えている。

追い詰めて、睦月の手首を掴む。顔から引き剥がした手を、背後の壁にきつく縫い止める。

「や、だっ」

睦月は全身で暴れた。裸足の足が月貴の腿や脇腹を蹴る。

すぐ目の前にある焦げ茶色の目から、涙の粒が弾け、頬を転げた。

「お、女の子の匂いなんて、嗅ぎたくないッ！　月貴は女の子のほうがいいんだって、わかってる。僕を——僕を女の子の代わりにしてたって、ちゃんとわかってるよ……でも、でも……嫌だ…どうしても嫌なんだ」

ずっと言えずにいた本心を吐き出して力尽きたように、睦月の身体がぐったりする。

月貴は無言のまま、その力の抜けた脚のあいだへと腰を押し込む。下腹を深い場所に密着させると、なすがままに開かれた少年の脚がびくりと跳ねた。

いったん密着を緩め、また、押しつける。そうして、破裂しそうに張り詰めた欲望を抱えたまま帰ってきたことを睦月に教える。

「つ…つき、たか？」

「犯したい」

自分の呼吸がケダモノのものになっているのを月貴は自覚する。余裕などまったくなく、苦しい声で訴える。

「君を犯したい」

「————」

睦月の目が次第に大きく見開かれていく。

「規則を破ってでも、睦月と交尾をしたくてたまらないんだ。女の代わりなんかじゃない……女がみんな、睦月の代わりだったんだよ」

この部屋で寝起きをともにするようになって、欲求は日を追うごとに抑えがたいものになっていった。四六時中反応してしまう肉体をガウンで隠すようになった。節度ある性行為がすんだら、違うベッドで寝るようにした。人間の女を相手にギリギリの劣情をわずかずつでも逃がして、凌いでいた。

もし睦月を犯してしまったら、健診で発覚するだろう。

自分がアルファを剥奪されて罰せられるぶんには

かまわなかったが、睦月が罰せられるのは絶対に避けたかった。最悪、見せしめとして廃棄される可能性もあったからだ。

でもだからといって、それで睦月の心を傷つけたのでは、意味がない。そんなよけいなストレスを与えては、睦月が堕ちるのを早めるだけだ。その肝心な部分から目を逸らして、自分はまともに苦しむことから逃げていたのだ。

「睦月…君が好きだよ……君だけでいい」

深く強く下肢を重ねると、睦月が頬を火照らせた泣き顔で、細い嗚咽を漏らす。

本当に、とても可愛い。

でもこの子は、可愛いだけではなくて、精神が強いのだ。自分などよりずっと芯が通っている。

「俺にとって、アルファになることは、なんの意味もないことだったんだよ。――一番したい君と、交尾できないなら」

果てるときのように、睦月が全身をわななかせた。

月貴を見上げてくる眸は、大きな混乱に揺れつづけている。信じられないのも無理はない。

壁に押さえつけたままだった手首をそっと解放して、月貴は伸ばした首筋を睦月へと晒した。そうしながら心の鎧を解く。

「納得するまで、いくらでも確かめて」

睦月がおそるおそるの様子で、耳の下に愛らしい鼻を寄せてくる。初めは試すように短く、それから次第に忙しなく匂いを読んでいく。最後に首筋に鼻がきつく押しつけられて。

「……ぅ、ううーっ」

小さい子供みたいに、睦月が首に抱きついてきた。そして色気も吹き飛ぶほどの大泣きを始めたのだった。

触れ合った場所から睦月の気持ちがビリビリと響いてきて、月貴もまた目と喉の奥が熱くなる。いてもたってもいられない気持ちで、睦月のいくらでも溢れてくる涙を舐め拭った。そうしながら、自分が

傷つけ泣かせていることに、苦くも甘い刺激を覚えてしまう。

欲望に負けて涙の味のする唇を舌でいやらしくくじると、睦月が身体を跳ねさせた。そして朦朧とした様子で呟く。

「……したい」

せつない掠れ声が訴える。

「僕だって、したい。月貴と、すごくしたいよ」

心を揺さぶられる。

あと先のことを考えずに交尾してしまいたい。人間の決めたルールなど嚙みちぎってしまいたい。でも、睦月を破滅させることはしたくない。

月貴の表情に答えを見たのだろう。睦月が強い欲求に耐えるように、全身を強張らせた。きつく嚙み締められたせいで充血した唇が、ぽつんと言った。

「約束」

「うん?」

「約束、してよ。もし……もし月貴が先に堕ちたら、最後に僕として……それで僕に、月貴の全部をくれよ」

睦月の求愛に、交尾よりさらに先の行為が含まれていることを、月貴は感じ取る。

いつかかならず訪れる最後の、一番痛い部分まで睦月は背負おうとしてくれているのだ。

心の底で、最後の鎧が溶け落ちた。

月貴はとても自然に、睦月に微笑みかけていた。

「約束する。睦月にあげるよ。身体も——命も」

睦月の顔が、陽光が宿ったみたいに明るく照っていく。その光が顎の下に入ってきた。喉笛に薄い歯が当たる。試す強さで嚙まれる。

そこを嚙み切られる瞬間を想像すると、身体の芯が熱く震えた。心に安堵じみたぬくもりが拡がる。

静かで、幸せで。

——そうか…。

自分が殺した三人も、こんな心地で最期を迎えたのかもしれない。そうであったのなら、救われる気がした――初めて自分を許せそうな気がした。

安らいだ吐息とともに睦月の頭を抱いた月貴は、しかし考えてしまう。

残される側の哀しみは、嫌というほど知っている。

それを睦月に味わわせたくはなかった。

11

診察室の前に並べて置かれた長椅子に座っていると、廊下の向こうから壱朗が歩いてきた。いかにも熱があるらしい赤い顔でふらふらしている。

「壱朗も風邪？」

そう尋ねる睦月も、完全に鼻声だ。

壱朗が睦月の左側にどさっと腰を下ろす。すでに睦月の右側にはふたりが腰掛けているが、彼らも風邪の症状だという。

壱朗がこめかみを押さえながら言う。

「ここ数日、頭痛がすると思っていたら、今朝になって急に熱が出たんだ。次朗は別室に移されたよ」

十五人しかいない猟獣のあいだで高熱をともなう悪性の風邪が流行ったとあっては、業務に支障を来す。そのため健康体の者たちはウィルスの蔓延（まんえん）する部屋から離れさせられて、相方が完治するまで臨時のパートナーとともに仕事をすることになった。月貴はアルファで単独行動ができるから誰ともパートナーは組んでいないが、やはり部屋を移ることを余儀なくされた。

——でも、すごく心配してくれてたっけ。

睦月は具合が悪いながらも、思わず顔をほころばせてしまう。

六人での食事会をした夜に、月貴は睦月しかいらないと言ってくれた。そして本当に、人間の女たちとの関係をすっぱり絶ってくれたのだった。

その上、これまでの不実の埋め合わせをするかのように、睦月を甘やかしまくっている。夜の行為のあと、そのまま同じベッドで朝まで過ごすようになった。というよりも、同じベッドで朝を迎えない日がなかった。

……ただ、最終的な行為を我慢している月貴はとても苦しそうで、睦月もまたせつなくなってしまうのだが。

「そういえば、あと二週間ぐらいで今年の新人が入ってくるんだよね。それまでに風邪治ってるかなぁ」

「もうそんな時期か。一年がたつのは早いね」

「壱朗、それ年寄りくさい。僕はここに来てからの二年、いろんなことが次々あって、けっこう長ぁく感じてるよ」

「子供の時間は長いんだよ」

「もう六歳になるんだよ。子供じゃない」

そんな会話をしていると、右横から言葉を挟まれた。

「なぁ、お前って、朋と同期だよな？」

月貴よりさらに年上の猟獣だ。

「そうですけど」

「あいつ高位種のプロトタイプじゃん。その現場テストが一年すんで、使用可能の判定が出たって噂（うわさ）聞いたんだけど」

「え、そうなんですか？　僕、朋とはあんまり接触なくって」

その会話を聞いて、睦月のふたつ右横に座ってい
た青年も話に混じってくる。
「高位種が使用可能になったら、俺たちお払い箱な
んじゃないか？」
「最終的には高位種だけになるんだろうけど、仕事
量自体が増えてるからな。俺たちも休ませちゃもら
えないって」
「なら、いいけど――高位種増えたら肩身狭いな。
朋とか仕事ぶりすごいらしいし」
朋がいかに処刑向きの個体であるか、ラウンドを
したことのある睦月は嫌というほどわかっている。
あの変幻自在な肉体は現場でとても有利だ。変容
に苦痛をともなわないため、肉体的ストレスも生じ
ないのだろう。あの性格ならメンタル面でも、人間
を殺して良心が咎めることなどまったくないに違い
ない。
「まぁ、人間がバカな限り俺たちは安泰だろ。俺が
先週ヤった連続強姦殺人魔なんて、懲役四十年が八
年で出所して再犯っていうのだったぜ」
壱朗が苦笑混じりに言う。
「更生の余地のない凶悪犯罪者は早めに刑務所から
出して、再犯する前に猟獣のターゲットにする案が
出ているらしいですよ」
「へー。そりゃ効率的かもな」
うんざりした笑いが診察待ちのソファに拡がった。
ようやく順番が回ってきて診察を受けたところ、
睦月は猟獣インフルエンザと診断された。注射を打
たれ、三日分の錠剤をもらった。完治するまでは隔
離室と呼ばれる大部屋で過ごさせられることになっ
た。
新しく開発された薬がよく効いたらしく、一週間
ほどで完治し、自分の部屋に戻る許可が下りた。
今月は法務省から回ってきたターゲットリストの
件数が多いため、月貴はこの一週間で三件を片づけ
ていた。病み上がりだからしばらく実務はやらなく
ていいと月貴が気遣ってくれたが、睦月は自分がや

ると言って譲らなかった。

月貴はいつもスマートに仕事をしていて、いまのところ堕ちる徴候はまったくないものの、彼は睦月より三歳も年上で、現場の仕事も数多くこなしてきているのだ。彼の負担をできるだけ抑えたかった。

睦月自身も無理を重ねてきたためほかの個体より堕ちるリスクは高いのだろうが、それでもやはり第一に月貴の心配をしてしまう。

その日の近県での仕事は、夜闇に乗じて首尾よくこなせた。少し離れた人気のない道に停めてある月貴の運転する車の後部座席に、獣の姿のまま滑り込む。そこで人型に戻ろうとして——睦月はパニック状態に陥った。

変容ができなくなっていたのだ。どうやって変容していたのか、感覚を思い出せない。それは朋とラウンドをした直後の感じと似ていた。

「睦月？」

車を走らせながら、月貴がバックミラー越しに視線を投げてくる。睦月は小さく啼いて、なんでもないと嘘をついた。懸命に呼吸を整えて、身体中の力を抜いていく。そうしているうちに、ふいに変容が訪れた。

人型になる痛みに、深い安堵を覚える。

あとから月貴にすぐに変容しなかったことを指摘されたが、睦月は咄嗟に「やっぱり体調がイマイチで、しんどくって」と嘘をついた。実際、ちゃんと戻れたのだし、風邪で体調が悪かったせいだったのかもしれない。そう自分に言い聞かせたのだが、ほぼ一週間後にふたたび仕事で変容したとき、人型に戻るのにさらに長い時間を要したのだった。

明らかに、おかしい。なにか異変が身体で起きている。

——……堕ちる徴候？

考えないように退けていた可能性が、ついにリアルに浮かんできた。

月貴もまたそれを危惧（きぐ）しているのだろう。ベッドのなかで睦月を抱き締めてくれながら言ってきた。

「しばらくのあいだ、絶対に獣化をしたらいけないよ。いいね。仕事の実務は俺がするから問題ない。大丈夫だよ。いつでもそばにいるから」

月貴の素肌のぬくもりに包まれて、睦月は静かに泣いた。

予想外の出来事では決してなかった。自分には普通より早い終わりが来るだろうことはわかっていた。ただ、想像していたよりも、ずっと早かった。

堕ちた月貴に最期を迎えさせるという夢さえ、もう叶えられそうにない。

身体中の力が消えていく。


「……ちょっと、いいか?」

声をかけてきた次朗のことを、睦月は一瞬、壱朗と間違えそうになった。しゃべり方も表情も硬かったからだ。

睦月と月貴は朝食のトレイを片づけると、次朗についていった。屋外に出て、藤棚(ふじだな)の下に置かれたL字型のベンチに座るように促される。このあたりは樹木が多くて、人目につきにくい。秘密にしたい話なのだろう。

月貴と睦月が並んで座り、次朗はL字の短い部分へとぎこちない動きで腰を下ろした。

次朗はなかなか口を開こうとしなかった。よく見れば輪郭が尖っていて、次朗の悩みが深刻なものであることが窺(うかが)えた。

――きっと壱朗のことだ。

月貴も同じように考えたらしい。

「壱朗になにかあったのかい?」

低めた声がそう尋ねた。

次朗は頬を強張らせると、うな垂れるように頷いた。喉から掠れた声が押し出される。

「壱朗…………堕ちるかも、しんない」

その告白に睦月は息を呑む。

「なんか、ここんとこ様子が変で——人型に変容するのが難しいみたいで……そしたら壱朗が、たぶんもうすぐ堕ちると思う……って」

次朗が頭を抱え込んで、鋭い嗚咽を漏らす。

睦月は横に座る月貴の手首をギュッと握り締めた。

壱朗と次朗は双子で組んでいるせいか、さまざまな面でほかの猟獣たちより安定感のある印象だった。こうして次朗の口から聞かされても、信じられない気持ちでいっぱいだった。納得できない。

「でも、でも壱朗は僕や飛月みたいな無茶はしてなかったよね？」

「——してないし、こないだの検査ではコルチゾンだとかの数値は俺とほとんど一緒だったんだ」

コルチゾンはストレスを感じると分泌されるホルモンで、この血中濃度が高くなると、脳のなかの海馬という部分が萎縮（いしゅく）してしまう。海馬の萎縮は、感情や記憶の障害を引き起こし、猟獣の変容に必要な脳内分泌物質の制御を不可能にする。要するに、コルチゾン値が高いほど、堕ちやすくなるというわけだ。

月貴が考え込む表情になる。

「数値はほとんど一緒だったのに、壱朗だけに堕ちる徴候が出ているわけだね」

「おかしーだろ、そんなの？　俺、俺は堕ちるときも、壱朗と一緒なんだって、そう思ってて、だからなんにも怖くなかった……それなのに、なんで壱朗だけっ」

かつて壱朗は次朗がいなくては生きている意味がないと言っていたけれども、それは次朗もまた同じなのだろう。

壱朗と自分に迫っている終わりを思うことも、残される次朗と月貴の気持ちを思うことも、どちらもとてもつらかった。

睦月の震える肩に腕を回しながら、月貴が次朗に打ち明ける。

「睦月も、壱朗と同じ状態なんだ」

「――――え？」

「このあいだの検査でのコルチゾン値は特に高くはなかった。それなのに急に、インフルエンザに罹ったあとから、人型への変容に支障が出るようになったんだ」

「インフルエンザから……壱朗もおんなじだ。もしかして、なんか関係あるのかっ？」

　次朗が身を乗り出す。

「二例だけではっきりしないけれど、なにか共通の原因があるのかもしれない。インフルエンザの罹患者たちに探りを入れてみよう。それと、次朗、壱朗のことはほかの誰にも言わないように。もちろん、ブリーダーたちにもだ」

　堕ちかけていることがブリーダーに発覚すれば、最悪、そのまま廃棄処分にされないとも限らない。

　壱朗も同じ状況にあると知り、睦月は胸を痛めつつも同時に少し勇気づけられた。もし通常の「堕ちる」のとは違う特殊な原因があるのだとしたら、治療方法もあるかもしれないのだ。

　月貴が人脈を駆使して状況を探っているなか、今年の新人が移送されてくる日を迎えた。

　しかし、新人は来なかった。急な事情により来られなくなったのだという。猟獣たちのあいだでは、さまざまな憶測が飛び交ったが、真相は明らかにならないまま数日が過ぎた。

「むーつき」

　その日、施設内の廊下を歩いていた睦月は、急に背後から肘を引っ張られた。振り返ると、高い場所で黒と金の目がニッと笑う。朋だった。もともと長身だったが、この一年でぐんと伸びて、いまでは月貴や飛月と変わらないほどだ。

　朋とは普通に顔を合わせているものの、彼は挨拶のするしないも気まぐれで、こんなふうにわざわざ声をかけてくるのは稀だった。

「なに？」

隠しごとがある身だし、朋は凶暴で摑みどころがないしで、睦月は思わず警戒に表情を硬くする。しかし朋は睦月の反応などおかまいなしに、身体をぴったりと寄せてきた。

「極秘の面白い話、してやろっか？」

耳を痛いぐらい齧られて睦月は朋を撥ね退けようとした。しかし、逆に後ろから抱きつかれてしまう。耳腔にひそひそ声を流し込まれた。

「今年の新人が来られなかったのって、堕ちちゃったからなんだってさぁ。しかも、新人だけじゃなくって、富士の猟獣の八割。すごくね？」

あまりにも衝撃的な内容で、睦月はからかわれたのかと思う。

「そんなことあるはずない」

「ばーか。あるはずないから面白いんじゃん。甲斐情報だから信頼度二〇〇パーセント。それに急に施設内のブリーダーが減っただろ？　パニック状態の富士のほうの対応に駆り出されてんだってさ」

「…………。本当に、猟獣が集団で一気に堕ちた？」

「一気にっていうか、ラウンドさせたら、そのまま戻んなくなったんだってさ。俺とラウンドしたときの睦月みたいな感じなんじゃねぇの？　笑える」

朋が思い出し笑いをする。

「怖いよなぁ。病気だってさ。そんだけ短期間に広まったんだから伝染性かもなぁ。こっちでも流行ったら壊滅状態になるんじゃん。まぁ俺には甲斐がついてるから大丈夫だけど。あっ、そしたら俺、手っ取り早くアルファになれちゃうわけ？　いいかも」

聞き捨てならない発言だった。

「アルファは、月貴だよ」

「だーから、月貴も堕ちちゃえばいいじゃん？」

睦月はほとんど反射的に、背後に立つ朋の腹部を肘で激しく突いた。朋が大袈裟によろけてみせて、嗤う。

「堕ちないなら、俺が月貴を殺す。一日も早くアルファになりたくて頭ヘンになりそうだからさぁ。アルファになれんなら、俺ひとりで何千人でもガブガブ噛み殺してやんのに」

朋なら平気で、いやむしろ愉しみながら、やってのけそうだ。

睦月は眸を琥珀色に光らせて、低く唸った。

「ここで変容しちゃうのぉ？」

指摘されて、ハッと我に返る。自分が無意識のうちに獣化しようとしていたことに気づいて、項に冷たい汗が噴き出す。次に獣化したら、もう人型に戻れないかもしれないのだ。

朋は単にショッキングな事件をしゃべりたかっただけなのだろうが、富士で多数の猟獣が堕ちたという情報は貴重なものだった。

睦月は藤棚の下のベンチで、月貴と双子に朋から聞かされた情報を伝えた。

「それが本当だとしたら、富士の猟獣たちに起こっていることと、僕と睦月の現状は同じなのかもしれない」

壱朗の頬は、すっかり削げていた。

横に座る次朗は眠れていないらしく赤い目をしている。

「てことは、あっちでも猟獣インフルエンザが流行ったとか？　ムーミン、朋は病名とかは言ってなかったのか？」

「病名は言ってなかったよ。でも、富士では短期間に八割がやられたから、伝染性なのかもって」

月貴が唸る。

「伝染性……考えられるかもしれないな。ここと富士の研究所とでは、ブリーダーの行き来も激しい。先に向こうで流行っていたウィルスが運び込まれても不思議はない。今回のインフルエンザの罹患者を調べてみたが、睦月と壱朗のほかにもふたりほど堕ちる徴候が出ているらしい猟獣がいた」

「――インフルエンザが関係あるとしたら、ここの猟獣の半分ぐらいが危ないってことになるよ」

「ああ。正確には、十五人中、九人が今年のインフルエンザに感染してる」

次朗がベンチを拳で殴った。

「ッ、ブリーダーがウィルスくっつけたまま行き来したせいで俺たちが廃棄になるとかって、冗談じゃねーよっ。最初から最後まであいつらに適当に振りまわされっぱなしなんて、絶対に納得できねぇ!!」

「次朗は廃棄にならないよ。いまのうちに僕と離れて感染しないように気をつければ、大丈夫だ」

壱朗の宥める言葉はしかし、よけいに次朗の怒りを煽ってしまう。

「俺のこと放っぽるつもりかよっ、ふざけんなよっ、壱朗が堕ちんなら俺も一緒に堕ちる！　俺にもそのバカウィルス感染しやがれっ」

双子の兄に飛びかからんばかりの勢いだ。

「……バカは、次朗だろう」

壱朗の半泣きの表情が、睦月の目にはなんだか幸せそうに映った。

「インフルエンザが関係している可能性は高そうだけれど、ウィルス自体の伝染性については未確定だ。実際、俺も次朗もいまだにパートナーからの感染は見られない。それに、猟獣システム自体の存続が危ぶまれるほど拡大している以上、ブリーダーたちも必死で原因究明に乗り出すはずだ。すぐに廃棄せずに、回復させる方法を模索するだろう。猟獣がいなくなって困るのは、人間社会なんだからね」

月貴の言うとおり、伝染性については確定できない状況だったが、わずかでも感染する可能性があるのなら予防しておくに限る。

それで睦月は月貴とふたりきりになってから、部屋を分けてほしいと頼んだのだけれども、あっさりと却下された。そればかりか、腰を甘く抱かれて。

「堕ちるのを防ぐのに大切なのは、愛情とスキンシップだよ。いい脳内分泌物質がたくさん出るように、もっといっぱい可愛がらせてほしいな」

＊　＊　＊

山の斜面にへばりつく石階段を、月貴は睦月の手を握って下りていく。この階段を上りきった場所にある寂れた神社の境内には、「野犬」に嚙み殺された男が転がっている。

今日のターゲットの男は、これまで五人の少年を犯して殺していた。

だから睦月が囮（おとり）になるかたちで男を境内まで上らせ、月貴が獣化して処刑した。

「夜、まるまる空いたね」

睦月が嬉しそうに空へと顔を向ける。日本海に面したこの街は、富士の樹海ほどではないものの、星が多く見える。街の向こうに広がる黒い海からは、潮騒（しおさい）の奏でる旋律が低く続いていた。

もし自分たちが人間だったら、こんな土地で静かに暮らす生活もあったのだろうか。

この二年間、睦月と日本中のいろんな街を巡った。忌まわしい仕事は、生存の代償だ。だからその支払いをとっととすませて、こんなふうに長い夜を愉しむ。

「前にここで仕事したときのこと、月貴、覚えてる？」

「……、ああ、ターゲットは不法滞在のロシア人だったな」

「そうそう。密航でロシアに逃げ帰ろうとしてたんだよね」

睦月が立ち止まって、海を見つめる。

「ここよりも、もっとソトの世界が、あるんだね」

月貴も一段下で立ち止まる。深く呼吸をする。

ソトの世界、と言われたとたん、檻（おり）のなかにでも閉じ込められているかのような息苦しさを覚えたのだ。外側を意識するたび、いまの自分の限界を教えられる。自分の不自由さを知る。

「猟獣に、海外出張もあればよかったのに」

睦月がそう言って小さく笑い、ふたたび石段を下りはじめる。手を引かれるかたちで、月貴もまた歩きだす。

階段が終わり、民家のあいだの坂道を下っていくと、目抜き通りに出る。ふいに左手から睦月の手の感触が消えた。花屋へと吸い寄せられるように睦月が歩いていく。そうして店頭に並べられた鉢植えの前でしゃがみ込む。

「欲しいのでもあるのか？」

腰を屈めながら尋ねると、睦月が驚いた顔で見上げてきた。

「あれ、もう戻ってきたんだ？」

「……」

「――それとも、また行っちゃう？」

哀しそうな顔で訊かれる。

月貴は睦月の手を握りなおして、ゆっくりと頭を横に振る。

「もう、どこにも行かない。絶対に行かない。約束するよ」

睦月が安心した顔をして、立ち上がる。そうしてしばらく行くと、また睦月の手が月貴の手から離れようとした。今度は離れないように強く握っておくと、精肉店へと引っ張られた。

惣菜や揚げ物も販売している店だ。ガラスの向こうに陳列されたローストチキンを、睦月がじぃっと見つめる。

「食べたい？」

尋ねると、睦月がコクコクと頷く。

紙袋に入れられたローストチキンを店の人から受け取ったとたん、睦月はこんがり焼けた肉を袋から摑み出した。そして、店の軒先にしゃがみ込んで肉をガツガツと食いちぎりだす。

道行く人たちが、おぞましいものを見る視線を睦月に当てて、足早に通り過ぎていく。

月貴は睦月の横に並んでしゃがんだ。

「睦月、美味しいかい？」

尋ねると、口の周りを脂で汚しながら、睦月がにっこりとする。

「すごく美味しい。月貴も食べる?」

「ひと口、もらおうかな」

睦月が差し出してくれたローストチキンを、月貴は噛みちぎる。少しハーブの効いた香ばしい肉をよく味わって飲み込む。

「本当に美味しい」

「うん。はい」

また睦月が肉を差し出してくる。

互いにひと口ずつ肉を齧って、綺麗に骨だけにした。

人間たちの目など、もうどうでもよかった。睦月の口の周りの脂を舌で舐めてやる。

「月貴」

睦月がうっとりとした様子で呟く。

「大好き」

睦月の下唇にキスをして、月貴も気持ちを告げる。

「俺も睦月のことが大好きだよ……愛してる」

睦月が泣くみたいに唇を震わせた。

「僕も。愛してる」

＊　＊　＊

朋が吹聴して歩いたのか、富士の研究所での異常事態はあっという間に現場の猟獣たちのあいだに広まった。噂は回っていくうちに勝手に固定されるものだ。ウィルス性の伝染病によって堕ちる、と断定形で語られるようになっていた。

変容の際に不調を感じている猟獣たちは自分もその病に侵されたのかと恐怖し、ほかの者たちも致命的な病の存在に戦々恐々としていた。互いを監視し合い、できるだけ他者との接触を避けるようなギスギスした空気が蔓延していた。

特に、朝昼晩と猟獣が集まる餌場では、それが顕著だった。パートナーとも離れてひとりで食事をしている姿が目立つ。

そんななか、決定的な出来事が起こった。

トレイが床に叩きつけられる激しい音に、睦月はコップの水をピチャピチャと舐める舌の動きを止めた。なにごとかと騒ぎのほうを見ると、ふたりの猟獣が互いの胸倉を摑んで、睨み合っていた。肩がぶつかったのどうのという内容で言い争っているのだが、それは人語ではなく、完全に狼の唸り声となっていた。

睦月は反射的にテーブルのうえに乗り、ふたりをじっと観察する。どちらもインフルエンザの隔離室で見た顔だった。

若いブリーダーが仲裁しようと彼らに声をかけたが、次の瞬間、白衣に包まれた身体が宙に飛んだ。我を忘れた猟獣が、ブリーダーの腹部を加減ない力で蹴り飛ばしたのだ。

ターゲット以外の人間への暴行は、厳しく禁じられている。だが、ふたりはそれをまったく失念しているらしく、制止しようとする周りの者たちを歯茎まで剝き出しにして威嚇しまくった。足でダンッダンッと床を踏み蹴り、闘いの咆哮を上げる。

「おお、ぉ、ぅぅううう――あ、ぐアアア」

咆哮が、激痛を訴える悲鳴へと変わる。

餌場の床に、ふたりは両手をついた。肉体の奥深くで骨がかたちを変え、顔の下半分がぐうぅっと隆起していく。皮膚を突き破るように獣の毛が現れ、ざあぁっと身体を包み込む。着ていた服が破けていく。

二匹の狼は激しく唸りあったかと思うと、互いの喉笛を狙って床を蹴った……。

職員が麻酔銃を打ち込むころには、二匹とも血まみれになっていた。すぐに檻が載せられたカートが転がされてきて、意識を失った獣が運び出されていく。

興奮に息を乱している睦月は背後から腰を摑まれ、テーブルから下ろされた。椅子に座らされる。不満に「ウウッ」と短く唸ると、強くて長い腕が睦月の身体を横から抱き寄せた。

すぐ近くで、緑青色の眸が微笑みかけてくる。

「大丈夫だよ、睦月。落ち着いて」

ちゃんと落ち着いているのにと、ムッとする。

優しい声が繰り返す。

「大丈夫だよ」

「…………」

――僕はいま、大丈夫じゃ、なかった？

よくわからない。なにが大丈夫で、なにが大丈夫でないのか、ここのところよくわからなくなるのだ。なんだか、哀しくなってくる。

睦月はコップへと顔を伏せた。一生懸命舌を伸ばすのに、舌先が水に届かない。コップというのはすごく不便なものだと腹が立った。腹を立てていると、月貴がコップを握って傾けてくれた。

睦月は機嫌よく、舌先で水を打った。


餌場で獣化したふたりが堕ちたことで、現場の猟獣内にも富士で蔓延したものと同じ病が侵入している事実がブリーダーたちによって確認された。

そのため富士のほうの対処に当たっていたブリーダーたちが急遽呼び戻され、猟獣十五人の徹底検査がおこなわれることとなった。

――絶対に、チェックに引っかかる。

自分が以前と違う「大丈夫でない」状態になっている自覚がある睦月は、目の前が真っ暗になる恐怖を覚えた。数値化された血液や脳内分泌物質、海馬の状態などはすべて、睦月の異常を暴露するに違いなかった。

けれども、月貴は睦月の頭を撫でながら言ってくれた。

「親しいブリーダーたちに、よく話を通しておいた。堕ちる徴候が出ていても無理に身柄を拘束したりはしないし、原因を究明して治療する方向で取り組んでくれるそうだ。だから、なにも心配しないで検査を受けるんだよ」

それを聞いて睦月はホッとする。

月貴はアルファだし、もともと人間たちも月貴には一目置いていた。彼は特別なのだ。睦月はそのことに誇らしさと嬉しさを覚える……いまもそうだが、最近、自分の感情のスライドが速いことが少し気になっていた。単純になっているというか、幼いころに戻ったみたいな感じだ。

検査当日、睦月はおとなしく血液を抜かれ、さまざまなデータを取られた。三人のブリーダーがその場でデータを解析し、診断を下す。

睦月は、病がかなり進行した状態だった。

でも、それはあらかじめわかっていたことだったから、動揺はしなかった。ただ早く、月貴のいる部屋に戻りたかった。月貴は午前中に検査を終えて、すでに白判定が出ていた。

「もう少し検査があるから、ついてきなさい」

睦月はまだ部屋に戻れないのかと、がっかりする。

「原因を調べて治療するんですよね？」

そう確認すると、ブリーダーはそうだと言った。

それならば仕方がない。

睦月は青い患者衣のままエレベーターに乗せられて、地階へと連れて行かれた。箱を降りると目の前に扉がある。ブリーダーが壁のリーダーにカードを通すと、扉は横にスライドして開いた。

通路が現れる。薄暗いライトに照らされているそこは、左右に鉄のドアがずらりと並んでいる。

ブリーダーに前後を挟まれて進んでいくと、ふいに左横でジャラジャラと音がした。びっくりしてそちらを見る。音はドアの向こうから聞こえていた。

小さな窓からなかを覗こうとすると、先導しているブリーダーに腕を引っ張られた。

「ここで、なんの検査を？」

不安になってきて尋ねるけれども、同行しているブリーダーたちは無言のままだ。

小さな部屋に連れ込まれた。部屋の中央の床には鎖が埋め込まれていて、鎖の先には鉄の輪がついている。睦月はことよく似た部屋を知っていた。

——調教部屋…？

全身に鳥肌が立つ。絶対におかしい。睦月は身体を翻し、部屋の戸口へと走った。

「待てっ！」

患者衣の背中を摑まれ、布が破ける。

ブリーダーふたりが背後から飛びかかってきた。

もう少しでドアから出られるというところで、引きずり倒される。睦月は全力で暴れた。

「いやっ、やだ、やだっ!!　…ゥウ」

敵意が獣化を促す。身体のなかで骨がのたうつような激痛が起こる。

——ダメ……ダメだっ。

獣化を止めようと、睦月は全身全霊で自分の感情を抑え込む。

抗う余裕を失ったまま、コンクリート打ちの床にザリザリと素肌をこすられながら連れ戻されていく。


冷たい音と感触で、首にかちりと鉄の輪が嵌められた。

ドアのほうへと歩きだすブリーダーたちに、睦月は内側から煮える身体をなんとか人型に保ちながら追いすがる。

「待って——ぅぐっ」

喉に鉄の輪が食い込む。それでもさらに追おうとして、床に這いつくばる。

鉄の扉が閉まる。

睦月はぐいぐいと鎖を引っ張って、遠ざかる靴音へと叫ぶ。

「や、だ……ここはヤダよぉっ！　——待って…、なんで……、っ……、……」

ジャラジャラと、いくつもの部屋で鎖が鳴る。

12

「君の心配はよくわかっている。だが、いまはウィルスを取り除いて、堕ちかけている状態を解除するために、デリケートな治療をしている最中なんだ。こちらも最善を尽くしているのを、理解してほしい」

懇意にしているブリーダーはデスクに向かったまま、月貴の目を見ずにそう言った。慌ただしく書類をめくり、忙しいから出て行ってほしいと言外に伝えてくる。

実際これ以上粘ったところで、なにも得るものはなさそうだった。

月貴は硬い声で「睦月に面会できるようになったら、すぐに知らせてください」と告げて研究塔の一室をあとにした。

部屋を出て数歩歩いたところで、月貴は祈るように両手を胸の前で握り合わせた。その握り合わせた手を壁へと叩きつける。鈍い音。骨に熱い衝撃が走る。

「くっ」

金色の髪を散らして一回頭を大きく横に振る。

睦月が検査と治療という名目で拘束されてから、

——睦月…。

すでに一週間がたっていた。

睦月だけではない。餌場で堕ちたふたりも入れると、全部で九人の猟獣が姿を消していた。その九人は睦月と壱朗が言っていた、インフルエンザの罹患者たちと一致した。

——拘束されることはないという俺の言葉を信じて、睦月は検査に臨んだのに。いまごろ、どんな気持ちで、どうしているのか…っ。

建物から出ると、待ちかねた様子で次朗が駆け寄ってきた。しかし、月貴の表情を見て、なんの進展もなかったと察したらしい。疲弊した顔で月貴の横に並んだ。

「壱朗も睦月も、ちゃんと無事でいるよな？　治療してもらってるんだよな？」

月貴に尋ねるというよりは、自分に言い聞かせるように次朗が言う。

「猟獣いねーと困るのは、人間なんだもんな。十五人が六人になるなんてヤバいもんな……だよな、月貴」

「……ああ」

肯定を返したものの、月貴は違和感を覚えはじめていた。

この一週間、月貴はアルファとしてひとりで行動し、朋は甲斐同伴での行動、残りの四人がふたりひと組となって、仕事に当たっている。八組から四組へと半減したことになるわけだから、これまでの倍の仕事量をこなさなければならないはずだった。

それなのに、実際はせいぜい三割増し程度ですんでいるのだ。今月、法務省がリストアップしてきたターゲットがいつもより多かったことも併せて考えると、よけいに計算が合わない。

月貴は、猟獣システム存続のためには猟獣の頭数が必要であり、ブリーダーたちも真剣に病気を解明して治療に当たるはずだと考えていたのだが、彼らから懸命さや焦燥感を感じ取ることはできなかった。

口先だけでなら、治療しているとでもなんとでも言える。本来なら嘘をついているかどうかは首筋の匂いを嗅げば見当がつく。しかし、ブリーダーたちは猟獣の嗅覚を混乱させる香水をつけているのだ。

疑念をいだきつつも、これまで親しいブリーダーが情報をくれたり便宜を図ってくれたりしたことが多々あったことを考慮すれば、治療に取り組んでくれている可能性も捨てきれない。

睦月の身を考えても、安易に決定的亀裂を生む行動に出るわけにはいかない。判断材料の足りなさに、苛立ちが募る。

完全に気持ちをそっちに持っていかれていたせいだろう。単独で仕事に向かった月貴は、いつもの彼なら決してしないミスを犯した。

通りがかったカップルに、処刑現場を目撃されてしまったのだ。女の悲鳴が路地裏に長々と高く響く。男が護身用ナイフを振りかざして追ってきた。周辺の地図はあらかじめ頭に叩き込んである。月貴は細い裏通りを選んで疾走した。追ってくる男は執拗だった。

「オラオラ、自警団を甘く見んじゃねぇぞっ」

彼はどうやら自警団という名目で野犬狩りを愉しむ種類の人間らしい。月貴のような大きな獲物を捕らえたら、屍骸を仲間に見せて歩いて自慢するのだろう。

――俺たちは、こんな奴らのために殺戮を繰り返してるのか……こんな奴らのために、造られたのか。

身体の底を冷たいナイフで抉り抜かれるような、強烈な虚しさが衝き上げてくる。

ようやく男を撒いたものの、服をしまってある鞄を置いた場所からだいぶ遠くまで来てしまった。人目を避けつつ裏道を進んでいく。

すると、人間同士が争っているところに出くわした。月貴は違う道を行こうとしたが、ふと奇妙なことに気づく。片方が全裸なのだ。闇に身を沈めて様子を窺う。

服を着た男のほうの喉から、ヒューヒューと空気が抜ける音がたつ。死にかけているらしい。その男の喉に、裸の男が顔を埋めていた。断末魔の大きな痙攣ののちに、ひとつの人影がどさりと地面に落ちる。

残ったほうの背の高い全裸の男――身体つきからしてまだ十代だろう――が、両手を天に突き上げて、大きく伸びをする。月光のシャワーを浴びるみたいに仰向いた顔は下半分が血に染まっている。唇からは狼の牙がはみ出していた。

朋だった。

月貴が低く唸ると、朋は黒と金の目をしばたいた。月貴を見つけて、「あ〜、おつかれぇ」と手をひらひらさせる。

　人型で仕事をすることは、堅く禁じられている。それなのに朋はまったく悪びれる様子もない。それを唸り声で指摘するが、朋はしれと言う。

「だって、人型のほうがターゲットがパニクって、愉しいじゃんかぁ。ヤってるとこ、目撃されなきゃいいだけだし」

　注意しても目撃されてしまうことはあるだろう、と返す。

「そしたら、目撃したヤツもついでにヤっちゃえばいいだけじゃん？」

　なにが問題なのかわからないと言いたげな朋に、月貴は愕然とする。

　ターゲット以外の人間に牙を剝くことは禁じられている。しかも相手はただ通りがかっただけの一般人なのだ。

　そう主張すると、朋はうんざりした顔になった。吐くように呟く。

「型落ちは考え方も古(ふ)りぃんだよ」

　朋は月貴の前にしゃがむと、狼の姿勢で座った。人間のかたちをしているのに、なぜか狼そのものに見える。

「俺は減った猟獣のぶんの仕事もやんなきゃなんなくて、超いっそがしいわけ。このペースでいったら、今年は三百は堅いね。そんだけ人間のために働いてやってんだから、ちょっとぐらい愉しませろよって話。目撃した運の悪いヤツが何人か犠牲になるのは、ま～誤差の範囲じゃん？」

　そう語る朋の顔はにやついている。

　確かに朋は高位種で、肉体変容の容易さは猟獣の仕事をするには最適なのだろう。だが、この完全な良心の欠落はなんなのか？

　良心がなければ、仕事のたびに心が傷つくことはなく、ストレスを感じることもないのだろう。ストレスが猟獣の寿命を縮めるのだから、理屈だけなら理想的ということになる。

――でも、それは間違ってる。

月貴が全身から発する否定感に、朋が反応し、眉をビリッとさせた。狂気を帯びた目が月貴を睨んだ。

「そのために造られたのに、なにが悪い？　俺を望んだのは、人間だ」

と、朋と月貴はほぼ同時に、耳をそばだてた。複数の靴音が聞こえる。あの荒々しさは自警団のものだろう。今夜も野犬殺しを愉しむつもりなのだ。

「あいつら、あれで人間守ってるって良心的なつもりなんだぜ？　すげぇ笑える――さ～てと、甲斐んとこに戻ろっかな」

朋が四本足で歩きだす。一歩ごとに肉体が変容していき、不気味なほどなめらかに獣の姿へと化していく。

鉄の棒を振りまわす自警団が来る前に、月貴もその場を去った。

あとには、闇のなかに沈んだ死体だけが残された。


朋が一般人まで牙にかけているらしい件を見過ごすわけにはいかなかった。

彼と行動をともにしている甲斐に話をつけるのが一番だろう。甲斐は、月貴に対して打ち解けた態度を示すほかのブリーダーたちとは違い、砕けた様子を見せることはなかった。

ただその分、極めて理性的で、ブレがない。飛月の最終的な処置が決まるとき、月貴が甲斐に力添えを頼んだのは、そういう点を見込んでのことだった。そして、甲斐は自身の研究のプラスになると判断して、動いてくれた。

月貴は入り口でチェックを受けて研究塔に入り、甲斐が占有で使っている研究室がある四階へと上っていった。夜の九時を回っていたが、甲斐は在室していた。

朋に関して深刻な報告があると告げると、研究機材や資料棚のあいだのわずかなスペースに置かれた長テーブルへと招かれた。月貴と甲斐はテーブルを挟んでパイプ椅子に座る。

「朋についての報告とは、どういった内容だ？」

眼鏡の奥の切れ長な目は、しっかりと正面から月貴を見ている。

月貴は昨夜の出来事――朋が人型で実務をおこない、さらにはそれを目撃した一般人まで証拠隠滅のために殺害している恐れがあることを告げた。

やはり甲斐はそのことを知らなかったらしい。肉の薄い頬に強張りの窪みが生まれ、眉間に深い皺が刻まれる。

「完全に私の監督不行き届きだ」

「……甲斐さんが処分現場まで同行するわけにはいかないでしょう。しかし今回の件で、俺は高位種自体に問題を感じました」

「高位種自体に？」

甲斐は高位種プロジェクトの中核的人物のひとりだ。表情を一段と険しくする。

「あくまで俺や周りの猟獣と比べてということですが、俺たちが人間を処刑するときに感じる自分が半分所属する種を殺すという嫌悪感が、朋にはないように思えます。朋にあるのは、異種のものをいたぶる気安さと愉しみです……俺たちは人間と狼の肉体を行き来するときに、激しい苦痛を感じます。同時に精神の変容も体験します。それによって、人間の自覚も狼の自覚も、鮮明になるのではないでしょうか？」

沈黙が落ちる。

甲斐は眼鏡の下で目を瞑っていた。都合の悪い事実を流すつもりなのかと危惧したが、甲斐は瞼を上げると、またまっすぐ月貴を見た。

「人間と狼の境界を明確に意識できない高位種は、要するに、人でも狼でもない完全な第三種になってしまっている。そういう認識か」

第三種という視点までは持っていなかったが、突き詰めればそういうことなのだろう。月貴は頷く。

「……インテリジェント・デザインの冒瀆、か」

甲斐は小声でそう呟いてから、続けた。

「高位種への切り替えは慎重を期すべきだという確信になった。富士の堕ちた猟獣の殺処分を停止するように提案しておくことにする」

その言葉に、月貴は思わず椅子から立ち上がった。机に両手をついて、見開いた目で甲斐を凝視する。

「富士の堕ちた猟獣の殺処分？　どういうことです？　治療をおこなっているんじゃないんですかっ」

「今回、高位種はウィルスに感染しても発症はしなかった。それで既存型の猟獣は堕ち次第、治療せずに廃番とする決定が下りた。実際、治療といっても、完堕ちした状態から人型に戻す方法はこれまでも関心を持つ研究者が少なくて、いまだ解明が進んでいないのが実情だ」

月貴は頭から血の気が引いていくのを感じた。

「……切り捨てるつもり、だったのか？」

自分の目を見ずに『治療をしている。最善を尽くしている』と言ったブリーダーの顔がくっきりと思い出された。

これまで人間であるブリーダーに完全な信頼を置いたことはないものの、相手によってはそれなりに尊重し合える関係を結べると感じていた。思い込んでいた。その自分の甘さに反吐が出る。

「睦月、は」

月貴はグンと手を伸ばして、甲斐の白衣の胸倉を摑んだ。

「睦月はどうなってるッ⁉」

ぎらつく緑青色の目をきつく眇め、鼻の頭に皺めいた皺を寄せる。激しい憤怒に、犬歯が獣のそれと化す。

宙に吊り上げられるかたちで立たされた甲斐が苦しげに答える。

「地下の管理に私はタッチしていない」

「――」

ターゲット以外の人間を傷つけてはいけない。

それは生まれたときから叩き込まれてきたルールだ。一本道に拘束されて生きるしかないのだと思い込んで従ってきた。だが、その一本道を作った者たちは、あまりに勝手で不完全だ。

不完全な創造主に、どこまでつき合えばいいのか。何度、大切なものを奪われなければならないのか。

もしここで彼らが少しだけ方向転換したところで、根本はなにも変わらない。一本道の方向がわずかに変わるだけだ。そしてその先は、猟獣にとっての袋小路だ。

「もう、うんざりだ」

自然に口にしたその言葉。それが答えだった。

決して一時的な感情に流されたのではなく、九年かけて選択したこととして、月貴は生まれて初めてターゲット以外の人間を攻撃した。甲斐の身体を床に叩きつけ、腹部に拳を数度沈める。ぐったりしたところで、白衣のポケットを探る。探しているものはそこにはなく、白衣のボタンを弾き飛ばして前を押し開き、男の身体をまさぐった。

「……あった」

ブリーダー専用のカードキーだ。研究塔の重要エリアにはこのキーがないと入ることができない。

月貴は立ち上がろうとし——そのまま、激しい衝撃を脇腹に受けた。身体が床に吹き飛ぶ。

「っぐ」

「なにしてくれてんだよぉ」

月貴は床から跳ね起きると、上体を低くして戦闘態勢を取る。相手も……朋もまた同じように身を低くした。朋の肌に、ざーっと狼の毛が現れては消える。その姿は甲斐が言ったとおりの、人でも狼でもない第三の生き物に見えた。

人型では不可能な跳躍力で、朋が飛びかかってくる。咄嗟に避けたものの、月貴は獣の爪に左肩の肉を抉られた。床に脚をついた朋がふたたびビュッと弾丸のように飛ぶ。迫ってくる顔の下半分が盛り上がり、狼の強い顎が瞬時に生まれる。喉笛に齧りついてこようとする大きな口に、月貴は咄嗟に摑んだパイプ椅子の鉄の部分を嵌めた。ガチンッと音がして、衝撃が腕に伝わってくる。人体なら一気に骨まで砕いていただろう。

　人型のままでは不利すぎる。しかし、変容の時間などとても取れない。

　朋が壁に向かって突進する。重力を無視した動きで壁を三歩駆け上がり、上方から身を躍らせた。

　月貴もまた床から上方へと飛ぶ。襲ってくる牙を避けて、朋の喉を鷲摑(わしづか)みにするのに成功する。

　背骨を砕く勢いで壁に背を打ちつけられた朋が痙攣を起こす。

「君と最後までやり合う気はない。頼む。行かせてくれ」

　荒げた息でそう告げるが、返ってきたのは腹部への拳だった。

　首を押さえる手の力が緩んだ瞬間、朋は両膝を深く折り、全身のバネを使って背後の壁を蹴った。月貴へと至近距離から激突してくる。

　ふたりの身体がもつれ合ったまま床に転がった。月貴は首に熱い痛みを覚える。仕返しのように朋の手が首を摑んでいた。獣のぶ厚い爪が皮膚に深々とめり込んでくる。

「ぅ……あ」

「すぅぐ痛くなくしてやるよ、邪魔なアルファさん」

　首から手が退いたかと思うと、獣の吐息が首筋に触れた。味見する舌使いで血を舐められる。撥ね退けようとするのに、朋の四肢が絡みついてくる。牙が頸動脈(けいどうみゃく)に触れる…………。

「――も、朋」

　甲斐の声だ。

「朋、やめろ」

　掠れ声に命じられたとたん、朋がぴたりと動きを止めた。不満に声を荒げる。

「なんでっ、甲斐、こいつは甲斐のこと」

「月貴から離れるんだ…」

「ううう」

数秒ののち、激しい舌打ちをしながらも朋は月貴のうえから退いた。

月貴は跳ねるように素早く立ち上がる。

甲斐は仰向けに倒れたまま目を閉じていた。眼鏡は外れて、床に落ちている。薄い唇がかすかに動く。

「三十分だ」

それしか彼は言わなかった。

――三十分？　三十分だけ見逃してくれるってことか？

甲斐の意図がどこにあるのか、わからない。だが、それを問い質す余裕などない。

「……ありがとう」

呟くと、月貴は部屋を飛び出した。

朋との格闘で、首や左肩は血まみれになっている。服もあちこち破けていた。その姿で、月貴は研究塔のなかを進んでいく。もしブリーダーや職員に見つかったら、月貴の目的を知らずとも訝しんで捕獲しようとするに違いない。だから聴覚嗅覚を研ぎ澄まして、人目を避けて進んだ。

『地下の管理に私はタッチしていない』

甲斐はそう言っていた。睦月はおそらくここの地下に囚われているのだ。

非常階段から地下に侵入しようと考えたが、地下に通じる階段が見つからない。エレベーターでしか行けない仕様になっているのかもしれない。一階二階は人の出入りが多いため、三階からエレベーターに乗った。しかし二階で箱が止まってしまう。乗り込んできた職員に月貴は摑みかかった。

地階に着くと、ぐったりしている職員を引きずりながら箱を降りる。狭いエレベーターホールがあり、目の前に扉があった。リーダーのスリットに、甲斐から奪ったカードキーを滑らせる。扉が横にスライドした。

薄暗い廊下には鉄扉がずらりと並んでいる。資料で見たことのある刑務所の様子によく似ていた。

——獄獣を閉じ込めるための場所か…。

この関東の獄獣運営施設に来て四年になるが、地下牢があるとは知らなかった。匂いも音も完全に遮断する造りになっているのだろう。これまでどれだけの獄獣や被験体がここに囚われたのか。この薄暗い場所で命を落とした者もいただろう。

月貴は手前の部屋を開けると、そこに職員を投げ入れて扉を閉めた。ノブの下のボタンを押して施錠する。

それから、ひとつひとつの扉の小窓からなかを覗いていく。部屋のなかはどれも暗く、部屋の床から鎖が生えていた。……しかし、誰もいない。焦りが募る。

「……睦月……」

まさか、すでに堕ちて廃棄されてしまったのか。

「睦月、どこだっ——返事をしてくれっ」

皮膚を突き破りそうなほど、心臓が不穏に暴れる。

もしも睦月がすでにこの世からいなくなっていたら、自分は間違いなく研究塔の者たちを皆殺しにする。腹部が底のほうから冷たく沸き立つ。

「睦月」

もう一度、呼びかけたときだった。

前方から、ジャラ…と音がした。そして、かすかな呻き声。

本能の部分が鋭敏に反応する。気づいたとき、月貴はひとつの扉を壊さんばかりの勢いで開けていた。床に蹲っているものが蠢く。それへとまろび寄る。

「睦月っ、睦月！」

抱き締めると、睦月の腕はあやふやな動きで宙を掻いた。さらに強く抱き締めてやると、ふいに十本の指が月貴の背に食い込んできた。

「……つきたかッ」

伸びた爪が、セーターの布地越しに月貴の肌を傷つける。

嗚咽に身体を小刻みに跳ねさせながら、睦月が訴える。

「怖、かった……怖かったんだ、鎖の音が一個ずつ、減って、いって……っ、う、うぅ」

「すまない、睦月っ——俺が愚かだった、ブリーダーと親しい気になって……人間なんてものを少しでも信じて…」

ギッと唇を嚙み締める。

もう少しで、失うところだった。

決して失えないものを、失うところだったのだ。

「俺と行こう、睦月」

睦月を立ち上がらせようとした月貴はしかし、睦月の首に嵌められている鉄の輪に気がつく。輪には鍵穴があってロックされていた。鎖を両手で摑んで引きちぎろうとするが、ビクともしない。

「鍵を探してくる」

ドアへと向かおうとする月貴の手首を、睦月が両手で摑んだ。

「大丈夫だ、すぐに戻ってくるよ」

睦月が首を横に振る。そして、ドアの横の壁を指差した。

壁には鉤状の釘が打たれており——それには細い鍵が引っかけられていた。

「…………」

睦月はこの八日間、自分の首輪の鍵を見えるところにぶら下げられたまま、過ごしてきたのだ。鍵の下の床には、水と食事が入っていたのだろう皿が転がっている。なんとか鍵が取れないものかと投げたのだろう。

憤りと哀しみに目を曇らせて、月貴はその鍵で睦月を解放した。

地下の残りの部屋も確かめたところ、狼と化した猟獣が三人いた。そのうちのひとりは、壱朗だった。人型を保てていたのが睦月だけだったところを見ると、本当にもうギリギリのラインだったのだろう。九人が収容されたはずだったが……残り五人のことを、月貴はいまは考えないようにした。

　エレベーターで一階に行く。そこから先は強行突破だった。突然、研究塔のロビーに現れた猟獣たちに、ブリーダーたちは立ち竦み、職員たちは麻酔銃を取りに走る。監禁されて弱っているとはいえ、さすがに猟獣に素手で立ち向かってくる者はいなかった。ありがたいことに朋も現れなかった。

　門から外に出てもしばらく職員たちが追ってきたが、月貴は睦月を片腕で抱えたまま、パルクールの要領で逃げきった。

　施設からかなり離れた夜の住宅街。その十字路に、猟獣五人が集まっていた。追われる身ながらも、拘束から――生を受けたときからの長い拘束から解き放たれて、彼らの眸は輝いていた。

　その輝きこそが、それぞれの答えだった。狼の姿がひとつ、十字路を離れた。またひとつ、闇へと消えていく。

　睦月が残った狼の前に膝をつく。

「壱朗は、どうするの？　僕たちと一緒に…」

　言葉をやわらかく遮るかたちで、壱朗が短く啼いた。

「……。そっか。そうだね。次朗からあんまり離れられないよね」

　睦月に首をぎゅっと抱かれてから、壱朗は走り去っていった。彼らしい、しっかりした足取りで。

　そして最後に、月貴と睦月も十字路をあとにした。

＊＊＊

　月貴が用意してくれたホテルの一室で、睦月はほぼ一昼夜眠りつづけた。この手の記帳しなくて泊まれる、休憩もできるホテルは街なかで幾度も見かけたけれども、実際に入ったのは初めてだった。

　やたらと大きなベッドには天蓋（てんがい）がついていて、四本の支柱には作り物の蔦が巻いてある。家具はどれも白くて猫足だ。なんだかおとぎ話の挿絵のなかにいるみたいだった。

ようやっと目が覚めると、お腹が盛大に鳴った。月貴が笑って、クリームコロッケとサラダを魔法みたいに出してくれた。

――よかった……よかった……ちゃんとまた月貴のところに着けた。

地下牢の鎖に繋がれながらも、気持ちはひたすら月貴に向かって走っていたのだ。怖くても迷いはなかった。ウィルスに侵された身で人型を保てていたのは、そのせいだったのかもしれない。

食事をしているあいだに月貴がバスタブにお湯を張ってくれていた。一緒に入ろうと誘われたけれども、一週間以上も身体も拭けない状態だったのだ。汚くて恥ずかしいから、ひとりでバスルームに入った。

「うわ」

ローズカラーのタイルで埋められた壁。バスタブはダークローズの色だ。施設の部屋のバスルームより広くて、しかもバスタブにはもこもこの白い泡が盛り上がっている。いくつもの花と草が混ざったたいい香りのする湯気が立ち込めていた。

睦月は顔も髪も身体中を綺麗に洗ってから、ドキドキしながら泡のなかへと身を沈めた。温かくて、気持ちいい。プチプチと泡の弾ける細やかな音が耳をくすぐる。両手で泡を掬って、もふもふする。狼のときの月貴の被毛(コート)を思い出して、睦月はそれに頬を寄せる。

うっとりしていると、つるりとした鏡状のドアが開いて、月貴の裸体が現れた。睦月が寝ているあいだに手当てをしたらしく、その首と左肩には包帯が巻かれている。

「あんまり愉しそうだから、やっぱり一緒に入ることにしたよ」

頬に泡をつけたまま睦月は瞬きする。

「愉しそう?」

まるで見ていたような言い方だ。

包帯を濡らさないようにして手早くシャワーを浴びた月貴が、湯船に入ってきながら扉を指差す。

「あそこがマジックミラーになってるの、全然気づいてなかったね」

「――――」

身体を洗うところから全部見られていたのだと知って、睦月は赤面して眉根をキュッと寄せた。バスタブの向こう側に背を預けている月貴の顔に泡を投げつける。不満を表明したのに、月貴が嬉しそうな顔をする。

「睦月はそうじゃないとね」

「そうって、なに？」

「ものすごく可愛いのに、チクチクした棘のある――ピンク色の野バラ？」

絶対にバカにしている。月貴へと両手で泡を飛ばす。泡が雪のように散り降る。

泡の層の下で、月貴の脚が、睦月の脚の内側に入り込んできた。素肌が滑り合う感触。月貴へと腿を開かされる。

「…………」

泡で見えないはずなのに、月貴の視線はちょうど睦月の下腹のあたりに据えられていた。茎に充血の疼きが起こってしまう。

膝を閉じようとするのに、月貴の脚がそれを阻む。

「ちょ、っと、脚」

「さっき、そこをずいぶん丁寧に洗ってたね。剥いて、泡まみれにして」

恥ずかしすぎる指摘をされて、睦月の顔は真っ赤になる。

「そ、それは、だって、久しぶりに身体洗えたからっ」

「俺と、するつもりだった？」

月貴の腕がゆるりと泡を薙ぎ払う。睦月の性器が一瞬露わになった。それは先端の切れ込みを晒す角度で、赤く腫れていた。

ふ…と甘い溜め息をついて、月貴がざぶりと身体を起こした。睦月の脚のあいだに膝をつき、覆い被さるかたちで顔を覗き込んでくる。額が淡く触れ合う。

「するよ」

「――ぁ」

湯のなかにもぐり込んできた両手に、左右の胸を大きく撫でられた。バブル用のソープが溶けた湯はとろみがあって、卑猥なすべらかさを生む。とっくに尖ってしまっていた乳首を親指の先で潰された。

「コリコリしてるね」

粒の感触をしつこく味わわれて、睦月は腰を捩(よじ)る。葉脈のように身体中を走る神経に熱が押し流されていく。やわらかい乳輪ごと小刻みに揉まれれば、まるで胸全体を揉みしだかれているかのような波打つ体感を覚える。

「や……引っ張らな……で」

両の乳首をうえへと引かれる痛みに、睦月はバスタブの底から臀部を浮き上がらせた。腿を大きく開いたまま足の裏を底につく。泡まみれの胸が露わになっていた。しかし乳首だけは月貴の指にすっぽりと隠されていて、それがむしろ卑猥な感じだった。

月貴が身体を寄せてくる。

「ぁっ」

下腹の茎に硬いものがこすりつけられる感触に、睦月は思わず身体を浮かそうとする。しかし乳首をぎゅっと押さえつけられて動けない。また、硬い器官がこすれ合う。

「ダメだよ、睦月。動かないで」

「ぅ……あ、ぁ」

ぷるっと張った先端の実が重なる。月貴がわずかに腰を使うと、重なった部分に甘い衝撃が拡がった。すぐにズレては、また合わせられる。もどかしすぎる刺激に、睦月は息を乱し、足の指をくっと丸めた。

我慢しきれなくなって、ドクンドクンしている茎を、自分から月貴の性器に押しつけてしまう。そうするととても気持ちよくて、泡で隠されている安心感も手伝い、睦月の腰は次第にあられもない動きになっていく。

「あ、ふっ……月貴の、強い…強いよぉ」

圧倒的な器官に負けて、睦月のものは根元からクキクキと折れる。湯のなかに止めようもなく先走りが漏れていくのが、粗相をしてしまっているみたいでいたたまれない。

下腹の体感だけでもう限界なのに、月貴が胸の粒を親指の先で弾き上げる。

「――」

弾かれるたびに、身体がビクンッと跳ねる。小刻みに嬲られると、痙攣が追いつかなくて全身が強張りだす。

そんな睦月の性器に、月貴の性器が荒々しくこすりつけられる。湯が大きく波打ち、泡がちぎれ飛ぶ。

「ぃ、やぁ、あっ、ぁ」

身体の強張りが極限を超えた。

「う、ぅぅー、う」

茎の中枢が重たい粘液に押し開かれていく。湯の圧力を受けながらの射精は、精神的にも肉体的にも恥ずかしい抵抗をともなった。

背中から力が抜けて、肩胛骨(けんこうこつ)をバスタブの縁に引っかけるかたちで、くったりと上体が反る。その反った身体がヒクン、ヒクンと震える。

果てた器官を、いまだに月貴の硬いペニスで嬲られているのだ。やわらみかけている茎をこすられ、双玉をつつかれる。……そのまま、ずるっと会陰部へと切っ先が滑る。

躾けられたとおりに、睦月は脚を閉じて月貴のものを腿で挟もうとする。けれども、月貴の胴が膝のあいだにあって、閉じられない。脚を開いたまま、詮無(せんな)く腿や会陰部に力を籠める。

「つき、たか…」

「いいんだよ、今日はそのままで」

月貴の手に腰を摑まれて、下腹を突き出す姿勢を取らされる。

性器の先で狭間を繰り返し縦になぞられた。それが次第に、後孔の窪みのあたりにばかり押しつけられるようになっていく。いやらしすぎる圧迫感に、呼吸が浅く跳ねる。

「ぁ、そこ……、そんなに、したら、っ――ぁ、あぁっ」

ふいに圧迫感が痛みに変わって、睦月は月貴の腕をギュッと摑んだ。

「え、あ…うそ…」

ほんの先端だけだけれども、粘膜のなかに月貴のものが確かに沈んでいた。

「睦月」

苦しそうな顔をした月貴に顔を覗き込まれる。

水気と熱を帯びた緑青色の眸。森と湖がひとつに溶けたみたいな、胸が満たされる色合いだ。

「睦月、俺と交尾をして――番になってほしい」

渇望する、余裕のない声だった。

「……つがい」

未来のすべてを分け合う、唯一無比の約束の相手。

瞬きするたび、睦月の目は涙でいっぱいになっていく。鼻を啜り上げたとたん、熱い液体が頰へと流れた。人としてより狼としてより、もっと奥深くの本能の部分から込み上げてきた涙だった。

睦月は霞(かす)む目で懸命に、すぐそばにある顔を見つめる。

「月貴と、番に、なる」

それだけ言うのが精一杯だった。なんだかもう、顔も頭のなかもぐちゃぐちゃで、みっともなさすぎる。

そのみっともなくなっている睦月に、月貴は優しくて長いキスをしてくれた。

「……っ、…ぁ」

二本の指を含んでいるところから、ぬくまった粘液が滲み溢れ、尾骶骨へと垂れていく。

「もっと深く脚を抱えて」

第二関節が蕾を通りすぎる。奥に触られて、睦月の腹部は忙しなく喘ぐ。

指が体内を拡げながら蠢くと、耳の奥がゾワゾワするような粘つく水音がたつ。室内に設置された自販機で売られていたいやらしいジェルをたっぷり使われたせいだ。

睦月は自分の腿をぎゅうっと抱える。腰の下に枕を入れられているため、脚のあいだを完全に月貴に晒してしまっていた。

指が根元まで入ると、親指で会陰部を捏ねられた。もう片方の手が、ついさっき二度目の射精を迎えたばかりの性器を扱く。先端の実をいじられると、白い残滓の混じった蜜がとろんと溢れた。

「ぁ、……そんな、に——ぁ、ぁ」

指を出し挿れされる。脚のあいだを掌でもったりと叩かれて、下半身が甘く溶けかかったころ、一気に指を抜かれた。ジェルが小さく開いたままの孔から大量に溢れる。

そこに、今度は三本の指を押し込まれた。

「ひ、ぅ」

「すごいね。初めは小指一本しか食べられなかったのに」

苦しい内壁をこすられて、睦月の意識は朦朧としだす。脚を抱えるのも忘れて、脚のあいだに手を伸ばす。月貴の手を摑んで、指を抜こうと試みる。

粘膜の奥深くで指がぐるりと円を描いた。

「っ…も、う……もう、拡がらな、ぃ……」

「なにを言ってるの、睦月」

指を螺旋状に引き抜きながら、月貴が抑えた声で言う。

「これからもっといっぱい、拡がるんだよ」

月貴の身体が被さってくる。紅潮した腿を押し開かれる。濡れそぼった襞に、張った熱いものが密着する。

試すように力が加えられていく。いっぱいほぐしてもらったけれども、初めての行為に怯えて、そこが引き攣る。

「睦月」

優しい呼びかけに目を上げると、月貴の顔が落ちてきた。

キュッと閉じてしまっていた唇を舐められる。舐められるたびに唇が緩んでいく。狭間をやわらかく舌でくじられる。歯のあいだを抜けて、口のなかへと熱く濡れたものが沈んでくる。

「ん、ふ」

睦月はヒクッと身体を震わせる。

下の粘膜もまた、月貴をわずかずつ受け入れていた。大きな亀頭(きとう)に、蕾を際限なく押し開かれていく。

「ぁ、ぁ――っ、ぁ……」

強張る舌の裏を舐められる。舌を口の外へと掬い出され、啜られた。

初めての交尾は、まるで粘膜を内側から焼き潰されていくような、すさまじい体感だった。


――これが……月貴の、なんだ。

ずっと欲しかったものを、与えられていく。

自分のなかに入り込んでいる月貴を、睦月は霞む目で懸命に見つめる。

潤んだ緑青色の眸は苦しげに眇められ、腫れた唇はゆるく開かれてはクッと噛み締められる。白い肌は紅潮し、汗ばんでいる。

男の恵まれた肢体が、ただ一点の行為のために、激しく緊張し、筋肉を浮き立たせる。

その様子は、これまでの擬似性交のときとは桁違いのなまめかしさで、睦月はせつないほどの欲望に灼かれた。身体が芯からわななき、月貴を含んでいる場所が熱くなる。

ずるっと結合が深まった。

脚のあいだに男の下腹が密着する。嘘みたいに奥まで、届いている。

「…ふ…」

月貴が甘い溜め息をつく。

睦月は強い眩暈に囚われながら呟く。

「…番うの…って、……やらし」

月貴が困ったように微笑む。

「本当に、ね。交尾がこんなにいやらしいことだったなんて――いままで知らなかった」

その言葉がとても嬉しくて、拡げつくされた内壁が波打つ。

月貴が甘い呻き声を漏らし、堪えられなくなったように腰を揺すり上げた。

もう一度……もう一度、今度は大きく揺すり上げられる。

「ぁ、ぁ、あぁ」

睦月を覆い隠すようにして、月貴の腰は次第に露骨な性交の律動を刻みだす。

痛みはある。でも、それすら月貴と交尾できている悦びに繋がり、睦月の性器はどんどん硬くなっていく。先端の切れ込みから蜜がじゅくじゅくと溢れる。

月貴に首筋の匂いを嗅がれて、ものすごく感じてしまっているのを剥き出しで読み取られる。

同時に睦月もまた月貴の甘い匂いで鼻腔を満たす……伝わってくることがどれもこれも嬉しくて、睦月は眦に涙を溜める。瞬きをしたら、こめかみへと熱い線が引かれた。

月貴が上体を起こす。

腿の外側がシーツにつくほど脚を開ききって男の性器を呑み込んでいる様子を、じかに眺められる。両手の親指が、薄くなっている蕾の縁を辿る。

「熱くてヒクヒクしてる……ここも、震えてる」

会陰部をふたつの親指でなぞられる。睦月の膝が刺激に耐えかねて閉じる。閉ざした場所を捏ねられていく。

「ん、んっ…やだぁ……」

身の置きどころがないもどかしい体感に泣き声を上げると、指が双玉へと移った。なかの実を転がされる。

硬く芯を張っている茎を両手で握られ、揉み込まれる。括れを可愛がられ、先端の溝を指先で押し開かれた。小さな孔から蜜がとろとろと溢れていく。

「……わかる？　睦月のなか、吸いついてる」

「う、ぅ」

「初めてなのにいやらしいね？」

言葉でいじめながら、月貴が腰を小刻みに揺らしはじめる。

「だって…ぁ、っ…だって、月貴が…っ——ぁあっ……や、ぁ、ああ、ソコ……突かな、…でっ」

熟れきった体内の凝りを狙われて、睦月は身体を硬直させる。そこをこすられるたびに、性器が根元から跳ねる。

「すごい、睦月…いいよ……ああ、可愛い——ぁ、んっ……ん…ふっ」

全身の快楽神経を剝き出しにされていくような狂おしさに、睦月は首を激しく横に振る。

「いや、いや、ぁ、あ、ぁあ、っ、い」

なにがなんだかわからなくなる。手足が勝手に跳ね、目と性器から止め処なく体液が流れ出ていく。不安定に痙攣する体内を、ふいに奥底まで一気に貫かれた。

睦月は声も出せずに開いた唇を震わせる。

月貴の色づいた肢体が幾度も波打つ。

「睦月——っ、ん…んんっ」

身体の深いところに生殖の熱い種をたくさん蒔かれて、睦月の性器もまた白い花びらのような蜜液を無数に散らしていった——。

エピローグ

どうしても自分を止められなくて、立てつづけに四度も睦月を求めてしまった。睦月は最後のほうはぐったりしながらも、いじらしく月貴の劣情を受け止めてくれた。

温かい湯を含ませたタオルで、華奢(きゃしゃ)な身体を拭く。拭っても拭っても、腫れた後孔の蕾から自分の放った精液が溢れるのに、月貴は申しわけない気持ちとともに、胸の震えるような充足感を覚えた。

睦月に裸体を添わせて、布団を被る。広いベッドの一ヶ所で身体を密着させている。これなら施設のシングルベッドで充分だなと、少しおかしくなった。

疲れ果ててぽうっとしている焦げ茶色の眸に話しかける。

「海外に行こう」

睦月がパッチリと瞬きをした。

「海外？」

「ああ。ロシアがいいな。あそこなら狼も多い」

ついさっきまでいまにも眠ってしまいそうだったくせに、睦月は片肘をついて上体を少し起こした。大きな目を煌めかせる。

「ロシア、行ってみたかったんだ。ここよりソトの世界、行きたい。すごく行きたいよ」

思えば、自分たちは、初めは樹海の奥にある研究所の、保育塔と呼ばれるひとつの建物に閉じ込められていたのだ。そこから、飼育塔とその周辺のソトへ、それから樹海のソトへと、世界を広げてきた。

見たことのない風景。嗅いだことのない匂い。聞いたことのない音。食べたことのない料理。知らない世界に触れる、悦(よろこ)び。

それらを大切なこの子と一緒に体験できることこそ、生きている意味なのだろう。

睦月はすっかり気持ちが高揚してしまった様子で、さらに身体を起こして、ベッドのうえにぺったりと座る。布団がめくれて、月貴の身体も薄いライトに照らされた。

「――――え、また？」

唖然としたように呟く睦月の視線を辿って、月貴は自身の下腹を見下ろす。

言い訳のしようのない状態のものに苦笑してしまう。

「睦月を森で拾ったときから、いつか食べたいと思ってたからね。そうそう満足はできないよ」

睦月が懐かしそうな目をして、ふざける。

「悪いオオカミさんだぁ」

「……本当に可愛いね、睦月は」

いつも口にしている正直な感想に、睦月が肌を赤らめる。そして、ちょっと神妙な顔つきになると、四つん這いになって月貴の仰向けの身体に覆い被さってきた。

なにごとかと思って見ていると、下腹に手を伸ばしてくる。性器を摑まれた。

「睦月？」

自身の下肢を覗き込みながら、睦月はぎこちない動きで、脚の奥の窪みへと月貴のものを宛がった。

ふたりとも淡い声を漏らす。

薄くて頼りない腰を両手で支えてやると、睦月は長い生殖器官を少しずつみずからのなかに沈めていった。

粘膜に含まれていく場所から全身へと、温かな痺れがジワジワと拡がっていく。腰に睦月の重みがじかにかかった。睦月が少し苦しそうに震える吐息をひとつつく。

「月貴」

見下ろしてくる、潤んだ焦げ茶色の眸が静かに細められる。

「人型を保ててるうちに、月貴とできて、よかった」

「……睦月」

睦月が勝ち気な感じに眉を上げる。

「この人間のときのかたち、けっこう気に入ってたんだ——月貴が気に入ってくれたから。この姿で、よかった」

「睦月、睦月」

月貴は腕を伸ばして、睦月を抱き締める。

もうすぐ消えゆくかたちを、心に掌に刻みつける。

「俺たちはもう、人間の作ったルールに従う必要はない。たとえ堕ちても、獣同士になっても、ずっと番いつづけるんだよ」

思い出す。

まだ幼い睦月が堕ちかけたとき、月貴は睦月に自分に恋をするように言った。

それは、弱虫だった飛月が人間の子供に恋をして、生き残れる強さを身に着けたためだった。間近で見ていて、奇跡だと思った。運命的な想いが未来を切り拓くのだと、教えられた。

だから、睦月のことを身体の小さい子だから生き残らないだろうと思いつつも、奇跡の種を蒔いたのだ。


でもそれは同時に、睦月がずっと自分といてくれるという希望の種でもあった。

種は芽吹き、苦難のなかを育ち、可愛い花を咲かせた。そうしてこれから、永く豊かな実りの時期を迎えるのだ。

睦月は生きてここにいて、いま月貴をしっかりと抱き返してくれている。

「僕は月貴といるよ。月貴といるためなら、できないこともできるんだ」

……まだ知らない奇跡も希望も、自分たちのなかにはきっと埋まっているから。

それをひとつひとつ大切に掘り起こしながら、ソトの世界へと、進んでいけばいい。

獣の伽人(とぎびと)

プロローグ

二月の夜の底辺で佇んでいる。

こうして闇のなかで待つとき、相対的な感覚として時間の流れがずいぶんと遅くなるのを甲斐は感じる。遅くなるどころか、滞り、逆流することさえあった。

過去の抽斗がめちゃくちゃに開けられていき、一見すると関連のなさそうなものが隣り合わせに放り出される。たとえば、壊れた試験管と白い花だとか、聖書のひと文と物理学の数式だとか、倒れたコーヒーカップと注射器だとか。

こうやってよくわからないなにかを探しているような焦燥感は、実は普段から抱えているものなのだろう。それが追いきれない情報に溢れた研究室から引き剝がされて闇のなかにひとり置かれると、際立ってくるというだけの話で。

腕時計の縁のボタンを押し、丸い盤面を発光させる。

――二十六分経過。

盤面が闇に沈んだのとほぼ同時に、獣の爪がアスファルトに当たる音が聞こえてきた。

通行人が足を踏み込むことのない、ビルの狭間の細い袋小路。そのどん詰まりの壁から、甲斐はコートの背を離す。

闇のなかに、走り寄ってくるものの輪郭がほのかに浮かぶ。立派な体軀をした四足獣だ。それはしかし、近づいてくるごとに微妙に身体の質感と体勢を変えていく。そうして、甲斐の目の前にいたったときには、二本足になっていた。

その二本足が、ハスキーな声で言う。

「ただいま、父さん」

「……」

かなり上背のある、しかし少年らしい鋭さとしなやかさを具えた肉体が大量の血で汚れているだろうことは、よく見えなくても匂(にお)いでわかる。それが凶悪犯罪者のものだとわかっていても、甲斐は毎回、吐き気を覚えずにはいられない。それを隠すために、常より低い声で訊(き)く。

「朋(とも)、今日も問題はなかったか？」

「問題なんて、あるわけねぇじゃん」

「そうか」

足元の鞄(かばん)から、黒いナイロン製のスポーツウェアを取り出して渡すと、朋は素肌にそれを身に着ける。それから密封した袋に入れてあった濡(ぬ)れタオルで、顔や首筋をわしわしと拭(ぬぐ)う。

「眼帯、チョーダイ」

　タオルを袋に入れさせ、眼帯を手渡す。暗がりでもチカチカと光って見える金色の右目が隠された。最後に肩につく長さの髪を後ろでひとつに括(くく)る。

「支度、しゅ～りょ～。早くホテル戻ろうぜ。シャワー浴びてぇえ」

　路地から出た直後に、甲斐は朋を呼び止めた。自分の目の高さにある顎(あご)を軽く摑(つか)み、顔を検分する。鋭角的な印象だけれども、高校生ぐらいの少年特有の微妙に幼いまろやかさが残る顔だ。その頰(ほお)のところに血痕(けっこん)がぽつりと残っていた。甲斐は黒いハンカチを取り出すと、その折られた角を口に咥(くわ)えた。唾液(だえき)を含ませて湿らせる。

　血痕を拭い取るあいだ、朋はおとなしく、黒い左目を伏せていた。睫(まつげ)が長いのは幼児のころからだ。

今日は地方都市での仕事だった。

予約してあるビジネスホテルまで、あまり人通りのなさそうな通りを選んで歩いたのだが、朋と擦れ違う人間たちは揃(そろ)って興味を示した。

　百九十センチの長身もさることながら、妙に鮮やかさのある顔立ちに眼帯をし、グレイのメッシュが入った黒髪が幾筋か顔にかかっている。地味なスポーツウェアを着ていても、それはそれで脚の長い体型が際立って見えて、モデルかミュージシャンといった感じだ。

おそらく、不機嫌そうな細面に銀縁眼鏡をかけ、癖のないロングコートとスーツを着て横を歩いている三十路の男は、マネージャーとでも思われているに違いなかった。

ホテルの部屋に着くやいなや、朋はその場で服を脱ぎ捨てて、バスルームに飛び込んだ。シャワーというか、水遊びが、朋は昔から好きだった。

コートとジャケットをハンガーにかけて、甲斐は窓辺に置かれた質素なテーブルセットの椅子に腰を下ろす。繁華街のほうはそれなりにネオンなどもあって賑わっているが、部屋の窓は住宅街のほうを向いていた。住宅街のバックには、黒い山の稜線がなめらかに描かれている。

眼鏡をテーブルに置いて、椅子に深く身体を預け、眉間を指先で圧す。

バスルームでは水音が続いている。もう一滴の血も、朋の肌には付着していないだろう。

——猟獣、か。

国家の治安を維持するために凶悪犯罪者を処刑する、半人半狼のキメラ。一般人には極秘にされている猟獣の存在を初めて知ったのは、いまから十年前——兄が亡くなったときだった。

八歳違いの兄の裕一は研究職に就いていて忙しく、年に数度しか顔を合わせる機会がなかった。研究内容については遺伝子工学関係としか知らなかったが、その生き生きとした熱を帯びている様子は眩しかった。

甲斐も大学では遺伝子工学を専攻しており、兄のように夢中になれる対象を見つけて研究人生を捧げたいと思っていた。

その兄が、二十九歳で命を落としたのだ。実験中の事故に巻き込まれたのだという。両親は損傷が酷いからと遺体を甲斐に見せまいとしたが、甲斐はどうしても最後の別れをしたくて棺のなかを覗いた。

……優しげな作りの顔さえよく見分けのつかない、抉り跡だらけの塊が入っていた。それを見た瞬間、怒りが頭のなかで白く爆発した。

兄の葬儀に参列した人のなかで印象的だったのは、腕を三角巾で吊った眼鏡の男だった。生真面目そうな様子の彼は与野正彦という名で、兄ととても親しかったらしい。兄の棺に取りすがって号泣していた。

葬儀が終わってしばらくしてから、兄の勤めていた研究施設の所長が家を訪ねてきた。甲斐は話し合いの席から外させられたものの、ドアのすぐ外で耳をそばだてていた。

そこで、猟獣という言葉を初めて耳にしたのだった。兄はその猟獣というものの研究に携わっていたが、暴走した猟獣——のちになってわかったのだが、それは人型に戻れなくなった堕ちた猟獣だった——によって、噛み殺されたのだった。その際、兄を含めて三人が死亡し、ほかにも四名が重傷を負っていた。葬儀に来ていた与野は、重傷者のうちのひとりだった。

兄の無惨な遺体を見た瞬間の白い爆発は、死因を知った瞬間に、向けられるべき対象を見つけたのだった。

甲斐の心は猟獣という存在に固着した。

兄の修了した大学院に入り、同じ研究室に所属して猟獣の研究をするようになった。憎しみの対象を探り尽くしてやりたいという執拗な負のエネルギーが、皮肉にも甲斐を異例の速さで猟獣研究の中核的メンバーへと押し上げていったのだった。

そして二十六歳のとき、猟獣の新種の開発に成功した。

その「高位種」のプロトタイプは、猟獣の名に慣例的につけられる月の字をふたつ持つ「朋」と名づけられた。

甲斐は眉間から指を離した。

水音が止んでいた。

ドアが開き、ユニットバスから朋が出てくる。

「バスタオル」

苦い声で言うと、朋は口を尖らせながらもバスルームに戻って裸体の腰にタオルを巻いて出直してきた。

朋はまっすぐに甲斐へと寄ってきて、その足元にぺたんと正座した。眦にきつさのある、黒と金の目が見上げてくる。

「甲斐、抱っこ」

「――――」

自分の手で造ったものへの興味もあり、また朋がほかのブリーダーや職員たちに懐かなかったせいもあって、甲斐は幼い朋の面倒をそれなりに見た。猟獣は生後半年はほとんどの時間を狼型で過ごさせるため、どうにもいたいけな仔犬にしか見えない朋に一生懸命甘えられると、つい抱き上げてしまっていた。

まさかその時についた抱き癖が、ここまで尾を引くとは思わなかった。

さすがに本人も大きな図体で膝に乗るのはおかしいと気づいたらしく、最近はハグに切り替えてくれたのだが、それでもねだるときは「抱っこ」と言う。

「少しだけだ」

甲斐が軽く両腕を開くと、朋が膝立ちして、下から抱きついてくる。視界の下方に、なめらかに張った肌が映る。抱きついてくる力が増すたびに、肩胛骨が蠢き、締まった背中に筋肉の流れが浮き上がる。

――私は、なにをしているんだ…。

こうして人型の朋に抱きつかれるたびに、なんとも言えない落ち着かない違和感を覚える。それは十ヶ月前に朋が現場に出るようになってから、一気に増した。

――コレは猟獣だ。

兄を殺した生き物なのだ。

人間を殺すためだけに存在を許された、者――物。

それを忘れたことはなかった。抱き癖の件以外では、ともに過ごしながらも距離を置いて接してきたつもりだ。それでも現場に出るまでは、どこか理屈でしかわかっていなかったのだろう。

だが、こうして朋が猟獣としての仕事を日々こなしていくのを目の当たりにして、ようやく感覚のほうにも理解が落ちてきたのだ。

朋は、人間ではない。狼でもない。猟獣なのだ。

「もういいだろう」

乾いた声で終了を告げると、名残惜しそうにギュッといったん力を籠めてから、朋は身体を離した。

甲斐はバスルームに入って洗面と歯磨きをすませると、小指サイズの銀色のスプレーの中身を両耳の下に噴射した。人間の鼻では少し苦いライムの香りしか感じないが、これをつけておくことで猟獣の嗅覚による情報収集を妨げることができる。ブリーダーたちは常にこの香水を持ち歩き、おのれの情報に蓋をしている。

シャワーは使わずに、備えつけの浴衣に着替えてバスルームを出る。

朋が仕事をした日は、人間の血が洗い流されたバスタブに足をつける気になれないのだ。しかし、人間の血に塗れたはずの朋とは、ついさっきハグをした。バスタブを汚れているとは感じても、朋自体を汚れているとはなぜか感じない。

自分のなかで幾本もの糸が絡まっているような、すっきりしない感覚を抱えながら、甲斐は並べられたシングルベッドに横になり、眠りに落ちた。


背中が温かい。目を覚ました甲斐は、眼鏡を取ろうとナイトテーブルのほうを振り返り、身体をビクッとさせた。唇が触れそうな距離に、朋の寝顔があったのだ。

昨夜は間違いなくツインのベッドにひとりずつ寝たはずだ。

「朋」

叱り声を出すと、朋が目が開かないといったように薄目でぽーっと甲斐を見る。そして完全に寝ぼけている様子で、「抱っこぉ」と抱きついてきた。同じベッドで温められた裸身がへばりついてくる。

「……っ」

なまなましい抱擁に、甲斐は咄嗟に朋を押し退けて、上体を跳ね起こした。掛け布団が大きく捲れる。朋の肉体が晒される。

腰にはかろうじてバスタオルが巻かれたままになっている——のだが、その白い布の合間から、ぬううっと突き出ているものがあった。

「————」

平常時のサイズは健診でチェックしているから把握していたが、完全な勃起状態にあるのを目にするのは初めてだった。なまじ同性なだけにそのスケールがリアルにわかる。平たく言って、野放しにしてはいけないサイズと勢いだ。

朋はまた目を閉じてしまっていたが、下腹が苦しいらしい。そこに手をやって、自身のペニスを握り締めた。手指が明らかな自慰の動きを始める。長くて太い茎をもったりと扱き上げ、親指の先で亀頭をこする。ヌチュッと濡れ音がたつ。

……朋が幼いころから当然のようにその部分を目にしてきたし、初めて夢精した時期も知っている。性器が腫れて痛いと言うから自慰の仕方を言葉で教えてやったのも甲斐だ。

それなのに、改めて雄の欲望を見せつけられて、ひどく胸苦しいものを感じていた。

朋の頬を軽く掌で叩く。

「トイレでしろ」

「んんぅぅ」

朋が半目を開ける。甲斐の命令には従うという習性のまま、身体を起こしたが。

「あー…おっぱい」

呟いたかと思うと、甲斐の胸へと顔を寄せてきた。寝乱れた浴衣から知らぬ間に覗いていた乳首をペロッと舐められる。

唖然としている甲斐を残して、朋がふらつきながらベッドから下りる。立ち上がったとたん腰に巻かれていたバスタオルが落ちたけれども、気づいていているのかいないのか、朋は性器を晒したままバスルームへと入っていく。

「……」

胸を見下ろす。舐められた右の乳首は、粒を小さく勃(た)てて湿っていた。

1

朝食を取りながら、甲斐は餌場(えさば)と呼ばれている食堂を見渡す。

今日は出張している猟獣はいないらしく、十五頭全員が揃っていた……猟獣の助数詞については「人」とするか「頭」とするか、あるいは「匹」とするか、非常に微妙なラインだ。どれも間違いではない。

ブリーダーや職員たちのなかで話すときはおおむね「頭」で統一されている。また集団として見るときは甲斐も「頭」という数え方をする。だが、たとえば朋のことを一頭という数え方はしないし、人型のときの彼らと個別に接しているときに「頭」や「匹」とは言う気になれない。

そこのところは猟獣たちのあいだでも非常に曖昧(あいまい)なようだった。自己否定感、自己肯定感、劣等感、虚勢、あるいはプライドといった微妙な想(おも)いの配分によって、それぞれが助数詞を使い分けている。

　科学的な見地からすればそういう揺らぎは好ましくないものだったが、その揺らぎこそが猟獣そのものを示しているのかもしれなかった。

「甲斐さん、おはようございます。横いいですか？」

　ブリーダーの佐久間修だった。彼は同じ大学院出身で、甲斐より三歳年下だ。短髪で顔は四角く、一見すると研究者より爽やかなスポーツマンといった風体をしている。

「ああ、おはよう」

　横の席を掌で示しながら挨拶を返す。

　佐久間もまた席につきながら、ざっと餌場に視線を投げて呟く。

「お、珍しい。今日はみんな揃ってるな……あ、くしゃみしてんのがいる」

　こうして餌場で猟獣を観察するのも、ブリーダーたちにとっては大事な業務のひとつだ。

　生存をかけた闘いが日常の富士の研究所は殺伐としていて猟獣同士が群れることはあまりなかったが、ここでは群れを作る狼の習性が見られる。

「月貴がアルファになってから雰囲気いいですよね。統制が取れてて、品がある」

「群れはトップでカラーが決まるからな」

「……俺らのトップはアレとかアレですけど」

　佐久間の言葉に、甲斐は苦笑する。

　現在、猟獣関連施設や法務省の上層部には、ろくな人材がいない。お陰で、研究員たちは納得のいかないまま振りまわされることが多かった。

「先代の飛月はまだ人型を保ってるらしいですね。計算外だって、うえがブツブツ言ってますよ」

　飛月が特別引退してから、三ヶ月ほどがたっていた。

「詳細を追っているが、あのケースは興味深い。これまでのアルファは交尾自体への関心は強かったものの、番を持つことはなかった。人間の雄と番うことが飛月の脳にどういう影響を及ぼしていくのか…」

「情動が変容に及ぼす影響は、甲斐さんの関心分野ですもんね——で、甲斐さんのところの情緒不安定クンは、どうなんですか？　プロトタイプの試用一年は、もうすぐ終了ですよね」

　言われて、甲斐はいつものように誰ともつるまずにひとりで食事をしている朋を眺める。

　高位種の朋は、ほかの猟獣の三倍四倍の仕事量でも心身に異常を来さずに遂行できるだろう。

——だが、なんというか、妙に幼すぎる。

　同じ年齢の睦月(むつき)を一年半ほど被験体として扱ったが、彼は見た目こそ幼いものの、芯(しん)はしっかりしている。体格の条件に恵まれていないぶんだけ、自分なりに考えて、目的を達成するための方針を決め、それに従って努力を重ねていける。被験体のときも決して文句を言うことなく、苦痛に懸命に耐えた。

　甲斐が睦月を一年早く現場に出したのは、彼の月貴を慕う気持ちを慮(おもんぱか)ってのことではなかった。ただ、現場に出すにふさわしい個体だと判断したためだった。

　その信頼感ともいうべきものを、甲斐はいまだに朋にいだくことができずにいる。

「不安要素があるから上層部に試用期間の延長を求めたんだが、却下された。早急に現場の高位種を増やしたいらしい」

「法務省は猟獣による処刑対象枠を大幅に拡大したいらしいですから、高位種で効率化を図りたいんでしょうね」

「……」

　このまま、高位種を現場に放っていいものなのか。

　不安要素は確かにあるのだが、それは数値では示せない、もやもやとした感覚的なものだった。具体的なものを提示しないで、上層部の方針を変えるのはまず不可能だろう。

「富士の研究所において、飼育塔および保育塔の猟獣の八割が堕ちる事態が発生した。未知のウィルスによるものと考えられる。この致堕性ウィルスの感染ルートはいまだ特定されていない。対処に当たるために、以下の者たちは至急、富士の研究所に向かうように――」

その朝一番に大会議室へと集められたブリーダー二十名に、小太りの施設長は動揺を隠しきれない様子で、そう告げた。

それはブリーダーたちにとってもまったく想定範囲外の、衝撃的な出来事だった。

甲斐は朋の管理があるために除外されたが、半数以上のブリーダーが午前のうちにワゴン車に乗せられて、富士へと発っていった。

結果、富士の研究所のすべての猟獣にウィルス感染が見られ、そのうちの八割が完全に堕ちたことが判明したのだった。感染は見られたが発症しなかった二割は、すべて高位種だった。要するに、ウィルス感染した非高位種である既存型は例外なく発症し、そのすべての個体が堕ちたわけだ。既存型にとっては致堕率一〇〇パーセントということになる。

この異常事態は、既存型の猟獣にとっては最悪のタイミングで起こったと言える。

なぜなら、猟獣施設の上層部と法務省は、朋の試用の報告を受けて、これからは高位種を主力として運営していく方針をほぼ決定していたからだ。

本来ならば、可及的速やかに致堕性ウィルスの解析をおこなって治療法を確立し、同時に堕ちた猟獣を人型に戻すという、これまで滞っていた分野に手をつける運びとなったに違いない。

しかし、高位種に切り替えるならば、それは無駄な手間というものだ。

のちのち高位種が発症するようにウィルスが変異する可能性はあるため研究を進める必要はあるが、それも緊急の問題ではない。

……上層部は、富士の研究所の堕ちた猟獣たちを経過観察し、完堕ちと判断でき次第、殺処分にする決断を下したのだった。

その極端な決断に対しては、ブリーダーや職員たちのあいだでも意見が分かれた。猟獣を道具として割り切っている者たちは上層部の判断を理に適(かな)ったものとして受け入れ、猟獣に対してある種の情を持つ者たちは人道的でないと拒絶反応を示した。

甲斐は、その中間だった。いや、意識的に中間であることを選んだ。

上層部の決断に反射的に嫌悪感をいだいたのは事実だ。だが同時に、人間を殺す猟獣は――兄を殺した猟獣はあくまで研究対象として冷然と扱うべきだという観念が働いた。

そしてこういう場合、中間地点から発言できることは少ない。せいぜいが、完堕ちの基準を厳しく設定すべきだ、というぐらいのものだった。

「甲斐さんは富士の現場を見てないから、平然としていられるんです」

富士から一時的に帰ってきた佐久間はずいぶんとやつれていた。彼は猟獣に対して情を持って接するタイプの典型だった。

「もし、大切に育てた朋がウィルス感染で堕ちたとして、すぐに殺せるんですか？」

甲斐はその質問に答えることができなかった。

しかし、猟獣のウィルス感染は富士の研究所だけではすまなかった。関東(かんとう)の運営施設の猟獣も発症したのだ。ただし富士のケースとは違い、今回は猟獣インフルエンザに罹(かか)った者のみだった。

検査でウィルス反応が出た猟獣は、猟獣運営施設研究塔の地下へと監禁された。処分については、富士に倣うこととなった。すなわち、完堕ちが確認され次第、殺処分だ。

「朋について深刻な報告があります。お時間をいただけますか」

月貴がそう言って研究塔四階にある甲斐の研究室を訪ねてきたのは、猟獣運営施設にてウィルス感染が確認された猟獣が拘束されて八日目の夜のことだった。

月貴の心痛の滲む顔を見た瞬間に甲斐の心に浮かんだのは、睦月のことだった。

富士の研究所にいたころから、月貴と睦月は性的なペアを組んでいた。その関係はいまも続いている。月貴はアルファになってからも睦月と組んで仕事をし、部屋も替わらず相部屋のままにしている。傍から見ていて苦笑してしまうほど、月貴は露骨に睦月を可愛がっていた。

……だが、その睦月はいまやウィルス感染者として地下に閉じ込められている。

月貴が複数のブリーダーに睦月に関することで働きかけをしているのは、甲斐も知っていた。そしてブリーダー内の統一した対応方針として、「適当にいなせ」という指示が出ていた。

「朋についての報告とは、どういった内容だ？」

資料が積まれた長テーブルを挟んで座り、甲斐は月貴に尋ねた。月貴は緑青色の眸を厳しくして口を開いた。

「昨日、仕事の途中で、実務遂行中の朋を偶然目撃しました」

「ああ、昨日は都内での仕事だった。その近くに私もいたはずだ」

「甲斐さんは、朋が人型で実務をおこなったのをご存知ですか？」

まったく予想外の問いかけに、甲斐は眼鏡の奥の眸を固めた。

昨日も朋は服を脱いで獣化してからターゲットを追っていったが、高位種は一瞬で変容することができるため、獣化したまま実務をおこなった証拠にはならない。

「その事実は把握していない」

「少なくとも昨夜、俺が目撃した現場では、朋は人型のままターゲットを処刑していました。俺は朋が実務を終えてから彼と接触しましたが、人型で襲撃したほうがターゲットがパニックになって愉しいと言っていました――それと」

少し沈黙してから、月貴は言葉を続けた。

「それと、人型で実務をおこなっているのを目撃されたら、その一般人も殺害して証拠隠滅を図るとも言っていました。それは目撃したわけではないので、確実なことはわかりませんが」

「…………」

月貴はそれから朋の――高位種の問題性について言及した。高位種は人化・獣化が容易であるがゆえに、どちらにもなりきることができないのではないか。それゆえに半分同種である人間を殺すことに、異種の生き物を狩る愉しみを感じているのではないかという内容だった。

それを聞かされたとき、甲斐のなかで曖昧だった歯車がカチリと嚙み合った。気持ち悪くかかっていた靄が去る。

自分が高位種に対していだいてきた不安の実体は、そこにあったのだ。

「人間と狼の境界を明確に意識できない高位種は、要するに、人でも狼でもない完全な第三種になってしまっている。そういう認識か」

第三種。

人間の「良心」というものが果たして、生まれもって精神に組み込まれた生得的回路なのか、生まれたあとに育まれる習得的回路なのかは、いまだ定かではない。

ただ猟獣研究に携わってきた身として仮説を立てるとするならば、「良心」は初めから人間の設計図に組み込まれており、それが発動するかどうかは環境や教育次第である、というものになる。

そして少なくとも、既存型は良心を発動させ、だからこそ殺人を繰り返すことに重篤なストレスを感じ、心身を壊していく。その結果、堕ちる。

　高位種は堕ちるリスクを減らすかたちで設計された新種だ。あくまで肉体変容のストレスを取り除くことを軸に組み立てたのだが、それが人間としての意識を曖昧なものにし、良心の発動を妨げるというのは計算外だった。

——そもそも、高位種は良心を生得的回路として持っているのか？　神の壮大な設計(インテリジェント・デザイン)を私はこの手で壊してしまったのではないのか？

　神の描いた完璧(かんぺき)な設計図によってこの世のすべては作られているという考え方は、進化論を推し進める科学者たちによって論駁(ろんばく)されてきた。それでいて、いまだにインテリジェント・デザインの世界観は完全に捨て去られることなく、根強く存在しつづけている。

　その理由が、甲斐にはわかる気がした。

　生物の設計図をいじっているとき、自分が神になったと感じる瞬間がある。しかしそのうち疑念が湧(わ)き上がってくるのだ。自分はただ、神の描いた壮大な設計図の、ほんの端っこをいじっているだけではないのか？　自分は完璧な設計図を破壊しているだけなのではないか？

　小さな花びらの一枚すら、無から作り出すことはできない。できるのはせいぜい植物のＤＮＡの書き換えぐらいのものだ。

「……インテリジェント・デザインの冒瀆(ぼうとく)、か」

　こうして高位種の不安要因が具体的になったからには、上層部に試用期間の延期を主張できる。

　とりあえず至急にすべきことは、致堕性ウィルスを解明し、現場のウィルス感染していない猟獣のためのワクチンを製造することだ。

「高位種への切り替えは慎重を期すべきだという確信になった。富士の堕ちた猟獣の殺処分を停止するように提案しておくことにする」

　そう告げたとたん、月貴は形相を変えて、椅子から立ち上がった。彼はウィルス感染して堕ちた猟獣自分の設計した朋の能力の高さに、甲斐は言い知れぬ満足感を覚える。

いよいよ月貴が喉笛を嚙みちぎられようというところで、甲斐は掠れ声で命じた。

「朋、やめろ」

「なんでっ、甲斐、こいつは甲斐のこと」

「月貴から離れるんだ…」

不承不承の様子ながら朋が従う。

甲斐が三十分の猶予を伝えると、月貴は部屋を飛び出していった。

「っ、アルファをヤれたのにっ。なんで止めたんだよぉ」

朋はすっかりふてくされ、床に座って子供みたいにジタバタしている。

上体を起こしながら、甲斐は乾いた声で答える。

「ウィルス感染して堕ちるしかない睦月に、月貴がどういう心身の影響を与えるか、興味深いだろう」

そうは言ってみたものの、地下の仲間を解放したが殺処分になっていることを知らなかったのだ。

「……切り捨てるつもり、だったのか？」

否定はできない。そのとおりだったからだ。

「睦月、は――睦月はどうなってるッ!?」

月貴が摑みかかってくる。短い言葉の応酬ののち、甲斐は床に叩きつけられた。頭を強打して腹部を殴られ、意識が揺らぐ。ブリーダー専用のカードキーを奪われた。地下に捕らわれている睦月を自力で奪い返そうというのだろう。

と、ふいに月貴の姿が視界から消し飛んだ。

「なにしてくれてんだよぉ」

朋だった。完全に臨戦態勢になっている。朋がすさまじい跳躍力で月貴へと飛びかかる。

アルファと高位種の闘いは、人間の目では詳細をとても追いきれないものだった。一瞬で視界の外に消え、かと思えばほんの間近で肉体がぶつかり合う。

しかし、人型のままの月貴に勝ち目があるわけがなかった。次第に劣勢になっていく。

ら月貴は姿を消すだろう。月貴は判断力も行動力もあるアルファにふさわしい猟獣だ。彼が本気で逃げたら、人間の力で捕獲するのは難しいだろうし、いまは捜索に割ける猟獣の余裕はまったくない。ふたりの今後の様子を摑む手立てはないも同然だった。

甲斐は、自分が極めて感傷的な理由で月貴を行かせたことを認めざるを得なかった。

かつて富士の飼育塔にいたころ、堕ちかけた睦月を月貴が救った。そして睦月は先に現場に出た月貴の元に行くために甲斐の被験体となり、身を削った。

……あくまで理性的に判断したつもりでいたが、睦月を一年早く現場に送り出したのも、やはりいくらか感傷的な想いがあったからなのかもしれない。

落ちていた眼鏡をかける。ツルが歪(ゆが)んでいた。苦笑する。

「私もだらしないものだな」

「だらしなくない！」

すごい勢いで否定して、朋が四本足で素早く近づいてきた。

「甲斐は全然だらしなくなんかない。俺、やっぱり月貴のことヤってくる」

「違う、月貴が問題なんじゃない」

立ち上がろうとする朋の手首を摑んで止める。朋は疑うように甲斐を見ていたが、ふいに照れたような顔になって、小首を傾(かし)げた。

「じゃあさ、三十分、抱っこ。抱っこしてくれてたら、月貴なんてどうでもいい」

「……」

月貴が報告してくれた朋のことが頭をよぎる。

朋が人型のままターゲットを襲ったのは事実なのだろう。

現場を目撃した一般人まで牙(きば)にかけることがあるかどうかについては、本人に厳しく問い質(ただ)す必要がある。

しかし、いまはその気になれなかった。

「おいで」

朋が勢いよく胸に飛び込んでくる。本人は子供か仔狼（こおおかみ）かのつもりかもしれないが、実際は細身とはいえ百九十センチの長身なのだ。受け止めきれるわけがなく、甲斐はふたたび床で後頭部をしたたかに打つ。

眩暈（めまい）に目を閉じながら、前にもここで朋とこんなふうにしたことがあったと思い出す。

去年の出来事だ。オフの猟獣たちがパルクールに興じていて、朋もそこに交じっていた。甲斐はときどき研究室の窓から見下ろして猟獣たちの身体能力の高さに感心していたのだが、そのうち研究に没頭して窓の外を見なくなった。

そうしたら、朋が窓ガラスを割って、飛び込んできたのだ。「抱っこ！」という言葉とともに、椅子に座ったまま呆然（ぼうぜん）としている甲斐に飛びついてきた。そのまま椅子から転げ落ちて、やはりあの時も後頭部を床で打った。

——図体はでかくても、六歳になったばかりか…。

三十分のあいだ、朋を抱きながら、甲斐は六年前に朋を造ったときのことをぼんやりと思い返していた。

2

「朋を、アルファに……？」

　至急の話があると施設長室に呼び出された甲斐は、受け取った書類と施設長の顔とに険しい視線を向けた。

「月貴が失踪して、いま現場にいる猟獣のなかでアルファにふさわしい働きをしているのは朋だけだろう。猟獣統率のためにもアルファの格を落とすわけにはいかない。それに、これから高位種中心になっていくことの象徴としても、いまプロトタイプの朋がアルファになるのは意味深いことなのだよ」

「待ってください。私は最新の報告書で、高位種の問題点について触れたはずです」

　朋を問い質したところ、人型で実務に当たったことは認めた。目撃者など一般人を牙にかけたことがあるかについては、「そうするつもりだっただけで、してない」の一点張りだった。本当のところは朋しか知らない歯痒さがあったが、朋の手がけたケースでターゲット以外の遺体が同時期に近辺で発見されなかったかは、法務省経由で警察庁に確認が取れる。その調査はすでに依頼してあった。

「ああ、君の報告書はもちろん会議で取り上げさせてもらったよ。その上での、満場一致の決定だ」

「施設長、しかし」

「甲斐くん、現実をよく見てくれ。君の要請を受けて堕ちた猟獣を戻す研究に手をつけはじめたものの、それがいつ実を結ぶかは不明だ。現場には現在、高位種一頭、既存型四頭しかいない。飼育塔の既存型はすべて堕ちた状態のままだ。業務を滞りなくおこなうには、飼育塔の高位種を現場に出すしかない。現場に出せる三歳以上の高位種は三頭だ」

「三歳の猟獣を現場に出すのは反対です。五歳という年齢はプロジェクトが発足し、幾多のデータを元に弾き出されたものです」

「既存の猟獣はメンタリティの問題から堕ちにくい五歳以上となっただけで、堕ちる可能性自体が低い高位種には適用する必要はなかろう」

「十年前の……いや、もう十一年ですか。あの過ちを繰り返すつもりですか？」

施設長が短い首を竦める。唇が嫌な感じに捲れる。

「甲斐裕一が素晴らしい研究者だったのは確かだ。しかしね、君はそろそろ家族のトラウマから脱するべきだよ。研究者にとっての感傷は、頭の働きを鈍らせる不純物でしかない」

もう一度、自分も列席のうえで高位種の扱いを考えてもらいたいと訴えたが、却下された。

朋は、失踪した月貴の次のアルファとなった。

ただし、アルファの特権のひとつである自由については、かなりの制約が加えられることとなった。無断外泊は禁止で、常に所在が管理部にわかるようにし、仕事の際はこれまでどおり甲斐が同行する。

ブラックカードの使用は認められているものの、カードの管理は甲斐に任された。

要するに、アルファとは名ばかりで、実質はこれまでと大差ない生活を送るわけだ。そのことに甲斐は正直、安堵した。

六歳児同然の朋では、自由も金も、責任を取れないのはわかりきっていた。

しかし最後のひとつの権利は、人間の十八歳相応の肉体のことを考えれば、必要かもしれなかった。

そう考えて、朋が正式にアルファとなった日の夜、甲斐は朋の部屋を訪ねた。

アルファ専用の特別室は猟獣用の塔の最上階にある。走れるほど広いリビングダイニングに、洒落たキッチンカウンター、クイーンサイズのベッドの入った寝室、それに大きなバスルームがついている。白を基調とした、上質なホテルを思わせる造りだ。

この特別室は年に一度、新規の猟獣だけが見学できるようになっている。質素な生活を送ってきた猟獣たちに、自分もアルファになりたいと思わせ、勤労意欲を煽るのが目的だ。

しかし、どうやら朋にとっては無駄に広いだけで、さして魅力的ではないらしい。

甲斐を部屋に招き入れながら、「甲斐の研究室のほうがず～っと落ち着くのに…」と本気の面持ちで呟いた。

十人ほど座れそうな白い革張りのソファに腰掛けると、朋が毛足の長いラグにすとんと腰を落とした。甲斐のすぐ足元だ。「抱っこ」をねだる体勢だと気づき、ねだられる前に話を切り出すことにする。

持ってきた本屋の紙袋から、雑誌を取り出して朋に渡す。グラビアアイドルの特集雑誌だ。

「これに載ってるなかだと、どれが好みだ？」

朋は小首を傾げて、雑誌をパラパラとめくる。なかなか際どいショットが多いのに、表情に変化は見られない。そしてろくに見もしないまま、適当にパッと開いたページの少女を指差した。

「もっとマジメに選べ」

「興味ない」

「そうか…それなら、次はこっちだ」

犬の写真集を出して手渡す。

「犬の顔立ちや体型はよくわからないからな。似ているのを連れてくるのは難しいと思うが」

「……。なんだよ、似てるの連れてくるって」

「朋も知っているだろう。アルファの権利のひとつだ。交尾の相手は特に希望がなければ、ブリーダーがコーディネートすることになってる」

朋が大きく息を吸い込む——次の瞬間、犬の写真集が甲斐の胸元目がけて飛んできた。

「交尾の、って、本気で言ってんのかよっ？」

オッドアイが、縦に大きくなり、下から睨みつけてくる。目の奥まで貫いてくるような、尖りきった視線だ。

「いや、望まないなら権利を放棄してもかまわないが。でも、肉体的には成熟しているんだ。欲求はあるだろう。気まずく思う必要はない」

「――そうじゃないだろっ！　なんで、平気なんだよっ」

朋がなにをそこまで激昂しているのかわからない。宥めるために頬を撫でてやろうと手を伸ばすと、頬に触れる寸前に朋の眸から涙が勢いよく転げ落ちた。

「……朋？」

「甲斐は――甲斐は俺がほかのヤツと交尾すんの、平気なのかよ？」

自分が造り育てた者が生殖行為をおこなうのは、奇妙な感覚で、違和感のようなものはある。だが、そういう答えを求められているのではないようだった。

朋の眸は、まるで獲物を狩る動物のそれのように光っている。

身の竦む心地悪さが身体の奥から湧き上がってきて、甲斐は朋の頬から手を退いた。その手で床に落ちている人間と犬の雑誌を拾い上げ、紙袋にしまう。

「わかった。この件はなかったことにしよう」

抑えた声でそう言って立ち上がろうとするが、立ち上がれなかった。両膝をがっしりと摑まれていた。朋が狼の低い唸り声を上げる。激しい空腹を訴えるときの唸りだ。

「わかってない」

膝を摑む朋の手に力が籠もる。脚を押し拡げられていくのに、甲斐は本能的な危機感を覚えた。厳しい声で命じる。

「手を放せ」

いつもは命令に従う朋が、しかし今日はまったく従おうとしない。それどころか、手の力は増していく一方だ。開ききった腿の内側の筋が引き攣れる。ぶつけるように――朋が顔を白衣の下腹部に押しつけてきた。

咄嗟に朋の頭を両手で摑み、退けようとする。

「……朋、悪ふざけはやめろっ」

朋が制止をものともせずに激しく頭を振る。布越しに陰茎をぐにぐにと刺激される。唇で茎の裏をずるんとこすり上げられると、甲斐の身体はビクッと跳ねた。その反応が気に入ったらしく、朋が同じ動作を執拗に繰り返す。

「っ、ぅ——やめ…」

「——が……しろ」

荒げた息で、朋が呟く。

「甲斐が、交尾の相手しろよ」

なにを言われたのか、すぐには理解できなかった。

しかし、朋が舌を露わにして白衣越しに性器を舐める姿に、理解せざるを得なくなる。朋は本気で自分に交尾の相手をさせようとしているのだ。

「そんなこと、できるわけがないだろうっ！」

朋が唇の端をかすかに歪めた。

「俺はできるよ……父さん」

父さん。その響きに、甲斐の首筋はすうっと冷える。朋がそう呼びかけてくるのはいつも、ターゲットを処刑して血まみれの姿で戻ってきたときだった。

朋が打って変わって嬉しそうに言う。

「大っきくなってきてる」

「……、……嘘をつくな」

白衣を捲られ、スラックスの前が開かれる。下着から性器を握り出された。なぜかわからないが、それは確かに少し膨らんでいるようだった。羞恥と困惑に頭の奥が熱くなる。

朋が狼の舌使いで、チャッチャッと先端を叩きだす。性器が根元から大きく揺れる。揺れながら、硬くなっていく。

人型であるにもかかわらず、獣にされているような強烈な背徳感が湧き上がってくる。先端から漏れた先走りを、朋がうまそうに啜る。もっといっぱい味わおうと、縦の切れ込みに沈んでいる小さな孔を舌先でこすられた。

「ッつ、ぅん」

腰が震える。大量の蜜が溢れた。

朋を相手に反応するなど、どうかしている。乱れる呼吸を懸命に嚙んで腰を引いた。朋の舌が宙で空振りする。

「雄が」

濡れそぼった性器をしまおうとするが、完全に勃ってしまっているため手間取る。

「雄がいいのは、わかった。適当に見繕っておく」

「…………、どこまでわかんねぇフリするつもり？」

甲斐はその言葉を無視して、ソファから立ち上がり、玄関へと歩きだす。走ったら全力で追いかけられるとわかっているから、できるだけ冷静な足取りを装う。それでも気持ちは急いていた。広すぎるリビングダイニングを横切っていく。朋の足音は聞こえない。玄関へ続く廊下に出る。

——もう少しだ。

そう思った瞬間だった。背後で足音が生じる。四本足の足音だ。逃げようとしたときには、すでに腰に強靭な腕が巻きついていた。横のドアが開かれて、そのなかに連れ込まれる。宙に投げ出された身体がマットレスにドッと沈んだ。

寝室のドアを朋が閉める。

朋が近づいてきながら残忍な舌なめずりをする……朋に狙われたターゲットの恐怖を、甲斐は疑似体験する。動けない。呼吸が小刻みに跳ね上がる。

朋が飛びかかってきた。

「う、あ、ぁっ」

白衣が破られる。ウエストの革のベルトが引きちぎられた。ファスナーを壊してスラックスを引きずり下ろされる。ボクサータイプの下着も、変容した爪を引っかけられて一瞬で破り取られた。じくじくした熱を帯びたまま、甲斐の陰茎は萎縮していく。

圧しかかってくる朋を突っ撥ねようとすると、身体をうつ伏せにされた。腰の素肌に爪がめり込んでくる。臀部だけを高々と上げさせられた。

「ああっ」

まるで貪り喰うように、双丘の狭間に齧りつかれた。獣の牙が皮膚に当たる。

甲斐の身体は恐慌状態に固まり、動けなくなる。その強張(こわば)った会陰部を、ぬらりとした軟体が這(は)う。舌だ。通常の人間のものより薄くて面積が大きい、狼の舌だった。

会陰部全体を粘膜の面でこすられる体感に、甲斐はベッドカバーをぐうっと握り締める。

「ぃ……あ…ぁあぁ」

いつ嚙みつかれるかという恐怖が、込み上げてきてしまう快楽を乗算させていた。

体感に耐えるために、シーツに額を圧しつけて背を丸める。すると自身の下腹が見えた。陰茎はふたたび表面を張り詰めさせ、先端から透明な蜜を滴らせていた。

後孔の窄(すぼ)まりに舌が狙いを定める。……瞬時に人間の舌となったそれが、先を尖らせて窄まりに沈んできた。

「う…」

深く埋められた舌が体内でくねるのに、甲斐は頭を激しく横に振る。ズレていた眼鏡が外れて落ちる。わずかでも逃げようとするたびに腰に爪がめり込んでくる。朋にもっとも弱い場所を差し出しているしかなかった。

体内から舌が抜ける。抜けたかと思うとそれは狼の形状と化して、会陰部を包むように舐める。舐めたかと思うとまた人の舌となって、後孔に沈んでくる。めまぐるしく変容する舌に交互に襲われて、脚のあいだ全体が波打つ。

舌戯が途切れた。

ハァァ…ハァァ…という人のものとも狼のものとも知れない荒々しい呼吸音が聞こえてくる。

背後でごそごそしていた朋が、背中に圧しかかってきた。後孔にとてつもない圧迫感が起こる。

それが朋のペニスだと気づき、甲斐は身体を跳ねさせた。

「無理だ——無理だっ、朋……ぁ、うっ、ぅう——」

交尾自体が初めてで、あまり知識もない朋は、舌

でほぐすだけで挿入欲を堪えきれなくなったらしい。急に大きな亀頭を捻じ込まれて、甲斐は痛みに声を上げる。背後に手を伸ばして朋の腰を退けようとするけれども無駄なあがきだった。

「すげ……きつい、きつい……締めつけられる、甲斐のあったかいとこに、……ぁ、あっ、なにこれ——」

朋が喘ぎとともに、上擦った声で続ける。

「ぁ、あ、気持ちいい……気持ちいいよぉお」

行為に夢中になっている朋を止めることなど、もはや不可能だった。

甲斐は痛みから逃れるために、なんとか身体の力を抜こうと努めた。しかし却って、朋の侵入をより深くまで許すことになってしまう。

腹部が破裂しそうになったころ、ようやっと朋の動きが止まる。身体が密着するのに、朋の性器がすべて入ってしまったのだと知る。

「甲斐、甲斐……腰、ガクガクする」

訴えながら、朋が背後から抱きついてくる。確かに朋の身体は震えていた。震えながらも、たどたどしく男の律動を始める。

濡れない内壁を硬すぎる性器にこすられていく。

「っ、く」

「——なんか、俺……俺、もう」

腰を使いだして一分もたたないうちに、朋がすすり泣くような声を上げた。

「でる……、出ちゃうっ——ぁ、あ、ぁあ」

暴発する迸りを体内に受けて、甲斐は呆然とすると同時に安堵を覚えた。

——終わった…。

心も身体も、この行為に対してまったく処理をできずにいる。いまにも、おかしくなりそうだった。

「……け……抜け」

呻くと、今日初めて、朋は言うことを聞いた。体内の奥底から長い性器が引き抜かれていく。括れの段差がなかなか抜けない。抜けたとたん、どろっと熱い粘液が脚のあいだを伝った。

甲斐は眉間に深い皺を寄せると、脹脛で蟠っているスラックスを引き上げようとした。

しかし、肩を摑まれて仰向けに転がされる。スラックスを脚から抜かれる。靴下も慌ただしく脱がされた。

「――とも？」

朋がふたたび圧しかかってくるのに、甲斐は目を見開く。脚のあいだに、なまなましい重苦しさが生じる。

「もう、もうやめろっ……やめろと言ってるんだ、朋っ……ぁ、ぁ」

ついさっき爆ぜたはずなのに、朋のそれは完全な硬さでもって甲斐のなかへと入り込んできた。

「あ、ぬるぬるして、入れやす」

自身の放ったものを潤滑剤にして、朋が一気に腰を進める。いったん強引に拡げられた粘膜は、さっきより少ない抵抗で男を受け入れた。

痛みは弱まったものの、そこから先の行為は甲斐にとっては、より屈辱的なものだった。

朋はたっぷりと抽送を愉しみ、甲斐の性器を手で扱いて明確な快楽を与えてきた。

犯される甲斐の表情を愉しんでいた朋が、外れて落ちていた眼鏡を拾い、ツルを甲斐の耳に通す。

「ん～、やっぱりこのほうが甲斐とヤってる実感湧くなぁ」

満足げにそう言うと、今度は白衣の下のワイシャツの裾を捲り上げた。胸が露わになる。

左右の胸の粒を、親指と人差し指で挟まれ、転がされる。

「っ、ん」

「すげぇ、コリコリ」

朋は指で粒を捻り出すと、乳頭をちろちろと舐めだす。左右交互にそうされて、甲斐は繊細で甘い疼きを覚え、困惑する。少しずつ身体が熱く強張っていく。

「おっぱい舐めると、なかがきゅうって締まんの……

甲斐、エロいよぉ……あ、ぁ、腰、止まんない」

乳首をぐにぐにと揉まれ、舐めまわされながら、脚のあいだに腰をパンパンパンと叩きつけられる。

手足の先まで痺れ、強張っていく。朋が乳首に吸いついてくる。きつくきつく吸われて、ついに身体中の緊張が瓦解した。

「ッ……は、ぁ、あ――っ、……ぅ」

これまで体感したことのない射精の感覚だった。達している最中も斟酌なく犯され、胸を嬲りまわされる。

体内も乳首も性器も、どこもかしこも過敏になりすぎていた。

あまりのつらさに逃げようとすると、脚を抱え込まれてめちゃくちゃに突き上げられた。

「ぁ、また、甲斐のなかに、出るっ」

二度目も大量の精液を流し込まれた。

朋は身体を繋げたまま一分ほどぐったりしていたが、またすぐに腰を使いだす。

体内のものがひと突きごとに硬くなっていくのを粘膜で感じて、甲斐の視界は暗く濁った。

3

　アルファになった朋は、非常に優秀な働きを続けた。精神面の不安定さを危惧されていたものの、以前よりも突飛な行動はしなくなり、新しく入ってきた高位種三頭――三頭とも中学生ぐらいの外見だ――の面倒もそれなりに見ている。少なくとも、新人たちは朋に憧れ、目標にしている様子が窺えた。施設長はじめブリーダーたちは、「地位が人を育てるってやつの猟獣版か」と関心を示している。

　ただ、その安定感とは裏腹に、甲斐とふたりきりのときは加速度的に子供っぽくなっていた。しかもその子供っぽい無軌道さが性的なことに直結するから、非常に始末が悪い。

　甲斐はなんとか朋との性的関係を避けようと務めたが、無駄なことだった。

「だって、俺はアルファで、アルファの交尾の相手を外部から調達しなくてすむなんて、どこに問題があるわけ？」

　朋は笑いながらそう言ったが、まさしくそのとおりだった。

　周りに相談したところでその結論にいたるのは目に見えていたため、甲斐はひとりで煩悶するしかなかった。

　しかし、ほぼ毎日のように交尾を求められたのでは、とてもではないが身体がもたない。甲斐は自尊心を折って、口や手での奉仕を自分から提案した。初めて口のなかに白濁を放たれたときは、腹立たしくて情けない気持ちになった。それでも単純な朋は、口での奉仕をものすごく気に入ったらしい。二日に一度はそれで納得するようになった。

　朋がアルファに就任してから二ヶ月が経過したところで、単独での仕事が認められることになった。甲斐が同伴する必要がなくなったわけだ。

　そこで、甲斐は一週間のあいだ、富士の研究所のほうに滞在することを決めた。

　朋との関係をなんとかクールダウンさせるために距離を取りたかったのも確かだが、最新の研究は富士主導でおこなわれているのだ。致堕性ウィルス関連や、堕ちた猟獣を元に戻す研究など、研究者として一線の現場に身を置き、自分の目でいろいろと確認したかった。

　富士に発つ前夜、朋はひどくむくれて一週間分だとことさら激しい交尾を仕掛けてきた。足腰が立たなくなって出発できなくなるのを目論んでいたのだろうが、甲斐は一睡もさせてもらえなかった身に鞭打って、研究所を予定どおりあとにしたのだった。


　関東の猟獣運営施設と富士の研究所は、二日で一往復するかたちで定期ワゴン車が出ている。疲れ果てていた甲斐は、乗車してすぐに眠り込み、次に気がついたとき窓の外には懐かしい樹海の風景が広がっていた。

　朋が現場に出てから、一度も富士の研究所には足を運んでいなかった。

　研究所に着いた甲斐はしかし、一年数ヶ月ぶりだからという理由以上の違和感を、ワゴン車から降りたとたんに覚えた。

　鬱蒼とした樹海にひっそりと存在するこの研究所は、かつて不思議な美しさのなかにあった。

　世界の倫理基準にそむいて半人半狼の合成にいそしむ研究員たち、まるで椅子取りゲームのように命の枠を奪い合う幼い猟獣たち、合成に失敗して処分される猟獣の胎児たち。

　まっとうな世界から隔離された箱庭は独自の秩序を確立し、童話の残酷な原版のような強い魅力を秘めていた。

　だが、いまやそれは完全に失われていた。

　空気は埃と朽ちた匂いに満ち、走りまわる少年たちの姿はなく、建物は影を帯びてくすんで見えた。

空洞化したニュータウンによく似た、薄ら寒さがある。

研究塔の一階ロビーに入ると、それでも白衣のブリーダーや職員たちの姿があり、ここが捨てられた場所ではないのだと認識を新たにする。

甲斐の到着を待ってくれていた佐久間が、ソファから立ち上がり、小走りに寄ってきた。

「甲斐さんが来てくれて、心強いです」

佐久間はここのところずっと富士の研究所に滞在して、研究業務をおこなっている。顔を合わせるのは一ヶ月半ぶりだった。

「顔色が悪い」

指摘すると、「甲斐さんも顔色悪いですよ」と切り返された。

居住区の一室に荷物を置いてから、佐久間に近況を説明してもらいながら研究所内を見てまわる。

飼育塔にはウィルス感染を免れた高位種が十頭いるだけだった。どの子も片目だけ金色のオッドアイだ。既存型の猟獣は獣化すると双眸(そうぼう)が金色になるが、高位種は常に半分が金色——つまり半分獣化しているわけだ。ちなみに、高位種が獣化したときは、もう片方の眸は人型時の色を保つ。

獣化しつつも人間であり、人化しつつも狼である、それが高位種の設計なのだ。

その設計図を描けたとき、甲斐は神が降りてきたかのような興奮を覚えたものだ。……いまとなってみれば、悪魔にそそのかされたようにも感じられるのだが。

堕ちた猟獣は保育塔に集められて管理されていた。ウィルス感染で堕ちたのは五十二頭だったが、早いうちに殺処分されてしまった猟獣もいたため、三十頭が残っていた。そのうちの半数は人型のころの記憶をほとんど留(とど)めていないようだったが、残りの半数は新薬の投与により海馬の萎縮が止まり、記憶を保持していた。なかでも五頭ほどは、理知的な眼差(まなざ)しをして人語をしっかり解していた。

早いうちに強制的に人化させる薬が開発されれば、少なくともこの五頭は確実に復帰できるだろう。

「新薬の開発がもう少し早ければ、もっと多く助けられたのかもしれないんですが…」

保育塔をあとにしながら、佐久間が口惜しそうな顔をする。

新薬が堕ちた猟獣たちに投与されはじめたのは、先週初めのことだった。それまでのあいだ、佐久間を始めとする良心的なブリーダーたちは、時間との闘いに追い詰められた心地になりながら開発に取り組んだのに違いなかった。

「これだけ早く新薬を開発できたことが奇跡だ」

「………、いまさら綺麗ごとで動いてるって、思うんですけどね」

佐久間の言いたいことは、よくわかった。

本当に良心が働いていたならば、そもそも猟獣研究などというものに手を染めるわけがない。

自分たち研究者は、ともすれば夢中になれる研究のために常識や良心といったものを、大して悩みもせずに放り出す。……そういう意味で、世間と隔離されたこの研究所は、研究に没頭するには理想的な場所だった。我に返ることなく、無心で自分の世界に浸りつづけることができた。

だが、猟獣の八割が堕ちるという衝撃的な事態は、関係者たちの頬を打ち、現実に立ち返らせたのだろう。自分たちの罪を正視しながら、その対処に追われるのは、どれだけ気の滅入ることか。

短期間での新薬の開発という大きな成果を出しながらも、富士の研究所の誰もが陰気な顔をしているのは、おそらくそういった心理によるものなのだろう。それと、もう一点。

「それで、致堕性ウィルスの感染ルートは、報告書のとおり注射によるものだったのか？」

「はい。ここの研究所の猟獣たちは定期健診時に、猟獣運営施設のほうはインフルエンザ発症時に打たれた注射と見て、ほぼ間違いありません」

人為的に、注射の薬液に致堕性ウィルスが混ぜられたとしか考えようがなかった。内部の人間でなければ、それはなし得ない。

「ウィルスを混入した者の特定は進んでるのか？」

「いえ。まだです。ちょっと誰を信じていいのかわからない状態で、参ってます。とりあえず、猟獣の薬や食事などの管理を徹底して、異物混入を防ぐようにしていますが」

身内に、わざわざ猟獣を堕とすウィルスを製造培養し、バラ撒いた者がいるのだ。致堕性ウィルスは空気に触れると死滅するため、注射というかたちで直接投与を試みたのだろう。

ワクチンは開発済みで、現場で感染を免れた猟獣たちはすでに接種を受けている。

甲斐は富士の研究所で最新の情報を把握しながら、猟獣を元に戻すための研究に取り組んだ。研究室のソファで仮眠をし、意識のあるときも夢のなかでもずっと思考を廻らせつづける。ひとつの目的に向かって無心で走りつづける。

ただときおり、「朋、コーヒー」と口にしてしまうことがあった。研究室に入り浸りがちだった朋はインスタントコーヒーをよく淹れてくれた。その少し薄めの味がすっかり舌に馴染んでしまっていた。

不思議なもので、自分でいくら粉を少なめに淹れてみても、朋のコーヒーの味にはならない。

インスタントコーヒーの瓶を前に首を傾げながら、甲斐は改めて気がつく。

朋を造った六年前から、ほぼ毎日のように彼と接してきたのだ。あまりに普通のことすぎて意識したこともなかったが、家族より友達より同僚より、誰よりも朋といる時間が一番長くなっていた。

富士に来て一週間がたとうというころ、もう回復の見込みがまったくないと判定された猟獣七頭が殺処分されることになった。食事に睡眠薬を混ぜて与え、眠っているうちに注射で安楽死させる方法だ。

以前はガス室に追い込んで処分する方法が取られて

いたが、ウィルスの一件から無駄な恐怖を味わわせない方法を採択するようになったのだ。

甲斐も一頭を安楽死させた。自分の打った注射で半分は人間である存在の命を奪う体験は、ガス室で知らぬうちにおこなわれる殺処分とは違う、ずしりとした重さを甲斐のなかに残した。

その体験により、甲斐はさらに研究に没頭した。既存型の猟獣は固より、高位種とて堕ちにくいというだけで、リスクは抱えているのだ。堕ちることを当然とするのではなく、堕ちた状態からの回復、ならびに堕ちにくいように心身を整える投薬と心理療法との併用など、いくらでも研究課題はある。

滞在は一週間のはずが二週間になり、それからさらに一日がすぎた。

「さすがに今日はちゃんとベッドで寝てください」

佐久間にそう促されて、三日ぶりにシャワーを浴びて髭を剃った。寝起きは新しい発想が浮かんだりする貴重な時間だ。すぐに研究室に向かえるように、白衣まで着込んでベッドに倒れ込む。

意識が途切れ——ビーッビーッビーッという、けたたましい音で目が覚めた。部屋のベルだ。電話の子機についているカメラフォンで訪問者を確かめる。

「…………」

眼鏡をかけてもう一度ディスプレイを見直してから、甲斐は慌ただしくベッドを下りた。玄関へ急ぎ、ドアを引き開ける。開けたとたん、朋が飛び込んできた。肩を摑まれて壁に背中を押しつけられる。

その勢いのまま、唇に唇がぶつかってきた。唇の内側が歯に当たって切れる。

甲斐は思いきり顔をそむけて、横目で朋をきつく見据えた。

「朋、どうしてこんなところにいる？　仕事はどうした」

現在、朋の仕事スケジュールはかなりタイトに組んである。ここにいるということは、仕事を放棄したとしか考えられなかった。

「甲斐こそ、なんでこんなとこにいんだよっ！　一週間て言ったのに」

「これは大事な仕事なんだ」

　朋が横に大きな唇を震わせる。くっきりした眦が吊り上がる。甲斐の顔の横の壁が、掌でバンッッと叩かれた。

「そんなに……そんなに俺と交尾すんのがヤなのかよっ!?」

「――」

　ふいに体内を性器で抉られる感覚がなまなましく甦ってきて、甲斐は目を閉じた。

「本当に、研究のための滞在だ。ほかの意味はない」

「ふ～ん？」

　首筋に朋の鼻梁が当たるのに、甲斐はハッとする。ここに来てからというもの、猟獣と接するときだけ首筋に香水をつけるようになっていたのだ。

　自分の首筋を手で隠す。

「嗅ぐな！」

「……たまんない匂い。甲斐の匂いって、そんななんだぁ」

　反対側の耳の下へと鼻を寄せられて、そちらも手で隠す。手のうえからクンクンと匂いを嗅がれた。朋を突き飛ばし、白衣のポケットから銀色の容器を出す。左右の耳の下に冷たい飛沫を噴きかけた。

　朋が不満げに唸る。

「番なんだから、匂いぐらい嗅がせろよぉ」

「つ、つがい？」

「番だろ。俺、甲斐が初めてで、死ぬまで甲斐としか交尾しねぇもん」

　番とは、人間で言えば要するに夫婦だ。二ヶ月ほどのあいだ、さんざんセックスをしたものの、そんな認識は当然ながら甲斐にはまったくなかった。

　呆然としすぎて無表情になっている甲斐の耳に、携帯電話の着信音が届く。

　思考回路が停止したまま、スラックスのポケットから機械的な動きで電話機を取り出す。猟獣運営施設の施設長からだ。午前二時を回った時間にかけてくるとは、よほどの急用に違いない。

甲斐は部屋の奥へと歩きながら、電話に出た。

朋の仕事放棄の件かもしれないと考えて身構える。

『甲斐くん、至急こっちに戻ってきてくれたまえ。高位種のことで問題が起こった』

「朋でしたら、ここに…」

『朋じゃない。新規の高位種が――現場目撃者ふたりを殺害した』

「……」

甲斐は息を呑み、肩越しに朋を見返る。

朋の鋭い聴覚は、施設長の声も捉えているはずだ。右目の金色が光を増している。

『とにかく、高位種の管理運営方法について、朝一番で再検討をおこなう。新規高位種の仕事に同伴している職員たちはすっかり動転してしまっている。アルファを育てた君の分析と指導が必要だ』

電話を切ると、朋が機嫌よさそうに目を細めた。

「甲斐、一緒にいますぐ帰ろっ」

朋の運転する車は樹海を抜け、高速道路をひた走り、朝には関東の猟獣運営施設へと着いた。検討会には、施設長、甲斐、新規高位種の管理をしている三人の職員、その他にブリーダーが数名、列席した。

電話で施設長が語ったことの詳細は以下のとおりだった。

おととい二十二時半、凶悪犯罪者であるターゲットを高位種一頭が狼型で襲ったところ、その現場を自警団の若者ふたりに目撃された。凶器を持った彼らに襲撃されたため、殺害におよんだ。

ごく近い場所でターゲットを含む三名の死体が発見されたことを不審に思った法務省が、猟獣運営施設に確認の連絡を入れてきたため、該当猟獣に詰問したところ、悪びれることもなく真相を告白したのだという。

既存型の猟獣では、一度もなかった失態だった。ターゲット以外の人間は決して攻撃しない。「野犬」扱いで捕獲された場合は、抵抗せずに人間側の決めた処分に従うことが定められている。

検討会に参加した者たちの共通見解は、「高位種はその卓越した能力ゆえに万能感が強く、ともすれば人間より自分たちのほうが優れた存在であると誤認しやすい」というものだった。

「その誤認を矯正するためには、心理的に去勢するアプローチや、場合によっては遠隔操作で痛覚を刺激するチップを体内に埋め込むような処置が必要かと思われます」

ひとりのブリーダーの提案に、甲斐以外のみんなが深く頷く。

甲斐は心身に圧力をかけるような方法に異議を唱えたが、施設長の「感傷を持ち込まんでくれ」という言葉で一蹴された。

富士の研究所と、猟獣運営施設のあいだに、猟獣の扱いに対する大きな感覚のズレが生じているのを、甲斐はひしひしと感じた。

——そんなふうに心身の苦痛でもって従わせるしかないのだとしたら……。

甲斐は見えない手で喉を絞められるような苦しさを覚える。

——それは設計した、私の過ちだ。

兄を殺した猟獣を憎み、憎しみゆえに執着し、研究対象として魅了された。そして自分は神の設計図を都合よく書き換えた。汚した。その結果が高位種の現状なのだ。

これから数多く造られていくのだろう高位種すべてに理不尽な苦痛を与えるのは、自分なのだ。

——…………私が造らなければよかったのか？

懊悩している甲斐とは裏腹に、方針が定まったことで安心したらしく、ほかの者たちは雑談めいたものを交わしていた。新規高位種の管理をしている三人が主にしゃべっている。

「そっちにも出たんですか。なんでしょうね、あれ」

「僕は走り去っていくところを一瞬、見ただけなんですが……うちの猟獣の話では、目は金色ではなかったそうです」

「すると、やっぱり猟獣ではないってことなのかな」

「まぁ、猟獣がその辺にいるわけがないですからね。野犬なんでしょう。甲斐さん、朋のところには現れてませんか？」

急に尋ねられて、甲斐は自罰的な内観から現実に引き戻される。

「……現れるとは、なにが？」

「だから、猟獣みたいな野犬ですよ。最初に現れたのは、一ヶ月ぐらい前かな……既存型の猟獣も新規の三頭も、都内での実務のときに襲われたんです。こないだなんて二頭で現れて、うちのは怪我をしましたよ」

「朋からは、そういった報告は受けていないが」

「そうですか。野犬も相手を見てるのかもしれませんね。朋相手じゃ、一瞬で嚙み殺されて終わりですからね」

「ああ、最近の朋は特に、少し怖いぐらいですもんね」

感嘆と苦笑の入り混じった表情が交わされる。甲斐はいくらか不愉快なものを感じながら尋ねる。

「怖いぐらいとは、どういった意味で？」

「朋の今月の中間報告、まだご覧になってないんですか？　待ってください。たしか、持ってきてるはず……あ、ありました」

ファイルから抜いた紙を差し出される。それには、日付ごとに数字が打ち出してある。朋が今月に入ってから仕留めたターゲットの数だ。

甲斐は眼鏡の奥の目を見開く。朋はこの半月ほど休みなく仕事をしていた。おとといなどは一日で三件も遂行している。

「いまのところ、精神に異常も来してないですし、堕ちる気配もまったくない。理想的な猟獣ですよね。

甲斐さんの造った高位種は、大成功ですよ」

ひとりが拍手をすると、それが伝染して、最後には施設長まで拍手をしだす。

検討会の場をあとにした甲斐は、心身ともにぐったりと重くて、歩くのもままならないほどだった。

研究塔の上層階にある居住エリアの自室へと向かったが、部屋の前には先客がいた。ドアに背を凭せかけて長い脚を床に投げ出して座っていた朋が、甲斐の姿を目にしたとたん跳ねるように立ち上がる。

トットットッと軽い足取りで駆け寄ってきた朋はしかし、甲斐の顔を覗き込んで顔を曇らせた。

「なんで、そんなヘンな目で見んの?」

眼差しだけではなく顔全体が、身体全体が、どんなふうに朋に接すればいいのかわからずに、困惑していた。

——私は高位種を造った責任を、負いきれるのか?

「今日は体調が悪い。ひとりで休ませてくれ」

声まで、まるで音声ガイダンスのそれのような無機質さだ。

朋の横を通り抜けて、カードキーをリーダーに滑らせ、部屋に入った。遮光カーテンの狭間から昼の陽射しが強く細く漏れている。甲斐はふらつきながらベッドへと向かい、倒れ込んだ。

4

「ただいま……父さん」

　血まみれの裸の青年が言う。甲斐は無言で服を渡し、顔の血痕を拭いてやる。人間の血がじかに手に付着する。

　甲斐はふたたび朋の仕事に同行するようになっていた。アルファは単独行動が許されているし、最近の朋に問題行動は見られない。だからこれは監視のための同行ではなかった。

　自分が造った高位種の——朋の実体と向き合い、見極めるためだ。

　朋のおこなうことはすべて、自分の責任の延長線上にある。朋が人間を殺すことは、自分が間接的に人間を殺すことを意味する。その事実をまともに受け止めるようになって、甲斐の身体からは微熱が去らなくなった。

　血に汚れたタオルを鞄にしまい、ビルの狭間の道を出て行こうとしたときだった。

「甲斐、動くな」

　ふいに朋が甲斐の前に長い腕を差し伸ばして、鋭く囁いた。

「どうした？」

「クる」

　朋の爪が一瞬にして厚みのある獣のそれへと変容する。路地に唸り声が響き、正面の闇の中空から吐き出されるように、二匹の大きな四足獣が忽然と現れた。

　おそらく野犬なのだろうが、暗がりのせいもあり、甲斐は一瞬それを猟獣と見誤る。ここのところ猟獣を襲う大型野犬がいると話には聞いていたが、このことなのだろう。

　喉笛を狙ってきた野犬の鼻を、朋は人型のまま鷲摑みにした。腕を振るって壁へと叩きつける。その隙にもう一匹が脚に飛びかかる。朋は咄嗟に横に飛んで逃げたが、その野犬が甲斐へと向かっていくのに気づき、身を翻した。獲物を捕らえる狼の俊敏さで、朋は野犬の項に牙を突き立てる。

「……朋っ！」

さっき壁へと叩きつけられた野犬が、朋の脇腹に噛みつく。その野犬の肩へと、朋の爪が深々と捻じ込まれていく。野犬は痛みに唸りながらもなかなか顎の力を緩めようとしなかったが、朋に肩の骨を粉砕されたらしい。鈍い音がしたかと思うと、飛び退いた。

その野犬はもう一匹に向けて啼いてから、三本足で逃げだす。朋に項を噛まれているほうの野犬は全力でもがいてなんとか朋の牙を振りきると、さっきの野犬が消えていった闇へと走り去っていった。

「――――」

闘いは時間にすればごく短いものだったが、その間、甲斐はまったく身動きが取れなかった。獣の牙で無惨なありさまにされた兄の遺体が、脳裏にくっきりと浮かんでいた。冷や汗が肌を流れる。

しかし立ち上がろうとした朋が脇腹を抱えて倒れそうになった瞬間、反射的に身体が動いた。朋を支える。

「朋……朋、大丈夫かっ？」

「全然、へーき」

脇腹を押さえる朋の手が血にまみれていく。その場で止血処置をして、甲斐は朋をリザーブしてあるホテルへと連れ帰った。都内での仕事だから施設まではそう遠くないのだが、いろんなホテルに甲斐と泊まるのが、朋のほとんど唯一の贅沢だった。

朋の傷口を消毒して、常備しているキットで脇腹の傷を縫合する。化膿止めを飲ませると、朋はほどなくして寝息をたてはじめた。

甲斐もワイシャツとスラックスという姿のまま、その横に身体を倒す。

アルファになった朋が自身でリザーブするようになって、ホテルのベッドはツインからダブルに替わった。

額に手をやる。いつもの微熱よりも体温が上がっているようだった。スラックスのポケットからピルケースを出し、解熱剤を嚙み砕いて飲み、目を閉じた。

次に意識が戻ったとき、甲斐は裸でうつ伏せになっていた。腰だけ上げさせられている。

「……、……、……」

忙しなく腰が打ちつけられる衝撃が、臀部から手指の先にまで伝わっていく。

朋の甘い喘ぎが背中に降りそそぐ。

高位種についての検討会からこちら、甲斐は高位種に対する複雑な想いから、朋とどう接すればいいのかわからないまま過ごしていた。ただわからないなりに、できる限り朋の実体を正しく把握したいと考え、そばにいる。

以前と様子が違う甲斐に不安を覚えるらしく、朋はその溝を埋めるように交尾を求める。甲斐はそれを拒絶しなかった。この行為もまた、朋を造った責任を取るもののように思われたからだ。

揺すり上げられながら、甲斐はぼんやりと思う。

――私は朋を消したいのかもしれないな…。

人間を殺す痛みを知らないまま血にまみれるしかない朋を、造った自分の罪ごと搔き消してしまいたいのかもしれない。

甲斐のなかにたっぷりと射精した朋が、身体を繫げたまま、背後から抱きついてくる。首を捻じらされてキスをされる。至近距離でオッドアイが大きく瞬いた。

「甲斐、痛かった？」

「……、別にいつもどおりだ」

「じゃあ、なんで泣いてんの？」

猟獣を襲う野犬の問題は、初めのうちこそちょっとしたネタ扱いだったが、既存型の猟獣二頭が重傷を負わされたのをきっかけに、見過ごせない案件として取り上げられるようになった。

目撃情報を照らし合わせたところ、野犬はどうやら六匹いるらしかった。そして、眸こそ金色ではないものの、大きさや身体つきなどは猟獣の外見特徴を備えていた。また襲われた猟獣たちからも、同種族としか思えないという証言が出ていた。

それでは、その猟獣であって猟獣でないものは、どこで造られたのか。なんの目的で、猟獣を襲うのか。背後に六匹を操る何者かがいると推測された。

朋はいまのところ一度しか襲われていなかったが、やはり猟獣だと感じたと言う。

「都内ったって広いじゃん？　あっちの六匹が徘徊(はいかい)して俺たちを狙ってたとしても、エンカウント率高すぎじゃねぇの」

ホテルのビュッフェスタイルの朝食を頰張(ほおば)りながら、朋が言う。朋が都内の仕事でもホテルに泊まりたがるのには、食事の愉しみも含まれている。

「向こうもリストに載っているターゲットをわかっていて尾(つ)けてるなら、確率は上がるか…」

大きなローストビーフをごっくんと飲み込んで、朋がふざけたように小首を傾げる。

「そんな極秘情報、どっから流出してんだろねぇ？」

「法務省か……」

「身内は疑わないわけ？　注射にウィルス混ぜちゃうような身内、まだ野放しじゃん」

甲斐は苦い顔になる。猟獣プロジェクトを総崩しにしかねない謀(はかりごと)をした者は、いまだ組織内部に居座っているのだ。

「犯人の炙(あぶ)り出しなんて簡単なのになぁ」

「深刻な問題なんだ。ふざけるな」

「ふざけてない」

朋が自分の鼻をツンとつつく。

「あんたたちが耳の下洗って、俺の鼻で検診受けたら一発じゃん」

「……………」

甲斐は思わず自分の耳の下を掌で押さえた。

長年、猟獣の研究をしてきて、彼らの嗅覚による情報収集がかなり深部にまでおよぶことが明らかになっている。だからこそ、その能力を恐れて、猟獣に接する者たちは特殊な香水で匂いを隠しているのだ。

朋がべろんと舌を出した。人間のものではない形状の舌に、カッティングされたオレンジを載せる。ひと噛みひと噛み、美味そうに果汁を味わって。

「猟獣を破滅させようとしたヤツを炙り出すより、自分たちの秘密を俺たちから守るほうが大事だもんなぁ。嗅がせるわけねっか」

「朋…」

言い訳をしたかったが、言うべき内容を思いつかなかった。まったく朋の言うとおりだった。現に自分も、朋に匂いを嗅がれるのは無性に怖い。その気持ちを読んだように、朋が言う。


「ま、俺だって汚臭なんて嗅ぎたくねぇし。あ、甲斐のは嗅ぎたいけど。前にちょこっと嗅いだとき、すげぇいい感じだったっけ」

朋が椅子から腰を浮かせて、耳の下を隠す甲斐の手の甲をぺろぺろと舐める。

さっきから朋にちらちらと視線を投げていた、少し離れた席の女性客ふたりがぽかんとした顔をするのが見えた。

「少しは人目を気にしろ」と小声で叱るのを完全に無視して、朋が愉しげに言う。

「今日から仕事をチャッチャと片づけて、猟獣もどきの捜索しようぜ。こっちは、どの猟獣がどのターゲットを狙ってるか、仕事予定現場までわかってんだから超有利じゃん。で、逃げるとこを追跡してやんの。あー、ワクワクするぅ」

猟獣を襲っている偽猟獣の追跡捜査は、施設全体での公式な調査とは別に、内密におこなうことにした。身内に内通者がいないとも限らないからだ。

朋は探偵ごっこが愉しくて仕方ない様子だ。

しかし、法務省のターゲットリストは長くなることはあっても短くなることはなく、朋の仕事量は増える一方で、合間を縫っての追跡捜査は難航した。

何度か猟獣が襲われた直後の現場に行き着くことができて匂いを辿(たど)ったのだが、どれも途中で途切れていた。どうやら偽猟獣は車で回収されているらしい。

その日も大した進展はなく、明け方近くに施設へと帰る途中、助手席の朋が急にウィンドウにびたんと手を押しつけた。

「甲斐、あれ次朗(じろう)じゃね？」

言われて車の速度を緩める。斜め後ろから見る姿は、確かに次朗とよく似ていた。

「なんでひとりで、こんなとこ歩いてんだろ？」

施設までは目と鼻の先の場所だが、アルファでもない次朗の単独行動は許されていない。朋の提案で、次朗の姿が見えなくなるまで待ち、車を降りた。

朋が匂いを辿って、次朗がどこから来たのかを遡(さかのぼ)っていく。

「……ここから出てきてる」

辿り着いたのは、一軒の廃屋だった。

「いったい、こんな場所でなにをしていたんだ？」

「んー、俺はわかっちゃった」

クンクンと空気の匂いを嗅いでいた朋がそう言って、にやりとする。彼は正面のドアは使わずに、建物の裏口へと回った。そして、家の壁に寄せて置いてある洗濯機を横にずらす。するとそこに、室内に通じる穴が現れた。朋が四つん這いになって、その穴に入っていく。甲斐も少し躊躇(ためら)ったのち、四つん這いになって不器用に進んだ。

「ウーウーゥウゥ」

室内の暗闇(くらやみ)から、獣の唸り声が聞こえた。入った部屋に窓はあったが、庭に鬱蒼と茂っている木が邪魔をして、月光もわずかしか届かない。こんな場所で野犬に襲われたら、朋はともかく甲斐は逃げることすら不可能だ。

しかし甲斐の動揺をよそに、朋が笑い声で言う。

「脱走して、こんなとこに隠れてたんだ？」

と、その言葉に被るように、外に通じる穴から勢いよくなにかが飛び込んできた。それは床をまろび、部屋の奥で止まった。ようやく闇に目が馴染んできて、甲斐にもそれが人間であることがわかった。

「な、なんで、あんたたちがここにいるんだよっ」

聞き覚えのある声だった。

——……次朗、か？

「そっちこそ、なぁんで堕ちたうえに脱走した猟獣匿ってるわけ？　そいつ、俺が処分してやろっか？」

「壱朗には手ぇ出すなっ……出すなら、アルファでも殺すっ」

ようやっと、甲斐にも話が見えた。

この廃屋には、前アルファとともに失踪した壱朗がいるのだ。壱朗は致堕性ウィルスに感染して、すでに堕ちているはずだ。そして次朗は、壱朗の双子の弟だ。

壱朗と次朗には双子特有の感応能力がある。人間よりも第六の感覚が優れているせいもあるのか、離れていてもかなり詳細に互いの状況や感覚を把握することができるらしい。

いま、こうして次朗が引き返してきたのも、壱朗の発した危機信号をキャッチしたためだろう。

「でもさぁ、壱朗ぐったりしてんじゃん。ヤバいんじゃねぇの？」

突き放す口調で朋が続ける。

「なんか立ち上がれねぇみたいだし、頭や腹に包帯巻いてるけどさぁ。猟獣なんて医者にも獣医にも診せられねぇし、次朗が適当に手当てしただけだろ、それ」

壱朗の状態を並べ立ててくれたお陰で、大体の様子を把握することができた。甲斐は「治療用具を持ってくる」と言って穴から外に出た。路上に停めてある車から鞄と懐中電灯を持ち出す。

次朗に懐中電灯で壱朗を照らさせて、甲斐は診察をおこなった。打撲による骨折など、酷い怪我を負っていた。懐中電灯の光がぶるぶると震える。次朗が洟を啜り上げる。

「壱朗、初めは違うとこに隠れてたんだけど、でも一週間前に自警団の奴らにやられて――壱朗がピンチなのは俺にもわかるから、だから真夜中に施設抜け出して、壱朗をここに連れてきたんだ……でも、怪我が、怪我が酷くって、食いもん運んでも、壱朗ほとんど食えなくって……っ」

ボロボロ涙を零して泣く次朗の膝に、壱朗が傷ついた頭部を擦り寄せる。

壱朗の傷を確かめて処置していきながら、甲斐は淡々と言う。

「大丈夫だ。致命傷はない。ただ衰弱しているから、しばらくのあいだ定期的に栄養点滴と抗生物質の投与が必要だ。それは私がやる」

「――壱朗を施設に連れ戻すのは……」

「私がここに来る。私も朋も他言はしない」

朋が面白くなさそうに舌打ちする。

組織の方針と違うことをなんの迷いもなく決断している自分に、甲斐はいくらか驚きを感じていた。

すべての処置を終えて、常備している猟獣用の鎮痛剤や抗生物質などを、次朗に渡す。壱朗が次朗に、話しかけるように啼いた。

「壱朗が、『ありがとうございます。でも迷惑をかけてしまうので、ここにはもう来ないでください』って…」

甲斐は強い興味に身を乗り出す。

「それだけ明確なメッセージを、壱朗はまだ伝えられるのか？　彼が堕ちてから四ヶ月近くになるはずだが」

「壱朗は壱朗のまんまだけど？」

堕ちた猟獣は記憶の消失や感情障害を起こすというのが、これまでの定型だった。しかしどうやら壱朗は堕ちる前の人格を留めているらしい。

「双子なのが、関係しているのか…」

「確かに、俺と壱朗は意識が繋がってるから、それで保ててるっていうのもあるかもだけど――」

次朗が言いよどみ、壱朗と視線を交わす。頷き合うような瞬きをしてから、次朗は真剣な表情を甲斐に向けた。

「俺と壱朗は、番だから」

双子と番という、ふたつの深い繋がりを示す言葉がうまく噛み合わない。反応できずにいる甲斐の代わりに、好奇心満々の様子で朋が這い寄ってきて尋ねた。

「え〜、なになに、双子で交尾しちゃったわけ?」

「さ、最後まではしてねーよ」

「なぁんだ、途中までなんだぁ」

朋がバカにしたように言うと、次朗が眉を上げる。

「それでも、俺には壱朗しかいないし、壱朗には俺しかいねーんだよ。朋なんてどーせどうでもいい女にバコバコ嵌めてるだけなんだろっ」

弟の下品さを叱るように、壱朗が短く啼く。

「ごめん、でも…」

「俺だって、番ぐらい、いるしぃ」

甲斐は頬をぴくりとさせた。まさかと思ったが、そのまさかだった。朋が抱きついてくる。

「俺の番は、甲斐。どうだ、すげぇだろぉ」

「ええーッ!?」

本気で驚いた様子で、次朗が甲斐と朋を交互に指差す。壱朗が啼く。どうやら「人のことを指差さない」と叱られたらしく、次朗は「ごめんごめん」と謝ると、代わりに懐中電灯の光を顔の高さで左右に揺らした。眩しいうえにどうにも気まずくて、指差しより遥かに迷惑だった。

5

「甲斐さん！」

研究塔の廊下で、背後から呼びかけられた。

「佐久間じゃないか。いつ、こっちに？」

「今朝早くに――あの、少しだけお時間いただけますか？」

「ああ。ラウンジに行くか」

研究塔の二階にあるラウンジは人間専用で、軽食やソフトドリンクが揃えられている。そこでふたりともコーヒーを頼み、人のいないエリアに席を取った。佐久間はコーヒーに砂糖とミルクをよく溶かし込んでから、複雑な表情で口を開いた。

「致堕性ウィルスを混入した者が、ほぼ確定しました」

甲斐は思わずテーブルに手をついて身を乗り出す。

「本当なのか。いったい誰が」

「井上です……俺の同期の」

「井上って、免疫学専門の、あの井上か？」

「ええ。優秀な奴だったんですけど――あいつの所持していたメモリーから、致堕性ウィルスの詳細なメモが出てきたんです。それで追及しようとしたところ、どうやら樹海に逃げ込んだようで……。高位種も捜索に参加していますから捕まるでしょうが。俺は施設長にその報告をしに、こっちに来たんです。施設長は大喜びしてましたが」

犯人がわかっても、甲斐に爽快感はまったくなかった。

それは佐久間も同じらしく、ふたりともしばらく黙りこくってコーヒーを啜る。佐久間がひとつ溜め息をついてから話題を変えた。

「やはりこれからは高位種のみを製造していく方針になりそうですね。現場の効率が飛躍的に上がってるって聞きました」

「目撃者を殺害してしまった件もあるし、私としては慎重になるべきだという意見なんだが。高位種の達成する仕事量は、どうしても上層部には魅力的で仕方ないらしい」

「設計した甲斐さんは……すごく重いんでしょうね」

朋ひとりでも、責任を負いきれないと感じている。それなのに、これから先、高位種にはさらなる改良が加えられ、どんどん自分の手の届かないところまで拡がっていくのだ。

背もたれに身体を預けて目を閉じると、ふいに左手首に圧力がかかった。

「骨っぽくなってますよ。それに少し熱があるんじゃないですか？」

佐久間に手首を握られていた。

研究職の人間には珍しく、佐久間は昔からこの手のスキンシップをごく自然にするのだ。

——朋より体温が低いんだな。

以前には覚えなかった違和感にさりげなく手を退こうとする。しかし、逆に佐久間は握る手に力を入れた。

「俺でよければいつでも相談に乗ります。なんでも言ってください」

「ああ。でも少し疲れが溜まっているだけだ」

朋という存在とまともに向き合い、見極めようとすることは、心理的にも肉体的にもすさまじい負担だった。それでも、投げ出すことはできない。

——……見極めて、もし誤った存在だったら、その時は。

朋を始め、高位種そのものを、なんとしてでも消さなければならない。それが造った者の責任だった。

佐久間と別れてから朋を部屋まで迎えに行き、今晩の仕事現場である近県の都市へと向かうために車に乗り込んだ。

助手席に座った朋が甲斐の左腕を掴み、クンクンと手首の匂いを嗅ぎだす。

「なに、これ。四角い顔のヤツの匂いじゃん」

「少し摑まれただけだ」

佐久間の匂いを消そうとするように、朋が手首の素肌を忙しなく舐めだす。

舐められている場所から首筋へと、ぞくぞくとした痺れが走り、身体が震えてしまう。

「もういいだろう」

逃がそうとした手にがぶりと嚙みつかれた。牙が肌を破る。

「ッ」

手の甲で血の粒が盛り上がっていく。その血の粒を舐め啜った朋が、長い睫を伏せたまま問いかけてくる。

「俺のこと、怖い？　気持ち悪い？」

「…………いや」

事実だった。猟獣自体に強烈な悪感情をいだいたことはあっても、朋に対してはなかった。朋が人間の血に塗れているときですら、血を気持ち悪いとは思っても、朋自体を気持ち悪いと感じはしなかった。

「じゃあ、愛してくれてる？　俺のこと、必要だと思ってくれてる？」

その質問には、真剣に考えるほど、どうしても答えられなかった。

手首を解放される。

助手席側の窓のほうへと俯きながら、朋が嗚咽を殺すかのような不安定な声で訴える。

「もし甲斐がほかのヤツを好きになったら、俺、絶対に気ぃ狂うから——そしたら、俺のこと殺して。俺を造ったときみたいに、その手でさ」


来月分のターゲットリストが法務省から送られてきた。仕事の割り振りの会議で、甲斐はいつになく積極的に場を取り仕切った。そして朋と次朗が、都内で同日に仕事をするようにスケジュール調整をした。

都内での仕事のときは件の廃屋に寄り、だいぶ身体が回復して動けるようになった壱朗を拾って車に乗せる。彼には飼い犬の証明である犬の登録プレート――もちろん偽造だが――付きの首輪を嵌めてもらっている。

壱朗は明るいうちは車内で休み、偽猟獣が出没する夜の時間帯になるとリードを着けて甲斐と行動をともにする。首輪とリードを装着して人間と歩いていれば、一般人はただの大型犬としか思わないし、自警団もさすがに襲いかかってはこない。

そうして、偽猟獣を誘き出す囮である次朗を張る。既存型の猟獣たちも仕事効率を上げるために、現在は一頭につき職員ひとりが同行するかたちを取っていた。

当日の次朗の行動範囲はチェック済みだし、もし予定とは違う場所で実務をおこなうことになっても、問題はない。

双子の感応力によって、壱朗が次朗を捜してくれるからだ。

次朗が偽猟獣とエンカウントしたときもすぐにわかるから、駆けつけられる範囲にさえいればいい。

朋は仕事が終わり次第、合流する。最初のうちは探偵ごっこを愉しんでいるようにしか見えなかったが、どうやら彼なりにアルファとして下の者たちを守ろうという意識が芽生えてきたらしい。真剣なものが、自然と甲斐にも伝わってきていた。

この方法は非常に効率がよく、ついに偽猟獣たちがワゴン車に乗り込む現場を押さえることに成功した。徒歩だったのでそれ以上の追跡は不可能だったが、車種とナンバープレートの数字を押さえることはできた。

ナンバーさえ分かれば、容易に所有者を調べられる。翌朝一番で電話で問い合わせを入れた甲斐はしかし、受話器を握り締めたまま眉をきつくひそめた。手元の紙に所有者と連絡先をメモしていく。

電話を切ると、朋が近くのソファで伸びをした。電話をしっかり盗み聞きしていたらしい。

「動物病院の車だったんだぁ。サクマジュウイカクリニック」

「……ああ」

「ヘンな顔してんの。なに？」

「いや。思い違いかもしれないが」

そう呟いて、甲斐はパソコンにパスワードを打ち込み、データベースを開く。職員名簿を呼び出し、佐久間修の名前をクリックした。

「――――」

できれば、思い違いであってほしかった。

だが、その三親等までの情報のなかに、佐久間獣医科クリニックという文字は確かに存在していた。

「佐久間修って、あの四角い顔のヤツじゃん」

いつの間にか朋が後ろに回り込んで画面を覗いていた。

「こいつの叔父さんが、クリニックの院長なんだぁ？てことは、なに？　院長が偽猟獣を造って、俺たちを襲わせてるわけ？　じゃあ、佐久間修が叔父さんに猟獣の造り方をバラしたとか？」

「少し黙っていてくれ」

個人データ画面を閉じて、甲斐は眼鏡を外した。眉間をきつく押さえる。

いま朋が捲くし立てたことは、すべて甲斐の頭をよぎった内容だった。

佐久間のことは彼が大学三年のころから知っている。もう八年ほどの付き合いだ。猟獣に対して捻じれた想いをいだいてきた自分と違って、彼は極めてストレートに猟獣と向き合ってきた。

「注射にウィルス混ぜたのも、佐久間修なんじゃねぇのぉ？」

「それは井上というブリーダーだったと教えただろう」

「でも、その井上って樹海で自殺してたんだろ？本当のこと分かってないじゃん。佐久間修と井上がグルだったかもしんないし」

「そんなことは……」

致堕性ウィルスの件で、佐久間は富士の研究所でもっとも大変な時期を過ごし、心を痛めている様子だった。その彼が、偽猟獣の製造に手を貸したり、ましてや致堕性ウィルスに関わっていたりするだろうか。

——もし佐久間が関わっているとしたら、それはなぜだ？

『設計した甲斐さんは……すごく重いんでしょうね』

あの言葉は、佐久間も重さを感じているからこそ出てきたものなのだろう。

自分はときおり、朋を消したい衝動に駆られる。自分が傾けてきた膨大な時間ごと、脳が焼き切れそうなほど廻らした思考ごと、愛憎の入り混じった想いごと、そのすべてとともに朋を葬り去りたくなる。

まともな良心が働くほど、強い焦燥感を帯びた自虐衝動は増していく。

「で、確かめなくっていいわけ？」

朋に目を覗き込まれて、ビクッとする。

「あ、ああ、そうだな」

偽猟獣の逃走に使われているワゴン車は佐久間獣医科クリニックのものだったが、それ以上の事実確認はまだできていないのだ。

なににしても不確定要素の多い現段階では、佐久間の立場も鑑みて、うえに報告することはできない。

白衣を脱ぎながら、甲斐は立ち上がる。

「場合によっては、多少、手荒なことになるかもしれないが、大丈夫か？」

「任せろっての」

右目に眼帯を嵌めながら、朋が好戦的に眉を吊り上げた。

佐久間獣医科クリニックは、都内の地価の高い土地に、十一階建ての大きなビルを構えている。高度な施術をおこなう獣医師が揃い、ペットの遺伝子治療をできる研究施設や研究員も擁す。ほかの病院では扱わないようなマニアックな患畜も診るため、全国的に顧客を抱えており、なかには政財界の重鎮もいるらしい。金と権力のある者は稀有なものを所有したがるのだという。

　甲斐はそれらのことを、叔父の病院の話として以前に佐久間修から聞いていた。

　広い地下駐車場に車を入れた甲斐は、停めてある車を見まわす。捜しているワゴン車は、奥のスペースにあった。プレートのナンバーを見る。間違いない。偽猟獣の逃走に使われたものだった。

　その車の陰になるかたちで、ひとつの扉があった。取っ手などなにもない、つるりとした造りだ。すぐ横の壁にリーダーが設置されていることから考えて、扉の向こうにはカードキーを所持する者しか入れない特別なスペースがあるらしい。

　エレベーターで一階に上がる。

「ペットでボロ儲けしてる臭ぇ」

　ハイグレードなホテル然とした豪奢なエントランスホールを眺めて、朋が呟く。甲斐もまったく同じ感想だった。

　胸元に大きなリボンを結んだ受付嬢に、院長に会いたい旨を伝える。その際、法務省の者だと名乗った。猟獣研究は法務省の管轄下にあるから、あながち嘘でもない。甲斐はともかく、朋はとても役人には見えないだろうが。

　法務省と聞いて無視できる経営者はいない。院長はすぐに会うから最上階に来てもらうようにと、受付嬢を介して返してきた。

　エレベーターに乗り込むと、朋がふいに項を摑んできた。そこを指でほぐされて、自分がひどく緊張していることを知る。

「真実がどんなでも、俺だけは甲斐を裏切らねぇんだからさぁ」

　だから大したことないだろ、と言いたげに朋が笑う。

　……こんな場面なのに、いまこの瞬間が、とても幸せなように感じられた。

箱が止まり、扉が横にスライドする。

「……、ああ、甥と同じ研究所の方ですか」

甲斐が渡した名刺をじっと見て佐久間院長が呟く。名刺に書かれている研究所名はバイオ化学系と察することはできるものの、猟銃の文字は当然どこにも入っていない。

「緊急の用件があったので、法務省の人間だと詐称しました。申しわけありません」

「いえ、まぁ、ソファにおかけになってください」

腰を下ろしながら、院長の様子を観察する。

彼は偽猟獣の製造と使役に関与しているのか？

関与しているとしたら、中心的なポジションに違いない。このクリニックの一角に、特殊な研究施設を作ることは充分に可能だ。致堕性ウィルスの研究もここでおこなわれたのかもしれない。

ピンク色のナース服を着た女性スタッフが茶を運んでくる。

「それで、どのようなご用件ですかな？」

佐久間と似た四角い輪郭の顔には豊麗線が深く刻まれており、「心優しい獣医」の見本のような顔つきだ。白髪と黒髪が入り混じってやわらかいグレイに見える髪も、院長の印象をマイルドなものにしている。対面していると、こちらが一方的な勘違いで押しかけたような気分になってくる。

どこまで切り込むべきか量りながら茶をひと口飲もうとすると、横に座っている朋が急に「十円玉見～っけ」と言って身体を甲斐の前に倒した。手にした茶碗が傾ぎ、中身が床に零れる。

「あ、申しわけありません」

謝りながら、甲斐はこの飲み物になにかが混入されていることを確信する。朋は鼻が利くから湯気の香りで異物を察知し、飲まないように零してくれたのだ。

――やはり関与しているのは確かか。

おそらく、受付のところに隠しカメラでも設置してあって、甲斐と朋の外見を確認したのだろう。考えたくないが、佐久間修が噛んでいるなら、主だった猟獣研究者や猟獣のデータは把握しているはずだ。

――その上で最上階の応接室まで招いて混入物のある飲み物を出したということは、私たちが偽猟獣の件を探っていることも把握していると見ていい。

ただで帰す気はないというわけだ。

背筋が緊張に硬くなる。

しかし向こうがその気なら、こちらもストレートに切り込める。

甲斐は首筋に手をやると、さっき朋がしてくれたように指先で強張りを揉んだ。スッと気持ちが落ち着く。

「実はこの数ヶ月、当研究所の業務に悪質なダメージを加えている者がいるのです」

「ほう。警察に被害届は出されましたか？」

「いえ、秘匿性の高い業務ですので」

「それで、その業務妨害とクリニック(うち)になにか関係でも？」

「こちらの所有しているワゴン車が、妨害の際に使用されています。いまも地下駐車場に停めてあるのを確認しました」

まるでよくできたCGのように、院長の慈愛に満ちた表情が、心無い中傷を受けたときのものに切り替わる。

「うちはご覧のとおり、一般家庭で家族の一員として愛されているペットたちの健康をサポートすることに心を砕いている動物病院です。それがなぜ、そちらの秘匿性の高いお仕事の妨害をするのでしょう？」

そこが謎(なぞ)だった。

もし佐久間修が猟獣撲滅を願い、今回のウィルスの件も偽猟獣の件も彼が関与しているものだったとする。そうだったとして、どうして叔父である佐久間獣医科クリニックの院長が力添えをするのか……

ここに来るまでは、甥のある種、潔癖な思想に共感したのかもしれないと仮説を立てていたが、院長とじかに対してみてわかった。

——この男は、思想や感傷では動かない。

損得を数値化し、なによりもそれを優先する、猟獣運営施設の施設長と同じカテゴリーの「経営者」だった。

——経営者が動くとしたら、利害関係に決まっている。

甲斐は断定する声音で答えた。

「技術者と施設を維持できる財力さえあれば、うちの業務をこちらが代行することも可能です。それを狙っての妨害でしょう」

咄嗟に推測できる範囲の答えだったが、的を射すぎていたらしい。院長の顔の見事な統制が崩れた。歪み、頬の筋がピクピクしだす。

「言いがかりだ」

「心当たりがないと？」

「——国家事業に手を出す気など、私は」

「国家事業とは言っていませんが。うちのバイオ化学研究所について、お詳しいようですね」

「そ、それは甥から…」

「部外者によけいな情報を漏らさないように、私から佐久間によく言っておきましょう」

事実が明確になった以上、この場でこれ以上の追及は無用だ。あとは、うえに報告して公的機関を使って動いてもらえばいい。甲斐はゆったりとした動きで立ち上がる。

「今後は、ご自分の専門分野の業務にのみ励んでください」

朋とともに退室し、エレベーターを呼ぶ。

院長が警備員やスタッフを拘束に差し向けてくるのではないかという危惧に、箱が最上階まで上がってくるのがひどく遅く感じられた。しかし、特に妙な動きはないまま、エレベーターに乗り込むことができた。扉が閉じて、甲斐は詰めていた息を吐く。

「おそらく佐久間修は関係ない」

朋が唸る。

「じゃあ、誰が猟獣の造り方を院長に教えたわけ？　猟獣もどきは確かに存在してんだしさぁ」

「だから、それが井上だったんだろう」

「な～んかすっきりしねぇ」

「どこがだ？」

「注射に即死する毒じゃなくてウィルス混ぜたり、偽猟獣に俺たちのこと襲わせたり、やり口が妙にねっちょりしてね？」

言われてみれば、確かにビジネス上の利害関係にしては無駄に悪意的ではあった。

甲斐は考えを廻らせながら、エレベーターの表示階数が減っていくのを見つめる。

地下駐車場は人目がないため、院長が警備員などを使って拘束してこないとも限らない。今日のところは車は放置したまま、客が溢れる一階から脱出するつもりでいた。

デジタルの数字が「1」になる。降りようとドアに近づいたのだが。

「どうして止まらない」

箱は一階で止まらずに、下降を続ける。

「俺たちのこと、やっぱ逃がす気ないからじゃん？」

言いながら朋が眼帯を外す。そして、くだらなそうに鼻で嗤った。

「地下一階も通りすぎたみたいだけど？」

階数指定ボタンはB1までしかない。だが、階数表示はB1の文字が点いたかと思うと、フッと消えたのだった。箱はさらに深くへと下りていく。

朋が甲斐に背を向けて、前に立つ。

箱が止まり、扉が開いていく。明るい。エレベーターホールとガラスで仕切られた向こう側は、ラボになっていた。

「ぁ…」

六頭の偽猟獣を従えた男が、ラボの奥から現れる。

その白衣の男を見た甲斐は、切れ長な目を見開いた。どこかで見たことのある顔だったのだ。記憶を辿る。

「――――与野、さん？」

十一年前、兄の棺に取りすがって号泣していた、眼鏡の男。彼は兄にとって研究所の同期であり、同じく堕ちた猟獣に襲われた研究員のうちのひとりでもあった。与野は命こそ助かったものの、目の前で三人の同僚が絶命するのを目撃したのだ。

猟獣研究に携わるようになってから、甲斐は与野のことを調べた。

彼は事故から二年後に研究所を辞め、獣医に転職していた。そして市井での仕事を介して、先々代のアルファである飛月と因縁を持った。

甲斐もその関係で与野の名前を耳にすることはあった。しかし、こうしてじかに顔を合わせるのは兄の葬儀以来だった。

「君のことは見守ってきたけれど、あまり裕一には似なかったね。裕一はいつも微笑みを絶やさない、温かい情熱のある研究者だった。優れた彼とともに研究に打ち込めた日々は、私の人生でもっとも輝かしい時間だった」

遠い目をして溜め息をつく与野に、甲斐は厳しい視線を向ける。

「あなただったんですか？　その偽猟獣たちに猟獣を襲わせたのも、致堕性ウィルスを撒いたのも」

まったく隠すつもりがない様子で、与野は白髪の目立つ頭を縦に動かした。

「致堕性ウィルスは、ここで開発した。そして、猟獣は壊滅すべきだという同じ考えを持っていた井上くんに、混入を依頼した。高位種に効かなかったのは誤算だったけれどね。高位種はなかなか廃棄にならないから、被験体を手に入れられなかった」

「……既存型の廃棄猟獣はどうやって入手を？」

「内部にいたことのある人間なら、どこに被験体がいるかぐらい容易にわかるというものだよ。あとは金次第でどうにでもなる。ここの院長は、事業拡大に意欲的で、国家事業に参入できるのならと私にいくらでも資金提供をしてくれたからね」

——そういうことだったのか…っ。

現在は国家の関連機関がおこなっている猟獣運営を、民間で代行することを、与野が院長に持ちかけたのだ。そして、この地下研究室を手に入れて、致堕性ウィルスを作り、偽猟獣を造ったのだろう。

「与野さん、あなたの目的はどこにあるんですか？猟獣を運営するところが変わるだけのことなのに——もう一度、猟獣研究に携わりたかったというなら、うちに戻ればすんだ話だ」

「猟獣研究に携わりたい？」

与野は肩を震わせて嗤った。

「こんなもの一頭残らず、もがき苦しんで死ねばいい。……裕一は即死ではなかったんだよ。この腕のなかで激痛にのたうちまわりながら死んでいった。忘れない……忘れるわけがない」

兄の無惨な遺体が脳裏をよぎり、甲斐は身を震わせた。

「……でも、でもあなたはまた、猟獣を造り出してる。現にここに六頭も」

「この六頭は、すべて廃棄猟獣だ」

「目の色が違う」

「君は本当に裕一と違って、頭が悪いね。カラーのコンタクトレンズぐらい、猟獣にも嵌められる。新たな猟獣など一頭たりとも造るわけがないだろう」

「——それでは、佐久間院長のことも騙して？」

「あんな器の小さい男に猟獣の運営を任せたら、さらなる悲劇の始まりだよ。ここの張りぼての設備では、猟獣は間違っても造れない。猟獣などという不完全な生き物は、この世から綺麗に消え去るのが正しい」

与野は市井の獣医という顔の下で、猟獣を根絶やしにする計画を着実に進めてきたのだ。狂気に限りなく近い固執……だが、その固執は自分のなかにもあるものだと甲斐は思う。それこそが自分を猟獣研究に走らせ、高位種を、朋を生み出させたのだ。

「待てよ、おっさん。消え去るのが正しいとかって、なに？」

朋がゆらりと前に出る。

「人間の勝手で造られて、人間の勝手で消されて——そんなん冗談じゃねぇ!!　……俺は生きる……生きて、もっとずっと、甲斐といるんだっ……俺はそのためにここにいる」

与野が冷ややかな薄笑いを浮かべた。

「神の設計から外れた猟獣ごときが、勘違いをして人間のような主張をする。滑稽で哀れで、醜い——お前たち」

与野が六頭の猟獣に視線を向けた。命じる。

「あの高位種を殺せ」

猟獣は堕ちていない限り人語を解する。これまで与野の指示で動いてきたということは、六頭は堕ちてはいないのだろう。それならば、いまの与野の暴言を理解しているはずだ。

——ここまで貶められて、彼らが与野に従うはずがない。

しかし、その甲斐の予測は裏切られた。

六頭の猟獣たちは、一斉に身を低くした。鼻の頭に皺を寄せ、牙を剝く。地を這うような唸りの重層が空間を満たす。

甲斐の横で、朋が腰を折り、腕を前に突き出す。その爪が獣のものに変容し、狼の毛がざぁあっと現れては消える。

六頭がほぼ同時に朋へと襲いかかってきた。朋は跳躍して、空中で一瞬のうちに狼の姿と化した。着ていた服が残骸になり、宙に散る。そして、ラボとの仕切りになっているガラスの壁を蹴ると、弾丸のように一頭の猟獣に襲いかかり、その首筋に噛みついた。噛みつきながら、手だけをにゅうっと人間の形状にして、もう一頭の頭を鷲掴みにする。頭を掴み振りまわされて、猟獣の首から下がちぎれそうに揺れる。そのまま床に叩きつけられ、ギャンッと啼き声を上げる。

さすがに完全に戦闘モードに入っている高位種の力はすさまじく、猟獣たちは次々にガラスや床に叩きつけられて失神していった。

甲斐は慌ただしく周囲に視線を走らせる。エレベーターはほかの場所から動きを制御されているらしいから、使えないと踏んだほうがいいだろう。それならば階段で地上に出るしかない。

——駐車場のワゴン車の近くに、カードキーで入れるらしい扉があった。

あそこに、この地下に続く階段があったのではないのか。地下駐車場とラボの配置を頭のなかで重ね合わせる。ワゴン車のあったあたりを見ると、そこに扉があった。

五頭目の猟獣が床に伸びる。朋も怪我を負っていたが、深手ではない様子だ。六頭目を片づけて人型となって立ち上がった朋に地上へのルートを告げようとしたときだった。

倒れている六頭の猟獣たちが、ふいに身体を大きく反り返らせた。意識を取り戻した彼らは、よろつきながら四本足で立ち上がる。そしてふたたび一気に朋に襲いかかった。

朋が瞬時に、人間のもろい肌を狼の毛で鎧(よろ)う。そうして、ふたたび一頭ずつ床に沈めた……しかしまた、六頭は痙攣(けいれん)を起こして立ち上がる。口から舌と涎(よだれ)を垂らし、引き攣った動きで朋へと向かっていく。

甲斐は荒げた声で与野に問い質した。

「まさか、チップを埋め込んだのか？」

痛覚を刺激するチップを体内に埋め込んで猟獣を支配する。それは研究所でも高位種対象にもちいることが検討されている方法だった。与野はまさしく、それをこの六頭におこなったのだ。ずっと白衣のポケットに入れてある手で遠隔操作のリモコンを操っていたのだろう。

「っ、やめろっ」

甲斐は与野に飛びかかった。仰向けに倒れた与野に馬乗りになり、リモコンを取り上げようとする。

与野が喚く。

「君はなぜ、猟獣の味方をするっ？　裕一を殺した猟獣が憎くないのかっ？」

兄のことを持ち出されて、胸が苦しく痛む。でもそれ以上に、響いてくる朋の呻きに胸を擂り潰される。

十一年前、自分も与野も、甲斐裕一を殺した猟獣という存在を憎んだ。

与野はひたすら猟獣を憎みつづけ、痛めつけて滅ぼす方法を模索してきたのだろう。

だが甲斐は、憎むのと同じぐらい猟獣という存在そのものに惹かれていった。愛憎はひとつに絡まり合い、新種の猟獣を生み出した。

そして自分は朋という個体との深い結びつきによって、心を変えられた。

「私は――」

胸に重くつかえていた想いが、かたちを結んで溢れた。

「私は朋を失えない」

それが、朋に対する、高位種に対する、猟獣に対する、十一年かけて辿り着いた自分なりの答えだった。

迷いが失せる。甲斐は与野の喉をグッと摑んで絞めた。与野が身体をビクつかせる。彼の手から転がり落ちたリモコンを奪う。

「朋っ！　仕切りの向こうの右手前の壁だっ」

朋が太腿、脇腹、腕に牙を喰い込ませている猟獣を一頭ずつ引き剝がして、打ち捨てていく。さすがに満身創痍のありさまだ。

ドアのところまで走る。外に出るぶんにはセキュリティガードがなく、ドア横のスイッチでドアが自動的にスライドする。思ったとおり、上り階段があった。それを上りきった先の扉から出ると地下駐車場が視界に広がる。地上へと続くスロープへと走った。

外の光へと向けて――だが、その光は急速に狭まり、完全に遮られた。シャッターが下ろされたのだ。ふたりでなんとか開けようとするが無理だった。

「一階から出るしかない」

駐車場の奥へと向かっていくと、エレベーター横にある一階への階段の前に、人影があった。与野だった。大きな銃をのったりとした動きで構えていく。

駐車場に轟音(ごうおん)が反響した。

甲斐は右足を激しく掬(すく)われるような体感を覚える。ドッと身体が床に転がった。

「甲斐っ」

朋が動転して横にしゃがみ込む。

「……く、掠った、だけだ」

立ち上がろうとするが、右足首にもげそうな激痛が走る。ふたたび銃声が上がる。甲斐のすぐ近くのコンクリート床が火花を散らす。与野が猟用ライフル銃を構えたまま、近づいてくる。その銃口は甲斐へと向けられていた。

「なぜ、裕一を裏切れる？　なぜ、殺しのための道具を庇(かば)う」

猟獣——猟銃。ターゲットを殺すための道具として、造られた。

再度、引き金を引こうとする与野に、朋が飛びかかった。仰向けに倒されながらも、与野の凶器が弾丸を吐き出す。

「朋っ！」

取っ組み合ったふたりがゴロゴロともつれながら右に左に転がるせいで、状況がよく把握できない。ふいに短い唸り声が響いた。ふたりの動きが止まる。

「ぁ…？」

朋の身体が下になっていた。その上に被さるように与野が乗っている。与野の身体がビクンビクンと跳ねた。彼の手から、猟銃が落ちる。

与野の下から這い出た朋の口は血だらけだった。それが獣の舌なめずりで拭われる。

「甲斐、行こっ」

駆け戻ってきた朋の腕に抱き上げられる。

与野は首筋を血だらけにしながらも、呼吸はしっかりしていた。どうやら朋はあえて急所を外したらしい。与野の横を通り抜けるとき、呟きが聞こえた。

「私は人間を、裕一を、守りたかった、のに——どうしてだ?」


朋が軽やかな足取りで、階段を駆け上がっていく。

佐久間獣医科クリニックの一階は、ペットを連れた人間たちで溢れていた。銃声とまではわからなかったものの、地下からすさまじい音が聞こえたせいだろう。身綺麗にしたセレブらしい女性たちがペットを抱えて取り乱すのを、スタッフや警備員が懸命に落ち着かせていた。

そのロビーに三十路の眼鏡男を抱きかかえた裸の若者が忽然と現れたのだ。若者は変わったオッドアイで全身傷だらけだ。

いくつかの鋭い悲鳴が上がったものの、若者のすこぶる魅力的な顔と裸体に、すぐにそれは感嘆含みのものに変わっていく。

悠々とエントランスに向かいかけていた朋がふと立ち止まった。

「あーっと、裸で外出たらまずいよな」

朋はいったん甲斐をソファのうえに降ろすと、病院の窓にかかっている、やわらかなドレープが寄せられたレースのカーテンをむんずと掴んだ。フックから引きちぎった薄布を身体に巻きつけて、ふたたび甲斐を抱き上げる。

地下の顚末(てんまつ)をモニターで見ていたのか、院長が警備員数名に囲まれながらロビーに走り込んできた。

しかし、客たちの前で「心優しい獣医」の仮面を外すわけにもいかず、また警備員たちに捕獲を命じるには場の空気が妙になごんでしまっていた。

「すげぇ、いい天気」

エントランスから外に出たとたん、真昼の空の青さにまっすぐ顔を照らされた。

男を抱えて、かすかに肌色が透けるレースをふわふわさせながら走っていく若者の姿に、道行く人たちは唖然として足を止める。

朋が嬉しくてたまらない様子で言う。

「甲斐、覚えてる？　前にどっかの街でこんなの見たの。新郎が新婦抱えて走ってたよなぁ。ちょこっと憧れてたんだぁ」

憧れるのはいいが、ずいぶんいろいろとシチュエーションが間違いすぎている。

甲斐は溜め息をついて、視界を青で埋める。

朋の無邪気さが愛しくて眩しくて——もの哀しかった。


佐久間獣医科クリニックから戻ったのちは、大騒動だった。すぐに法務省にも報告が回って、クリニックに警察が立ち入ることになったが、猟獣絡みという特殊案件のため公安が動いた。

与野は地下室で噛み傷だらけの遺体で見つかった。その周りには射殺された五頭の猟獣がいたという。消えた一頭が与野に致命傷を与えたらしかったが、もしかすると与野はみずから望んで猟獣の牙で死んだのかもしれないと甲斐は思った。裕一と同じ最期を望んだのではないかと……。

与野の死は、「野犬」によるものと公式の書類には記された。与野にそそのかされた佐久間院長は、しばらくのあいだ国家の厳重な監視下に置かれることになった。

叔父の件で、佐久間修はひどいショックを受けていた。彼の処分については繰り返し会議で話し合われたが、すべて与野の陰謀であり、佐久間修はいっさい関与していないと甲斐が上層部を説得したことによって、責任は不問に処された。

しかし、今回の一連の事件は甚大な被害を猟獣プロジェクトにもたらしたものの、猟獣の取り扱いを根底から見直す得がたい機会になったのもまた事実だった。

廃棄認定され被験体となっていた猟獣たちはすべて富士の研究施設に戻され、再訓練を受けることになった。猟獣を選抜して使い捨てるのではなく、現場に出られるように教育する方針に切り替えられたのだ。それは富士研究所のブリーダーやスタッフたちから自然に上がった強い要望だった。

猟獣プロジェクトは実用開始から十一年にしてようやく、国家の必需機関として地に足をつける段階にいたったわけだ。

「甲斐、溺れかけてるって」

首根っこを引っ張られる痛みで目が覚めた。うっかり湯船で眠り込んでしまっていたらしい。

「ああ、すまない」

この半月ほど新体制を整えるために多忙を極めていたせいで、こうしてゆっくり湯船に浸かるのも久しぶりだった。温かい湯に身体を心地よく締められて、身も心もすっかり弛緩してしまっていた。

「久しぶりだから身体を磨き抜いてくれてんのかと思って待ってたら、これだもんなぁ」

バスタブの縁に肘をついて、朋が左右交互に頬を膨らませる。

「眠いなら寝ててもいいからさぁ、シテいい？」

「――。とりあえず上がるから、バスタオルをくれ」

「俺が全身舐めまわして乾かしてやろっか？」

そんなくだらない提案にぞくりとしたものを感じてしまった自分に、甲斐は苦笑いする。朋の顔に湯を投げつけて目くらましをかけて、バスタブから出る。洗面所で身体を拭いていると、後ろから抱きつかれた。半袖から伸びる腕には、まだ青いしなやかさがある。

臀部に下腹が押しつけられる。朋の穿いているジーンズ越しにも、露骨な硬さがなまなましく知れた。

身体が内側からざわついて仕方ない。後ろに回した手で朋の腹部を押して退けようとすると、その手首をギュッと摑まれた。湯で火照った肌よりも、朋の手は高い熱を帯びていた。

腕を背中で軽く捻じられる。身体が前によろけて、左手を洗面台につく。バスタオルが床に落ちた。曇り避けが作動している鏡に、ふたりの姿が映り込む。ナルシストではないから、自分の裸などまともに見ることなどない。どうにも、いたたまれない心地になる。

鏡のなかで朋の顔が深く傾けられた。

耳の下に鼻が寄せられ――自分の匂いが剝き出しになっていることに気づき、甲斐は大きくもがいた。

「だめ……ダメだ…っ」

左右の色が鏡で入れ替わった黒と金の眸に、上目遣いで見つめられる。

「なんで？　まだ俺に隠しときたいこと、あんの？」

「それは……」

「俺は、俺の気持ち、ちゃんと甲斐に差し出してんじゃん。だから、甲斐の気持ちも、俺に差し出して？」

いつまでも子供っぽさが抜けないと思っていたのに、それがいまや若い雄の甘える色香となって、神経をねっとりと締めつけてくる。

抱き込むかたちで前に回された朋の左手が、甲斐の顎の輪郭に添う。やんわりした力で右の首筋を伸ばされた。物理的には抗えるはずなのに、抗えない。

耳の下の肌に、鼻が押しつけられた。

深く匂いを吸い込まれたとたん、身体がビクンと跳ねた。逃げたくなる。

「すげぇ、たまんない匂い」

スンスンとさらに首筋を嗅がれる。

「へぇ、そうなんだ？」

いったいなにを読み取ったのか。鏡のなかで朋がほくそ笑むのに、奇妙な羞恥と焦りを覚える。それに、怖い。自分がなにをどう考えているのか、わかっているようで、本当のところはわかっていない気がする。

自分自身でも知らないうちに目をそむけている醜さや弱さは、きっといくらでもある。

「もういいだろう」

「まぁだ」

変な感情を探り当てられたらと思うと、息苦しくなってくる。そんな不安まで嗅ぎ取ったのか、朋が耳腔（じくう）に唇をつけて囁く。

「大丈夫。俺はどんな甲斐も大好きだから」

そう言われても追い詰められるような感覚が、嗅がれるたびに湧き起こってくる。洗面台の縁をきつく握り締めて、耐える。乱れる吐息を殺すために、幾度も下唇を嚙む。

鼻筋で肌をするするとこすられた。

「甘い匂い、してきた」

「……甘い匂い？」

朋の左手が顎から喉へと流れる。胸を撫でまわされた。人差し指で乳首をキュッと押さえられる。しこった粒が肌に沈む。指先がくにくにと小さな円を描く。その微細な刺激に、下腹の茎が甘く疼いた。

焦点を結ばないようにしていた、鏡に映る自分の姿をおそるおそる見る。

「……ぁ」

匂いを嗅がれながら胸をいじられているだけなのに、すでに性器は反り返っていた。爪の先で乳頭をカリカリとこすられれば、長い茎がしなり、先端の縦の目が蜜で光りだす。

「甲斐って、やらしぃ」

朋は甲斐の右手首を手放すと、ジーンズの前を開いた。

なまの性器が尾骶骨に押しつけられる。猛々（たけだけ）しい勢いに、甲斐の腰が前に逃げる。閉ざす双丘のあいだに、握り支えられたものが押し込まれる。亀頭で底を忙しなく探られる。粘膜への窪（くぼ）みに蓋をされるような圧迫感が起こる。

「なに、一生懸命閉じてんの？」

「ふ…っ」

きつく窄んでいるところに先走りを塗りたくられる卑猥さに、粘膜の深い場所が震える。

――……なかを……拡げて、欲しい。

思わず願ってしまったことを朋に嗅ぎ取られる。

「甲斐、自分で尻、開いて」

そんなまねはしたくない。したくないけれども、本当はそうしてしまいたいのだと、もう朋には見抜かれているのだろう。

甲斐はぎこちなく、両手を自身の臀部へと這わせた。そこに十本の指先を食い込ませて、わずかに狭間を開く。

「ちゃんと腰、突き出してよ」

胸の粒を抓り上げられて、腰が跳ね上がる。露わになった後孔にニチュ…ニチュ…と強張りが押しつけられる。押しつけられるたびに窄まりがわずかに開いていく。それでも半月ぶりのそこは、朋の大きな先端を含めるほどには開ききらない。襞が半端に引き伸ばされて、わななく。

「ぁ、……あ…く」

いまにも抜けそうなもどかしい接合に、甲斐の勃ったものは先端から大量の蜜を漏らす。

「ヤバい――この匂い、頭オカシクなりそ」

朋がたまらないように首筋を甘噛みしだす。胸の小さな尖りを根元から先端へと、指が小刻みに扱き上げる。

身体が強張りだして、後孔も収斂する。ニュプ…と亀頭が押し出されるように抜けた。そこの粘膜が奥深くまで狭まっていく。

「ぁ…あ」

その締まりきった場所に、朋のものが無理やり押し込まれる。

「――――、!!」

甲斐の性器が跳ね、白い粘液を蛇口の金具へとかけた。

「っ、あ、また弾かれちゃった……甲斐、締まりよすぎぃ」

剝き出しの脚がガクガク震える。

「眼鏡眼鏡」

朋は置かれていた眼鏡を甲斐にかけさせると、背後から腹部を両腕で抱えてきた。「よぉいしょ」というふざけた掛け声とともに洗面台から引き剝がされる。

「と、朋っ？」

そのまま方向転換させられて、寝室へと歩かされた。

甲斐を背後から抱えたまま、朋はベッドへと腰を沈めた。ずるずると広いベッドの真ん中まで移動する。ようやっと腹部の腕がほどけたかと思うと、甲斐を腰に座らせるかたちで朋が仰向けに横になる。

上げかけた腰を摑まれた。

「このまま、自分で挿れてよ」

「くだらないことを…」


「俺とやらしいコト、したくてたまんないくせに」

グッと言葉に詰まる。匂いというかたちで剝き出しの欲望を読まれてしまったのだ。自分は本当は、これまでよりもっと淫らな行為を望んでいるのかもしれない。

性器の付け根が疼きだす。臍の奥の粘膜が、大きく拓かれたがって震えた。

なかば暗示をかけられたようになって、甲斐は開いた腿のあいだから突き出ている朋の生殖器官を握った。見慣れているはずなのに、やはりその大きさに圧倒される。

「っく」

みずからの孔に熱いものを重ね、嵌めていく。

さっきの行為でいくらかほぐれたらしく、なんとか張った部分が襞を通り抜ける。ベッドに投げ出されているジーンズに包まれた朋の脚が、興奮にバタつく。

「すげぇ。入ってくとこ、丸見え」

言葉に、ビクッと腰が跳ねる。やめたくなったけれども、朋はそれを許してくれなかった。甲斐の両脚の付け根の内側を、熱い手がさすり、さらなる挿入をせがむ。

見られている背中や臀部の素肌が、接合部分が、ヒリヒリする。

「ぁ……う…、っ――ぁぁー…」

腰を少しずつ落として、ペニスを含んでいく。臍の奥まで割り拡げられる感覚に、甲斐はくぐもった声を漏らす。臀部が朋の肌と隙間(すきま)なくくっつく。背中を丸めて体感に耐えていると、朋が脇(わき)の下に腕を入れてきた。

「朋？　……ああっ」

羽交い締めにされて、甲斐もまた仰向けの姿勢を取らされる。朋の性器が腹側の粘膜を圧してくる。前立腺(ぜんりつせん)をもったりと押されて、鳥肌が立つ。

しかし、甲斐に衝撃を与えたのは、もっと別のものだった。

犯される自分の姿が、天井にあったのだ。どういうことかすぐには理解できず、呆然と凝視してしまう。華やかな丸みなど、どこにもない男の裸体。その人の字に開いた脚のあいだには太い陰茎が入り込んでいる。……同性の性器を含んで、下腹の茎は先端の切れ込みを天井へと露わにして腫れきっていた。

「あぁ、最高。鏡つけてもらってよかったぁ」

そう。鏡だった。寝室の天井一面が鏡張りにしてあったのだ。四隅のダウンライトの部分だけ、鏡が丸く刳(く)り貫(ぬ)かれている。

「――これは、いったい」

朋が下から腰を突き上げだす。

「特注でつけてもらったの。毎晩この鏡見て、どんなふうに甲斐とヤろうかってハァハァしてたんだぁ……っ、ん、んっ――ちょっと、甲斐んなか、きつすぎ」

「や…やめろっ」

起き上がろうとするのに羽交い締めが緩まない。

首筋の匂いを嗅がれる。

「大丈夫。嫌がってない」

勝手な判定をして、朋が大きく腰を使いだす。裏の芯で弱い場所を立てつづけにこすられて、甲斐は身悶える。

「ぁ、っ、そんな、に——そこ、ぁ…あ、っうぁ」

訴えが喘ぎに流れてしまう。

なんとか繋がりを抜こうともがく腰に、朋が繰り返し深々と入り込む。その動きが次第に小刻みになっていく。

腹部のなかの性感帯が内壁のすべてへと拡大していく感覚に、甲斐の粘膜は波打ちだす。朋が動くたびに果ててしまいそうな激しい痺れに襲われる。

「ああ、ヤバい、イキそ」

朋が余裕を失った声で呟く。

腰が浮き上がるほど、小刻みに突かれていく。

「甲斐っ、あ、ぁぁ、っ……う、ぁああっ」

腹の奥に奔流を感じながら、甲斐もまた下腹で快楽が溶けるのを感じる。しかし、鏡に映るそこはヒクヒクと震えるばかりで、一滴の白濁も漏らしていなかった。そのせいなのか、快楽の波が引いていかない。

過敏になったままの粘膜から、ずるずると陰茎が引き抜かれる。抜けきる瞬間、甲斐は「ぁあ、っ」とわずかに不満がる声を上げてしまった。

背中の下から這い出た朋が、着ているものを破かんばかりの勢いでもがき脱ぐ。括られた髪がほどけた。

汗ばんだしなやかな肉体が圧しかかってくる。ところどころ灰色が入った髪をうざったそうに掻き上げながら、朋がキスをしてきた。唇の表面が潰れ合う。どちらのそこも同じぐらい熱くて、癒着してしまいそうだった。腫れた唇を吸われるだけで、治まらない劣情が破裂しそうになる。

顔を深く重ねたまま、朋の手が荒っぽく甲斐の両脚を押し開く。

「ン――ん」

わななく体内を、また朋のかたちに拓かれていく。なかに出された精液が潤滑剤となり、抵抗なく根元まで嵌められる。飢えていた腹腔(ふくこう)を満たされて、甲斐は悦(よろこ)びを覚えた。性欲をまったくコントロールできなくなっていた。

「なぁ、甲斐」

やはり自制が利かなくなっている様子で、朋が訊いてくる。

「シテいい？」

「あ？　……ああ」

「少しずつ、するな」

すでに挿入はすんでいるし、もう一度性交をするだけのことなのに、なにを慎重になっているのかわからない。

朋の十代の若者らしい張り詰めた背中に、甲斐は腕を回す。素肌がきつく重なる。そうして、力強い抽送が始まるのを待ったが――。

「ん…」

体内に違和感を覚えて、甲斐は眉を歪めた。気のせいではない。内壁の圧迫感がどんどん増していく。

「と、朋」

激しく隆起している朋の肩胛骨を摑む。

「なにか……おかし、い」

「甲斐、きつ、い――もっと緩めて、くんないと」

朋の手が膝裏に入ってきて、極限まで腿を押し開く。そうされると自然に後孔の口が伸びて緩む。緩んだはずなのに、すぐに浅い場所がぎっしりと重たく張る。驚いて腰を引こうとしたが、わずかも性器を抜くことができない。

いまや、違和感などという可愛いレベルではなくなっていた。明らかな異変が、朋のペニスに起こっている。

「なんで、こんな、大きく…っ、ぅ」

痛みと苦しさと熱さとで、呼吸まで強張る。

混乱しながらもなにが起こっているのか必死に把

握しようとする。体内いっぱいに拡がっている器官は、巨大だが表面はやわらかさがあるようだった。甲斐の粘膜にもっちりと密着している。そして根元のところには大きな瘤のようなものがあって、粘膜を壊さんばかりに引き伸ばしていた。

――……、……まさか。

耳元に、ハッ、ハッ、ハッと荒い獣めいた呼吸が吹きかけられる。

「とも、朋っ、元に……元に戻すんだっ、壊れるっ、ぁ、ぁあ」

顔を上げた朋が、ぬるぬるに潤んだ眸で見つめてくる。

「甲斐が、したがったんじゃん」

「そんなわけ、ないだろうっ――早く、早く人間のものに」

朋が詰るように軽く腰を揺らした。それだけで、身体が内側から破裂しそうになる。

「想像してたくせに」

「…………」

「狼の俺とヤるとこ想像してただろ。狼のペニス突っ込まれたらどんなだろうとか、さぁ」

羞恥に、意識が焼き切れそうになった。

決して詳細をリアルに想像していたわけではない。ただ、渇望を覚える瞬間があるのだ。

――人間の朋も、狼の朋も、この手で造り出した朋という存在のすべてを自分のものにしたい。

「甲斐、ちゃんと望みを叶えてやるからさ。自分で脚、持って」

甘ったるい声に誘惑される。

深い躊躇いののちに、負けた。甲斐は自身の膝裏へと手を差し込んだ。

朋が甲斐の両脇に手をついて上体を反らす。甲斐のあられもない姿を見下ろして、満足げに目を細める。そして、ゆっくりと性器以外の場所も変容させていく。なめらかに張った肌が黒とグレイが入り混じった狼の毛に覆われていく。骨肉が刻々と造りを変え、人のかたちを失っていく。

痛みをともなわない変容の様子は、易々と摂理を踏み越える万能感に満ちていた。

不遜（ふそん）を承知で、自分は神の設計（インテリジェント・デザイン）を成し遂げたのではないかという陶酔を覚える。

朋の存在に苦悩を覚えてはいるが、それも含めてすべてを担う覚悟ができたいま、朋のことが誇らしい。

「朋…」

美しい狼が、自分を犯していた。

黒と金の眸に見つめられる。荒々しい吐息が首筋にかかる。匂いを嗅がれ、大きな舌で肌を舐め上げられる。

「ぁあ」

天井には、みずから脚を開く男と、その男に覆い被さる大きな狼の背が映っていた。狼の腰が交尾の律動に揺れはじめる。長くて立派な尻尾（しっぽ）がバサバサと振りまわされる。


体内がひどく濡れているのは、狼特有の大量の先走りのせいだろう。卑猥な音が結合部分から絶え間なく漏れる。獣の性器と内壁が吸いつくように癒着している。根元の瘤のために抽送もままならないまま、身体全体を揺さぶられていく。

「う、あっ、ぁ、あ——っ、は…ぅう」

初めての体感に、声が止められない。なかの弱いポイントを引き伸ばされ、きつく圧されつづけていた。呼吸がまともにできず、甲斐の唇は半開きのまま痙攣する。

その唇を狼の舌が舐める。爛（ただ）れた欲望に、甲斐もまた唇から舌を差し出す。腫れた舌を異種の舌に激しく嬲られる。

意識を飛ばしそうになりながらも、甲斐は自分が勃起して、壊れたみたいに先走りを溢れさせているのに気づく。

強張った性器が獣の腹部の被毛に濡れ包まれ、こすられていく。

人間のものではないぬくもり、匂い、存在感、律動。すべてがやたらに愛おしく感じられて、甲斐は狼の身体に両手を這わせる。ごわつく毛を撫で、交尾に夢中になっている肉体を抱く。

——朋……この姿も含めて、私の造った朋のすべてだ。

いまや朋の尻尾は、快楽と悦びを剝き出しにして、ちぎれんばかりに根元から振られていた。

狼の熱い舌がしきりに胸を舐めまわす。乳首ごと、舌の広い面でこすられていく。

犯す律動がいっそう切羽詰まったものになる。

意識しないままに、甲斐は自分の腿を極限まで開いていた。鏡に映る姿をみっともないと思う余裕すら、完全になくなっていた。

繫がっているふたつの器官が、ひとつの器官になったような錯覚に陥る。

宙に浮いた脚が、獣の荒々しい動きのままに揺れる。ひと揺れごとに強張っていき、ガクガクと震えだす。

「ぁー……あーっ…」

内側から圧されて、粘膜が不可能なほど開ききる。まったく締めつける余地もないのに、それでも体内が懸命に収斂する。

性器を押し潰されて、朋が短く立てつづけに吼えた。

「と、も……朋っ」

終わりを教えて、もどかしく促す。

「出すんだ、早く——早く」

朋は命令に従った。

身体の奥底に大量すぎる獣の生殖液を流し込まれながら、甲斐の性器もまた熱くて重い波に貫かれていった。

エピローグ

研究塔の窓から見下ろすと、ちょうど黒髪の青年が施設の門を出て行くところだった。青年を待ち侘(わ)びていた様子で、制服姿の少年が駆け寄る。ふたりは真昼の路上で、見ているほうが恥ずかしくなるような熱い抱擁を交わす。

引退した猟獣の飛月と、彼を引き取った由原尚季(ゆいはらなおき)だ。

月に一度投与すると堕ちにくくなる薬剤を、飛月にも三ヶ月前から注射している。今日はその投与日だったのだ。

窓枠に肘をついて、いちゃついている異種族カップルを眺めながら、朋が呆(あき)れたように言う。

「あれって狼じゃねぇよなぁ。駄犬だよ、駄犬」

「それなら朋もけっこう駄犬だがな」

椅子に座りながら甲斐はこっそり呟く。

「ん、なんか言った?」

「いや、なにも」

朋がちょっとムッとした顔をしてから、にやりとする。

「いいけどぉ。どうせ夜になったら嗅ぎまくりだし」

ふたりで過ごすプライベートタイムには、耳の下にスプレーをしないことが、いつの間にか約束事になっていた。初めて朋に匂いを嗅がれてから半年ほどになるが、甲斐はいまだに心の奥底まで暴かれる行為に緊張する。緊張して、なぜか異様に昂(たかぶ)ってしまう。

「堕ちたヤツを元に戻す薬も、研究進んでんだよな?」

「ああ。研究所のブレーンがフル稼働で、ようやっと試薬の目途が立ちつつある」

「んじゃ、壱朗もそのうち復帰かぁ」

壱朗はいま、以前と同じように次朗と同室で生活している。次朗といることによって、精神が良好に保たれるからだ。

さっきの飛月が引退後に堕ちずに過ごせていたことを考えても、猟獣にとって「番」と思える相手と過ごすことは、精神の防波堤になるのだろう。

「……そういえば、睦月の致堕性ウィルスはどうなっただろうな。月貴と、ロシアに向かう船に乗っていたらしいという情報は入ってきたが」

「なら、ロシアにいるんじゃん」

「睦月は確実に堕ちているだろうから、なんとか探し出して治療しないとな。月貴といるのなら、精神が保てている可能性は高い」

朋がくるりと身体を返して、不思議そうな顔をする。

「なんで?」

「え?」

「なんで治療する必要あんの?」

「人型に戻してやるために決まってるだろう」

「傲慢(ごうまん)」

ポンと言葉を投げつけられた。意味を図りかねて眉をひそめると、朋が少し乱暴な調子で言いなおす。

「見つけて、本人たちが治療してほしいって言うならすればいいけど、『戻してやる』ってさぁ。その、人間でいたほうが絶対にいいとかって考え方、すげぇ傲慢じゃねぇの?」

「…………」

甲斐は、頬をきつく打たれた心地だった。

「俺や飛月は番が人間だから人型って大事だし意味があるけど、月貴と睦月は狼同士でだって、きっとちゃんと幸せだろ」

ロシアの広大な大地を寄り添って走る、白銀色の狼と、小柄な焦げ茶色の狼の姿が、甲斐の脳裏に鮮明な像を結ぶ。

——猟獣は……私たち人間より、多くの可能性を持っている。多様な生き方ができる。

そんな簡単な真実に、どうしていままで気がつかなかったのだろう。甲斐は静かに自嘲(じちょう)し、朋を見上げた。

「本当に、私には朋が必要だな」

「なぁに言ってんの？　そんなん当たり前じゃん」

朋は早口で言うと、照れたものか、窓の外へと視線を向ける。

光を浴びている立ち姿は、人でありながら動物特有のしなやかで強かな魅力を備えていた。

見惚れながら、甲斐は改めて決意する。

——猟獣を守るために、なんとしてでも上層部に行かないとな。

ずっと一介の研究者であることに満足してきたし、出世欲も皆無だった。

だが、与野正彦と佐久間獣医科クリニックの件でわかったのだ。スキルのある研究者さえ引き抜けば他所でもいくらでも猟獣を造り、死刑代行業務をおこなうことはできる。

——それならば、うちがやるべきだ。

猟獣が心身を安定させて働けるシステムを構築したい。

そのためには、少しでも出世して発言権を強めなければならない。

自分たち人間は容易に傲慢になる。それぞれの欲得に目がくらみ、過ちに気づくのに時間がかかる。

この猟銃プロジェクトも、さんざん遠回りして猟獣たちを無駄に傷つけて、いまようやっとあるべきかたちを見つけはじめているのだ。


「甲斐」

呼びかけられて目を上げると、朋がうずうずした顔をしている。構ってほしくて仕方ないのが全身から伝わってくる。

甲斐はくすりと笑って、眩しい窓を背にしている朋へと大きく腕を広げてみせる。

「抱っこ、するか？」

髪が跳ねるほど大きく頷いて、朋が飛びついてくる。

よく育った身体が、跨るかたちで膝に乗る。

あやうく椅子ごと後ろに引っくり返りそうになって、咄嗟に横にあるデスクの縁を摑み、なんとか重心を立てなおす。

「……本当にいつまでたっても」

朋がぎゅうっと抱きついてくる。耳と耳が、互い違いにきつく重なる。

「父さん」

「――――」

その呼び方を朋がするのは久しぶりだった。

「俺、甲斐がすげぇ好き……けど、仕事するたんびに、甲斐はこんなことのために俺を造ったんだって思い知らされてさ。惨めだった」

以前の朋は、実務から戻ってくるたびに「ただいま、父さん」と言っていた。そこに籠められていた訴えを、いまさらに知る。

「惨めだったけど、甲斐といられんなら、犯罪者なんて何千人だって何万人だって殺してやるって思った。現場見た一般人がいたら、そいつも殺してやろうって。そうしなきゃ、甲斐のとこに戻れないから」

でもたぶん、朋はいまだ目撃者を牙にかけたことはない。

朋の仕事をした周辺で該当死体が出ていないのは調査済みだったし、なによりも与野と対峙したときのことが確信になった。朋は与野の命を奪わない選択をした。それが朋の価値観なのだ。

高位種が殺人に対する心の痛みを感じない傾向にあるのは、後続の高位種たちを見ても明らかだ。

それでも、良心と罪悪感を育むことはできる……人殺しのために造っておきながら罪悪感を育むなど矛盾していて残酷なようだが、それでも必要な感情なのだ。与野のようにチップを猟獣に埋めて支配する方法は間違っている。

――人間だって意識して育まなければ、良心は育ちそこなう。それがこの、犯罪に満ちた現実だ。

「つらい仕事をしてもらって、本当にすまない。だが、いましばらくはどうしても君たちの力が必要だ。

だからせめて、最善のシステムを作り上げよう」

　いつか凶悪犯罪を減らせる日が来たら、それは猟獣という存在が終わりを迎えるときだ。

　人間の都合で造り出し、人間の都合で終止符を打つ。あまりに身勝手な話だ。

　しかし、それでも。

　肩の関節が痛むほど腕を伸ばし、朋をきつく抱き締める。

「私も朋と、いつまでもいたいんだ」

　朋が鼻を鳴らして、身体を震わせる。

　初めて小さな仔狼の朋を抱き上げた日のことが、温かく思い出されていた。

あとがき

こんにちは。沙野風結子(さのふゆこ)です。

本作は「獣の妻乞い」で脇キャラだった月隠りカップルと、新キャラの伽人(とぎびと)カップルの、二話構成です。月隠りカップルを書くにあたってどういうかたちにしようか悩んだのですが、まとまり悪くても出会いから書きたかったので、書きたいシーンを詰め込んでいきました。なので、妻乞いの時系列と途中嚙んでいます。伽人は、月隠り後の話です。果たして月隠りのあとの月貴(つきたか)と睦月(むつき)はどうなったのか…は、このあとがきのあとに収録してあるSSをご覧ください。

イラストをつけて下さって実相寺紫子(じっそうじゆかりこ)先生、ありがとうございます。月貴も睦月も妖しいまでに麗しくて、狼バージョンもリアルに美しくて、眺めるたびに感動です！

担当様、作中で私が楽しく書いたシーンをキャッチしてくださって、嬉しかったです。これからもよろしくお願いいたします。

そして、この本を手に取ってくださった皆様に感謝を。妻乞いカップルのラストの感じを気に入ってくださった方には今回の救済ラストはどうなのかな、とも思いますが、前作からずいぶんと時間もたっているので、そろそろ幸せにしてやりたかったのでした。

猟獣たちやブリーダーたちのことを読んでくださって、ありがとうございました。

＊沙野風結子＊http://www.kazemusubi.com

獣の魔法

◇　◆　◇

丸窓に灰色がかった波がざんぶとかかる。巨大な掌のうえで嬲(なぶ)られているかのように、船体が揺れる。

月貴(つきたか)は緑青色の眸を丸窓から自分の膝へと移した。

焦げ茶色の獣の頭部がそこにある。その鼻筋の短い毛を親指でそっと撫でると、獣が琥珀色の眸で見上げてきた。

愛しい獣と見つめ合ったまま月貴は口を開く。

「二年前にロシアに逃げてからほどなくして、睦月(むつき)は完全に堕ちました。初めのうちは俺も一緒に堕ちてしまおうと考えていたんです。睦月と同じ速度で年を取って、獣としての短い命をまっとうする……それで、いいと」

ソファに座っているブリーダーの甲斐(かい)が、相槌代わりに眼鏡の位置を正す。

猟銃研究所の上級研究員である彼は、月貴と睦月に帰国を促すため、わざわざ異国の地まで足を運んでくれたのだった。

「俺も獣の姿で過ごしました。ふたりで冷たい大地を駆けまわり、野生動物を捕食しました。狼として生きるのは、自然と一体化する大きな悦びを俺たちに与えてくれた」

「でも、君は人間に戻った」

「――睦月が酷い怪我を負ったんです。睦月はこのまま終わりになってかまわないと言いましたが、俺は耐えられなかった。人間に戻ればあらゆる手を尽くして助けられると思ったら、戻らないではいれなかった。俺は一介の獣として生きることを享受(きょうじゅ)できなかったんです」

　いっそ、自分も堕ちてしまっていたら選択の余地もなく、運命を受け入れるしかなかっただろう。しかし、普通の狼には使えない魔法を、自分は使うことができるのだ。

　結果、睦月は一命を取り留めた。そして、月貴は魔法を使えなくなることを極端に懼(おそ)れるようになった。次に睦月が怪我や病気をしたときに自分まで堕ちていたら、助けることができなくなってしまう。

　自分の命なら潔く散らすことができても、最愛の相手の命にはみっともなくしがみつかずにはいられない。

　堕ちたくないと、心の底から思った。

　狩のとき以外は人型で過ごすようになった。

　しかし、それもまた苦悩をともなう選択だった。

　成体の猟獣は獣化しているとき、人間のおよそ四倍の速度で年を取る。獣化している睦月と人型の自分のあいだで生命の時間がズレていくのをひしひしと感じるのは、寂しく、つらいことだった。

　野生生活での狼の寿命を考えれば、あと五年ほどしか睦月と過ごせない。

　時間が指のあいだをすり抜けていくような焦燥(しょうそう)感に囚われつづけた。

睦月もまた、どこか寂しそうだった。

穴倉のなかで身を寄せ合っていても、異種での性交に及んでも、完全にひとつにはなれないもどかしさを、互いに抱えていた。

ふいに膝のうえの温かさが動いた。睦月が甲斐のほうに鼻先を向けて、小さく鳴いた。

甲斐には獣の言葉はわからないから、月貴が翻訳する。

「『猟獣の味方になってくれて、ありがとうございます』」

冷淡な印象の強かったブリーダーが、意外なほどやわらかな笑みを浮かべた。

「どんな理由であれ、君たちがまだ人間でいたいと思ってくれていることが、私は嬉しい」


狼を隠した船は日本海の港町へと着き、そこからは車で関東の猟獣研究所の施設へと向かった。

研究所に着いたのは夜も更けてからだったが、双子の壱朗と次朗が出迎えてくれた。

「おかえりーっ、ムーミン！」

次朗が鼻を真っ赤にして焦げ茶色の狼に抱きつく。その後ろで壱朗が「おかえりなさい」と月貴に落ち着いた笑顔を向ける。

堕ちたはずの壱朗が人型に戻っているのを目の当たりにした月貴は、甲斐の報告が真実だったことを嚙み締めていた。

堕ちた猟銃を回復させられる薬剤は、本当に開発されていたのだ。

ただ、まだ完璧なものではなく、回復率は六割ほどらしい。しかも堕ちてからの時間が短いほど効き目がよく、ほぼ二年を狼として過ごした睦月の回復確率は三割弱だと告げられていた。

睦月は睡眠薬で眠らせて心身を安定させ、翌朝一番に投薬治療がおこなわれることとなった。

月貴にとっては、長い長い夜だった。

のろのろとしか進まない時計の針。入り混じる期待と不安。

……月貴より二年遅れて睦月が現場に出て来た日のことが思い出されていた。あの時もこんなふうに心臓が壊れそうなぐらい高鳴っていた。


結局、一睡もできないまま朝が訪れた。

月貴は朝食も取らずに、睦月が投薬を受ける処置室の前で立ちつくしていた。

双子がやってきて、無言で傍にいてくれた。さらには高位種である天敵の朋(とも)まで来て、興味なさそうな顔つきで床に長い脚を伸ばして座り込んだ。

九時半には結果が出るはずなのに、もうそれから十五分が過ぎていた。

——ダメだったのかも…しれない。

もし睦月が人型に戻れないのなら、今度こそ自分も獣化して、もう戻らないようにしようと月貴は思う。

猟獣研究所は猟獣を廃棄せずに保護する方針に切り変わったというから、ここでなら、睦月になにかあっても最善を尽くしてもらえるだろう。

それならば、もう自分も人のかたちに拘る必要はない。

——今度こそはぐれないように、最期までぴったりと寄り添っていこう。

気持ちが澄みわたった瞬間、目の前のドアが開いた。

白衣の甲斐が出てくる。マスクをしているため口元が見えなくて、表情はわからない。

「月貴だけ、なかに」

それだけ言われて、月貴は壁から背を離す。

どんな現実でも受け入れられる。覚悟を胸に部屋へと入った月貴は、立ち止まり、胸を大きく震わせた。

明るい光が満ちる白い部屋。

その中央には一台のベッドが置かれている。そこに、睦月は横たわっていた。

なめらかな人間の肌が、陽光に照らされている。とても長い髪をした、全裸の美しい——青年だ。

天井をぼんやり見ていた焦げ茶色の目が大きく瞬きをして、月貴へと向けられた。

「あ…あ」

赤ん坊みたいに呻いて、まるで初めて人間になったみたいなぎこちなさで、睦月は上体を起こした。

拙い呂律で呼ぶ。

「つきたか」

呼ばれたとたん、月貴は弾かれたように睦月へと走った。

「睦月！　……睦月っ」

両腕で抱き締める。

二年前に抱いた少年の肉体とは違う。二十三、四歳の華奢な青年のものだ。

睦月の外見は、人間でいる時間が長かった月貴に追いついてしまっていた。

「よく戻って……戻ってくれたね」

獣でも人でも、かたちはどうでもいい。

ただ、長く――一日でも長く一緒にいられるようになったことが、嬉しくて仕方ない。

――睦月だけが俺をこんなにまで貪欲にさせる。

「つきたか、あいしてる」

一生懸命、睦月が人の言葉で伝えてくれる。

月貴はほんの少しだけ身体を離して、恋人を見つめた。

……かたちはどうでもいいと思ったばかりなのに、その愛らしくて少し大人びた様子に感嘆の溜め息をついてしまう。

「睦月は俺の、最愛の番(つがい)なんだよ」

睦月の唇がへの字になって震えだす。そうやって泣くのを我慢しているのだろうに、目からはすでにボロボロと涙が弾き出されていた。

「君はどうしてこんなに可愛いんだろうね？」

真剣に尋ねながら、大粒の涙を大切に舐めては飲み込む。

そうして、ブリーダーやいつの間にか入室していた仲間たちを証人にして、月貴は永遠を誓う口づけを睦月に贈る。
そのキスは少し海の味がして、頭のなかまで蕩け崩れてしまうほどに甘かった——。

Magical End

この本を読んでのご意見・ご感想をお寄せ下さい。

〒151-0051
東京都渋谷区千駄ヶ谷4-9-7
(株)幻冬舎コミックス　小説リンクス編集部
「沙野風結子先生」係／「実相寺紫子先生」係

リンクス ロマンス

獣の月隠り

2010年11月30日　第1刷発行

著者……………沙野風結子
発行人…………伊藤嘉彦
発行元…………株式会社　幻冬舎コミックス
〒151-0051　東京都渋谷区千駄ヶ谷4-9-7
TEL 03-5411-6434（編集）
発売元…………株式会社　幻冬舎
〒151-0051　東京都渋谷区千駄ヶ谷4-9-7
TEL 03-5411-6222（営業）
振替00120-8-767643
印刷・製本所…共同印刷株式会社
検印廃止

ISBN978-4-344-82035-7　C0293
Printed in Japan

幻冬舎コミックスホームページ　http://www.gentosha-comics.net

本作品はフィクションです。実在の人物・団体・事件などには関係ありません。